成长的回忆

祝红 著

北方联合出版传媒（集团）股份有限公司
春风文艺出版社

图书在版编目（CIP）数据

成长的回忆 / 祝红著． — 沈阳：春风文艺出版社，2019.11（2022.2重印）
　ISBN 978-7-5313-5669-1

　Ⅰ.①成⋯　Ⅱ.①祝⋯　Ⅲ.①回忆录—中国—当代　Ⅳ.①I251

中国版本图书馆 CIP 数据核字（2019）第 204734 号

北方联合出版传媒（集团）股份有限公司
春风文艺出版社出版发行
http://www.chunfengwenyi.com
沈阳市和平区十一纬路 25 号　邮编：110003
永清县晔盛亚胶印有限公司印刷

责任编辑：张玉虹	责任校对：陈　杰
装帧设计：鼎籍文化创意 刘萍萍	幅面尺寸：145mm×210mm
字　　数：211 千字	印　　张：9
版　　次：2019 年 11 月第 1 版	印　　次：2022 年 2 月第 2 次
书　　号：ISBN 978-7-5313-5669-1	定　　价：45.00 元

版权专有　侵权必究　举报电话：024-23284393
如有质量问题，请拨打电话：024-23284384

谨以此书献给我们这个家庭：爷爷对传统的坚守，奶奶对家族的维护，父亲母亲对儿女的付出，使得我们这个家庭能够不断延续、自食其力并奉献社会。

此书还要献给我的三个姐姐和小弟：兄弟姊妹之间血浓于水的亲情，让我们享受生活的恩赐，克服前行困难，并继续肩负起培养教育下一代的责任。

我爱这个家庭！为祖辈深植于内心的生命力；为爷爷奶奶在苦难年代颠沛流离之中不忘坚守传统、顽强生存的那份坚毅；为父亲母亲谨遵教诲、身系社会和家庭责任的艰辛付出；为兄弟姊妹之间永远的血脉联系和对生活的不离不弃；也为后辈在与时俱进的学习中，持续地继承和发扬……

作者心记

自 序

人生有几个阶段，许多瞬间。从出生到离开这个世界，是自然的轮替，尽管无奈，但无法改变，不可阻挡。然而，人生的很多瞬间却由于积极作为而变得绚丽精彩：明确目标、合理规划、富有责任、惜时如金、踏实积累、善待他人等。这些充满理性和必须具备的人生质素，是国家发展、社会进步、家庭和睦和个人价值得以实现以及内心充盈、生命灿烂的基本法则，无论何时何地，经历多少曲折都不会改变！

这就是我对生活、生命的理解！

我出生于二十世纪六十年代末辽东地区一个偏僻贫穷的小山村，后又举家迁往另一个相对富裕的小山村，虽然物质条件有所改善，但我们家由于劳动力少的原因，在一段时期内经济上面临很大的负担。尽管如此，我还是经历了物资短缺但精神世界却无限丰饶的童年和少年时光。那时候，小小年纪就在"共产主义劳动学校"的氛围中早早经受磨炼和考验，白天学习，晚上夜战；或上午在学校，下午在农田；今天单独赶着爬犁运粪，明天跟着马车装卸；暑期寒假不是干着拔草催肥、春耕准备的事儿，就是忙于收割青贮饲料、排练汇报演出的集体任务。无时不在的努力、磨砺，培养了"人小志气大、少年立壮志、争做小英雄"的精神境界。脑海中时时闪现的是刘文学、欧阳海、黄继光、邱少云的故事和形象，内心追逐他们的思想，模仿他们的行为，仿佛自己就是他们的化身，常常在学习和劳动中焕发出与幼小的身躯不相称的努力和执着，至今回忆起来也常常对自己钦佩不已。"爱护集体、多做好事、争先恐后"是集体的要求，更是自己内心的追求。上学、放学和前往劳动的路上，满眼追寻着雷锋曾经捡到的螺丝帽螺丝钉、已经交给警察叔叔的一分钱，在水塘边小河里逡巡以防小伙伴落水，劳动时使出与体格不相称的浑身解数，唯恐落后。时常抱着自制的炸药包模仿着英雄的形象，从高台上口里喊着"为了胜利"，伴随着自己发出的轰的一声的口技，猛地跳下来，那一瞬间不但自己，连一起玩耍的小伙伴也仿佛化为英雄。在学习英雄邱少云的故事时，我就想："他为什么不能慢慢地移到身边的小水沟里？这样就既不会牺牲、不会痛苦，又能与战友们一起冲锋、杀敌，那多好啊！""学习劳动与文艺娱乐、团结紧张与严肃活泼、争当好学生与不受拘束地钟情于自然的山水之间"，是我和小伙伴那时每日生活的内容，理想、学习、劳动和生活情趣充分保障、平衡发展，让人乐在其中、满足于内心。

到了青年时期，随着改革开放的不断深入，社会物质和文化生活进一步改善、丰富，我在享受国家社会发展成果的同时，更进行着人生的多种历练。观察生活、社会，体验人生、世事，以青春的视角和理解诠释着生命和生活的意义，即使今天人到中年也因此受益、收获颇多。非常感谢能生活在这个时代，感谢它给予我们的青睐，让我们幸福地生活。比起前辈们经历的动荡、艰辛和苦难，现在已经是历史上最好的时候了，还有什么理由不上进、不以积极健康的态度生活和影响他人呢？还有什么理由总是抱怨、满腹牢骚呢？如果每个人的态度都改变一点儿、都认真负责一点儿、都能做有意义的事情，为自己、家庭和社会真正着想，那么这个社会必定会越来越好，好得越来越快，快得越来越稳，从而顺利度过转型期、走出中等收入的社会阶段，实现更高质量的发展。如果人人都能规划和管理自己，即使社会出现一点儿矛盾和不足，这些错误都不会蔓延和放大，并且会很快得到纠正。我的生活经历，让我在观察和对比中，在不断地努力和奋斗中，感受到我们的国家、民族的艰难历程，不屈的气节和远大的理想，以及未来实现伟大复兴的宏伟目标，因此，愿意为它付出、为它努力，来帮助祖国变得更强大。

美好的生活源于艰苦的创造，更源于国家富强、社会和谐稳定，为了这些，我们有什么理由不肩负起自身的责任积极投身于工作中呢？这篇记录就是想以我个人的成长经历来感受时代的发展、社会的变迁和个人生活的改变，也想以个人的经历和体验，来理解生活的动力、准则和价值内涵。

目　录

第一章　记忆童年 ———————————————— 001
　　人生初降 —————————————————— 003
　　乡村故土 —————————————————— 008
　　小学时光 —————————————————— 017
　　童年战斗 —————————————————— 035
　　忘情溪水 —————————————————— 040
　　生产队长 —————————————————— 045
　　大队书记 —————————————————— 052
　　抄袭先生 —————————————————— 055
　　文化村庄 —————————————————— 058
　　城乡之间 —————————————————— 062
　　我们家庭 —————————————————— 069
　　爷爷奶奶 —————————————————— 074
　　点滴往事 —————————————————— 083
　　下乡知青 —————————————————— 087
　　家乡美食 —————————————————— 091

老师同学 —————————————————— 105
　　山林乐趣 —————————————————— 113
　　父亲母亲 —————————————————— 120
　　难舍记忆 —————————————————— 132

第二章　意气少年 ———————————————— 139
　　晒马山水 —————————————————— 141
　　旱沟小学 —————————————————— 147
　　我的初中 —————————————————— 159
　　山乡巨变 —————————————————— 173
　　绿水叉鱼 —————————————————— 181
　　姊弟情深 —————————————————— 189
　　同学少年 —————————————————— 193
　　淘气年龄 —————————————————— 200
　　乡风特色 —————————————————— 210

第三章　上进青年 ———————————————— 215
　　迈入高中 —————————————————— 217
　　苦读同窗 —————————————————— 234
　　课余记事 —————————————————— 244
　　青春实录 —————————————————— 252
　　艰苦日子 —————————————————— 257
　　我的大学 —————————————————— 266
　　细察社会 —————————————————— 273

后　记 ———————————————————————— 276

第一章

记忆童年

人生初降

对老朱家这个家庭来说，农历六月十九是让他们感到极喜悦和极长脸的日子：就在村子里"千金成群"的那些家庭的关注下，老朱家这个家庭的第一个男孩：我，出生了！我的到来让老朱家祖孙三代眉开眼笑、扬眉吐气！特别是我母亲终于甩掉"生了一堆丫头片子"的名声，在村子里面能够挺起腰板爽朗说话了。在那时那样一个闭塞、落后的小山村里，生男孩是延续香火、光大宗祠、为族群争气的大事儿，没有什么喜事能够代替，如果日后我能够读书、上中学甚至大学，有所出息，那就更是祖上积德，将被村里人不断传颂，是令人十分得意、备感骄傲的事情了。

于是在经我爷爷同意后，身为小学教导主任的父亲以家族的期望、自己的理解，结合那个时代的主旋律，取著名作家郭沫若所写的回忆录《洪波曲》的第一个字，给我取名为朱洪，意为"祝其今后运势洪济，前程远大"，同时也为次子、三子的出生留下铺垫：次子就叫朱波，三子就叫朱曲，以应"洪运波兴、曲意和畅"之意。我之后弟弟朱波出生。此时，国家计划生育政策出台，每个家庭都要按计划生育了，父亲的《洪波曲》取名计划只能告一段落。孩子们的名字有了前两个："洪运波兴"，"曲意和畅"就只能作为美好的愿望而永存心间了。后来高考时，由于老师的一个小失误，将我的名字写成"朱红"，后来又以此名办理了居民身份证。从那之后，我就叫朱红了，虽然字不同但音同，不改原意。从此，朱红这个名字就这样正式使用了。

对于我这个长孙的名字，爷爷奶奶表示同意。特别是爷爷在慢慢地捋着下颔的山羊胡子，几番思忖后点头予以赞许。在父亲以上的辈分族亲里，除了父亲是中师文凭外，爷爷算是最有文化的人了。爷爷读过三年私塾和伪满洲国时的几年小学，能识文断字还略通风水。因此，村子里的有关节日、仪式和祭祀等活动，爷爷要经常出面主礼，家里的类似活动也都由爷爷和父亲筹划、决定。在那时男尊女卑气氛还很浓厚的偏僻山村里，大字不识一个、只认得钱币上数码的奶奶和仅读过五年小学的母亲是没有发言权的，也不能说出更有道理的观点来，但奶奶和母亲是乐见爷爷和父亲的筹划和决定的，她们内心对这些筹划和决定是表示高度赞同的。

我爷爷的习惯动作是经常捋着山羊胡子，他在捋山羊胡子的同时也在思考事情。爷爷对父亲给我起的名字是同意的，爷爷的理解是："在我们这样一个起点比较低还很贫穷的家庭，兴旺发达要一点点来，除了时代的发展，还要自身努力。一代人不行，就几代人努力，欲速则不达。因此朱洪这个名字，孙子能扛起来。"我爷爷是很讲究顺势而为、量力而行的，他很理解过犹不及的人生道理，不求"早满"，始终秉承"谦受益，满招损"的人生哲学，信奉人生是"三起三落过到老"，因而要循序渐进、不急不躁。爷爷与他的孙男娣女在一起的时候也经常讲这些道理，教育引导我们。因此，我们从小就养成了知尊懂理、长幼尊卑的行为习惯，懂得了孝悌忠信、礼义廉耻的人生准则。

这些有的是在我还不记事时爷爷、父亲说的、做的事情，按说我不应该知道那么多，但由于是长孙、长子，爷爷、父亲到哪儿去都带着我，跟我说得多，对我引导教育得也多，并且他们说的时候我还愿意刨根问底，因此就记下来了。特别是人到中年后，随着阅历的丰富，更是慢慢理解了其中的深意，领悟到天人合一、顺势而为的一些为人处世的道理。记忆中，我比较清晰的记事年龄是在四岁左右，至今仍清楚地记得弟弟满一周岁时的样子和一些细节，我和弟弟差三岁，因此说我的记事年龄为四岁是没错的。如此的记事年纪即使在人们智力更加进化的今天也是令人惊异的，我记事的准确和细致的本领也令我周围的人惊诧不已，从我能完全凭着记忆将在英国留学的近两年的经历写成一本十二万五千字的书，并且把英语状态下的对话翻译还原出来就可见一斑。记忆力好一可能是遗传，我父亲说他的记忆力就很好，小时候的事情至今还清清楚楚，他还说，我们家孩子在学习上的一个最大优点就是记忆力比较好，父亲还为此有些得意地说："这可能是因为遗传，继承了父母的优良基因。"我的记忆力好的另一个原因可能是得益于山清水秀的生活环境：故乡纯净的空气、碧绿的河水、植被茂密的群山，加上与自然之间无比亲密的联系所带来的多彩的童年生活，在提升我的记忆力的同时，也让我对过去的事情记忆犹新。不像今天的孩子，封闭在钢筋水泥构建的楼房里，一个人孤独地玩着电子游戏、各种玩具，尽管游戏和玩具很多很丰富，但不亲近自然的活动所带来的印象和乐趣终究是有限的！至于那些在父母有形无形的监督下进行无休无止的枯燥、重复的学习、训练，不是发自内心怎能产生积极性，进而留下长久的记忆呢？

于是，从记事儿能够独立活动起，我就无忧无虑不受束缚地生长着，以自己童稚的眼睛纯净但却不失敏锐地悉心观察，体验着我所经历的生活环境，感受着周围的人情，建立着自己未来立世的世界观。可能有时并不总是那么正确、客观、全面，但这是我以我的记忆、视野、观察和理解而做的判断、得出的结论，进而，以自己的观察和理解来给大家提供一段回忆、一幅画卷、一些共鸣，从而唤起那个时代的人们回忆起他们过去的故事，这未尝不是一种贡献。

我不知道我出生后满月或在周岁的日子，家里面是否举行了庆祝仪式，但作为家里出生的、能够留下来的第一个男孩，特别是在那时、在那个封闭落后的小山村里男孩子延续香火、获得尊严、光耀门楣的重大意义，无论物质上如何困难，爷爷奶奶、父亲母亲都会办一个相对体面的仪式。更何况父亲那时在我们大队的小学担任教导主任一职，已经能够挣工资了，肯定能够拿出一些现金和细粮来应对这一场面。从我们这个家族对我这个长子的重视和教育、从村子里男孩子出生时他们家族的那种兴奋都可以推断出，在我出生后、满月或周岁的日子，我们家肯定是庆祝了。当然，庆祝仪式当时肯定是热闹的，邻居和村子里人们的祝福都是真诚的。无论当时多么贫困，家族和家族、家庭和家庭之间怎样暗暗地比着和竞争着，平常的生活中有多少摩擦和龃龉，乡亲本质里善良的天性都会自发地表现出来,那一刻,亲戚里到的祝福会充溢着在村子里举行的生日、满月和周岁以及与此类似的各种仪式和活动。

也可能有不和谐或闹点儿矛盾的时候,比如结婚时,新娘子在出门坐上马车的时候是要掉些眼泪,但这是为了显示女儿对父亲母亲含辛茹苦养育成人的感恩表达,并不能代表作为新娘子的她内心不是喜悦的;再比如,新郎一方不给足三百七十七元的彩礼,新娘子的父母是不会让女儿上车的,但最终新娘子肯定会上车,那只是娘家为自己特别是女儿争取地位、谋得面子的一种策略。至于娘家舅、七大姑八大姨组团来到男方一家,在正日子之前喝消夜酒的宴席上似真非真、有所控制的闹腾也是出于同样的理由,无非是为了展示娘家人的实力,为日后嫁出去的姑娘在婆家赢得一席之地,以便和睦长久地幸福生活。因此,村子里人们的仪式、活动都是为了表达美好、平安的祝愿,即使表面上有时候一些看似粗糙的东西,也都是由心底的善良做支撑的,从而铸就起一方一水、一地一域,乃至涵盖整个中华民族勤劳勇敢善良的本色来。

人生初降是一件大享,不关乎贫穷富贵,但关乎生命的延续、家庭的兴旺,对于我也是如此。作为长子,在家庭的期望中,从蓬头稚子到接受教育,从懵懂少年到奋进的青年,与同时代的青年一起演绎出一个个在不断发展中努力成长的故事来。

乡村故土

我出生的小山村位于辽东地区长白山余脉的一片不是很高大但连绵不断的群山中间，山村的名字叫石峪大队白堡子生产队①，我在这里生活了十年。白堡子生产队这个小村庄整个是被群山环抱的。北边高山横亘左右延伸，是我们村子河流的主要发源地，也是全村人最重要的柴火场区，没有公路，只有通过山梁的羊肠小道才能与外县的村庄联系。西面是海拔有五百米的牛蹄山，一波三折三个山头，俯视群山、乡村各处。牛蹄山是我们白堡子的标志、是我们的精神图腾，在我们白堡子的人们心中占据重要地位。它对着东部不高但南北纵向延伸很远的山体，山上有生产队的一个很重要的蚕场，每年都出产大量柞蚕。南部两山东西走向横列，两山山体高大、森林茂密，从入冬到春末很长时间都积雪深厚，阻隔了山村与外界的交往，只在山口夹峙处留出一条狭长的通道，为上游的河流留下一条出口，同时沿着河流筑出

---

① 这是改革开放前的名称。改革开放后，全国范围内公社改名为乡、镇，大队改名为村，生产队改名为屯或堡子，我们公社、大队和生产队也就改名为乡、村和屯了，只不过对屯我们习惯叫堡子。

的一条土路延伸至远方,这是村里与居于相对开放地带的公社联系的唯一通路。白堡子生产队当时只有三十几户人家、二百多口人,如今只剩下二十几户人家、一百多口人在那里居住。后来我多次回到出生地白堡子,包括后来搬的新家旱沟村,我发现虽然经济发展了社会进步了,乡村的软硬件设施都有了不同程度的改善,但农村人口呈现下降的趋势是很明显的,特别是年轻人越来越少,他们通过上学、当兵、做生意、外出就业打工等渠道陆陆续续离开了村子,村子里面留下的更多的是老人,这大概是由于城市化造成的吧。城市化、人口迁出,尽管让家乡显得有几分寂静和落寞,少了往日的那份喧闹,但也带来了诸多好处,其好处之一就是减轻了对自然环境的压力,减少了对自然资源的消耗。加上管理力度的增强,管理更加规范化、法治化,同时烧柴取暖方式也在不断转变,现在乡村森林植被得到越来越好的保护,自然和生活环境越来越好。尽管有时看到只是慈祥的老人留在村里,没有了青年人的陪伴,多了一份落寞,少了几分活力,但在取舍之间权衡利弊,还是喜欢看得见青山、望得见绿水的人与自然和谐共处的日子,那种破坏式发展是不足取的,也千万不要再重复了。

白堡子还不够大队级别,只是个生产队,整个村子坐西朝东,房舍人家自北向南纵列分布。主体部分紧密衔接,散落几处的人家虽然距离村子的中心有点儿远了,但星罗棋布的点缀倒也增加了村庄的辐射力。村庄虽不是坐北朝南的上风上水布局,但毕竟背靠高大的牛蹄山,面朝那时还很丰沛地流过的一条小河,也能借上水润的灵气。特别是清晨早早地就迎来冉冉升起的太阳，红彤彤的充满热力的阳光洒向村子里的沟沟岔岔，让山野一片金红、植物一片翠绿、万物生机勃勃，同时也把人们早早地就催醒，开始一天的忙碌。生产队队部在村子中间靠北面一些，建筑物是面向东的"凹"字形状。西面是队部的主建筑物，完全是木质结构框架，石头墙是用内有茅草的黄泥垒起的，这样的建筑由于有木质结构的支撑，有很好的抗震性，再大的地震也不会轻易把建筑物震倒，黄泥中混合着茅草，遇到地震等震动时，墙体不会轻易整体倒塌。这虽然是囿于当时物质条件贫瘠的无奈之举，但劳动人民从来都不会被动，永远是积极主动创造，将集体的智慧发挥到极致，因陋就简中让结构更加科学、让材料功能发挥效用。不仅生产队，整个村子的建筑都是木结构的、黄泥拌草把石头砌就的墙体，用少量的白灰和水泥也就融合了上述的特点。因此，整个村子的房舍建筑虽然简陋了些，但都很稳固。其间，我经历了一九七四年的海城地震，当地震发生后，人们并不慌张，从建筑物里出来时都很从容，因为他们对自己的房子很有信心、很有把握，我们那儿也确实没有发生因地震导致房子倒塌、伤人的事情。

主建筑物主要是生产队领导班子行政办公、日常管理、召集社员开会、大型集会、文艺节目表演的地方，其西侧是生产工具、马牛车附属器具的存放处，东侧是个伙房，主要用来为牲口熬饲料。队部的北侧、东侧到大门的一段是一排仓房，用来储存全生产队一年的地里收成，在每年秋天上交完公粮、分完每个家庭的口粮后，那就是生产队维持人吃马喂的粮食保障。队部南侧是马牛羊圈，全生产队的牲畜都在那里饲养。队部的东侧是大门，一个带有门楼的大门，全是木质结构的，早晨大门打开人们和车辆进出，一天的生产活动就开始了；晚上大门关闭，车辆、工具归库，人们离开生产队，只留下饲养员和值班人员，饲养员给牲口喂料，值班人员负责看护生产队的生产和生活资料，避免受到损失。白堡子生产队就是这样一个布局，一个标准的屯级生产单位，不大也不小，其决策层在里面活动着，社员进进出出开展活动，领取生产生活资料，每个社员都与这个生产队发生这样或那样的联系。

白堡子生产队有几户大姓：姓肖、姓康、姓李、姓白和姓朱。朱姓虽然也号称大姓，但与前几个姓氏相比，户数少了不少，因而在生产队里力量不大，不能形成对其他族群的影响力。除了户数的原因不能形成更大的影响力，更主要的还在于朱姓中没有担任生产队长、民兵连长、妇女主任或生产队会计等重要职务的人员。另外我们当中也没有一群能打能扛的男丁，虽然父亲是小学教导主任，但当时教师还不是广受人们尊重的职业，"家有三斗粮，不当小孩王"的口头禅，反映了当时教师地位的尴尬。尽管父亲在教学上很有水平，在大队乃至公社很有影响，那仅限于教学业务，对生产队的其他人家影响力有限。我们家五个孩子，三个女孩，两个男孩，我年纪还小，弟弟尚在襁褓中，我们的实力还不足以在生产和生活中建立优势。如果能打能扛就不一样了，干活能出力、争执占优势，关键人物和其他人家就不得不考虑这份"压力"，这也是为什么在开篇时就要提到"在村子里'千金成群'的那些家庭的关注下"这一细节了。一个男孩的出生不仅仅是为家族延续香火，更重要的是增加了男丁的数量，增加了能在未来形成话语权的潜在影响力。为什么当时农村的计划生育工作阻力那么大，不仅仅是受教育少、观念的问题，还因为生男孩有极大的个人和家族需求，生男孩、多生男孩背后的因素复杂着呢，力量大着呢！

白堡子生产队可耕种的土地面积不多，大大小小地块加起来也就三百亩左右，人均约为一点五亩，在当时亩产量还不高的情况下，每年队里社员的口粮能否得到满足一直是个压力。村子东面河对岸是最大的一块地，称为"前大地"，其面积占生产队土地总面积百分之八十左右，土质很好、黑黝黝的，是名副其实的东北黑土地，种什么长什么，无论旱涝，庄稼都长得非常茂盛，是生产队二百多人口、众多牲畜最重要的口粮田，也是村子交公粮、为国家做贡献的粮食主产区。剩下的耕地一般都是在山脚下、小河边、水塘旁或半山腰上的零星地块，有的土质不错，产量也很高，但毕竟面积小，出产总量就有限了。有的地块土质就不是很好，种粮产量也不高，只能因地制宜地种些谷子、高粱、黍子（大黄米）等杂粮，或者大豆、苎麻、紫穗槐等经济作物。生产队里的社员则在自留地里种着土豆、南瓜、地瓜、白菜、萝卜、绿豆等蔬菜和经济作物，作为粮食不足时的补充。我们家自留地的土质不是很好，与那些老户人家比地力相差很大，同样种白菜，人家的白菜心抱得紧紧的，我们家的就很疏松，怎么侍弄都不行，原因就是土壤不够肥沃、土质的性质不太适合白菜生长。白菜心抱得不紧实会直接影响所腌酸菜的口感和质量，这个问题直到我们家搬走也没有解决。

包括白堡子在内的整个公社所在的地区都不缺水。因为地处长白山、千山余脉之中，群山环抱、植被茂密，又是典型的温带季风性湿润气候，每年的降水量在八百到一千毫米之间，水量极其丰沛，但由于地处深山、气候凉爽，加之位于河流的源头，河水的温度比较低，不适合喜温的水稻生长。因此，我们石峪地区种不了水稻，主要是以玉米为主，与地处下游的公社的一片片稻田形成了鲜明对比。不能种水稻、不能经常吃到大米饭，成为我们当时最大的遗憾。对比大米细腻的口感，初级加工后的玉米产品远不能说是美味，入口后感觉难以下咽，即使与红小豆一起煮，也没有多少改变，口感的不适性仍然存在。种不了水稻，那能不能种小麦呢？小麦加工后的白面也是细粮，口感好，营养又丰富，也可以改善社员的主食结构，因此有一年，生产队按照公社、大队的指导，进行作物耕种改良，把生产队南侧比较大的一块地改种小麦，但忙碌了一春一夏，秋天的收成并不好。由于产量上不来，队里又改回种玉米，因此，想天天吃大米、白面的童年愿望始终没有实现。嘴上不能实现愿望，那就过过眼瘾吧，那时我最愿意看电影，特别是战争片。虽然有一部电影不是战争片，但我特别愿意看，那就是电影《李双双》。我愿看的不是全部情节，而是她们家擀面条、吃面条的场景。在看的时候，我一边抑制着不断涌出的口水，一边心里想："他们那个地方怎么能说吃面条就吃面条呢？他们的白面是从哪儿来的？是他们比我们富裕吗？"后来才知道，人家李双双所在的村子地处华北平原，是我们国家重要的商品粮基地，主要粮食作物就是小麦，所以每天吃面条、吃馒头、做烙饼就很正常了。

  白堡子虽然不缺水，但也开始整水利、修梯田，在流经村子小河的上游筑起大坝，修建了一座小型水库。这座水库的修建从此改变了生产队社员的生活，不仅给生产带来诸多麻烦，更给社员的生活造成许多不便。河的上游有生产队的一个酿酒厂，还有一些耕地，同时还是社员的柴火山场，由于大坝的拦截，生产队在运送酿酒原料、开展生产耕种就十分不便，只能从水库边开出的窄窄的土路上进行运送，不仅缓慢，还十分危险。至于社员，只能在冬季待水库封冻、冰面结实时，才能将在秋天就割好的柴火装上马车，通过水库冰面运出来。水库从建成起就搁置在那儿，既没有施行灌溉也没有控制旱涝，其间大队尝试在水库里养鱼，但只见投入没看到产出。水库的修建对我们这些孩子影响很大。随着水库蓄水，孩子们不能随便外出了。夏天，家长们怕孩子去水库洗澡造成不测，春秋两季，怕孩子到水库边玩耍掉进去，冬天结冰的时候家长们更是担心，生怕孩子去溜冰掉进冰缝或冰窟窿里。我们再也不能在小河里寻找快乐的时光了，由于大坝的拦阻，已没有多少水流出来，小河的下游也就名存实亡，近乎干涸了，因此，不能洗澡、溜冰、捉鱼和嬉戏了，水库修建后，我们与小河的亲密联系就一去不复返了。

当时我们白堡子的交通是很闭塞的，并且这种闭塞持续了很久，直到二〇一七年村里才铺上柏油路，之前交通状况与儿时差不多，只有一条土路与大队、公社和更远的地方连接。村里也不通公共汽车，如果出远门需要徒步跋涉十多公里到公社才能坐上公共汽车，再到另一个公社坐上火车到达邻近的城市。这时家里如果有人赶马车、开拖拉机就令人十分羡慕了，因为出远门时可以蹭上车，至于蹭大队的汽车是想都不敢想的事情，只有大队的人或者公干时才有可能坐上。因此，我特别羡慕生活在公路沿线的人，不仅天天能看到汽车，偶尔可能会坐上汽车，更方便的是每次出远门时不用徒步跋涉了。

从白堡子有三条路线可以坐上通往外界的公共汽车。一是沿着连通生产队、大队的土路南下，步行三小时，从公社坐公共汽车；另一条是穿过村子东南方向的山路，步行近两个小时，在我们公社的另一个大队乘坐公共汽车；再一条是翻越村子东北方向的山岭，沿小路步行近两个小时，从邻县大队乘坐公共汽车。每条路都有各自的优势，取决于最终目的地是往北行还是南下，根据出行方向来决定走哪条路。无论走哪条路对童年、少年的我来说，都不是愉快的记忆。走南路，道路虽然平整些，但对于步伐还很小的孩子来说，三个小时的徒步旅程未免有些艰难甚至残酷了；走东南和东北，距离虽然近了些，时间也少了些，但那都是山路，上上下下、曲曲折折，格外耗费力气。因此，在我的记忆里，每当爷爷和父亲带着我外出时，我总是既高兴又惆怅，高兴的是："嗯，好了，又可以看汽车火车了，甚至可以乘坐它们了！"惆怅的是："唉，又得走好远的路，真累呀！"但在这高兴与惆怅交织的心情中，我从没有停止前进的脚步，尽管其间也感到苦、累和饿，但都挺过去了，并享受了心中无限期望、能带来无限欢愉的乘坐机会。每一次走路出行的考验都磨砺着我的意志，因此，后来直至今天，我无论做什么事情，无论在工作和生活中都始终保持着那么一股劲，那么一种坚韧不拔的品质、坚强不屈的意志，从不轻易放弃，我时时要求自己特别能吃苦、特别能战斗，不断迎接新的希望，开创新的境界。

尽管当时生活的小山村十分贫穷落后，无论物质上的还是精神上的还不是很富足，但是在我的记忆里，家乡的生活还是带给我无限的乐趣，它给了我亲近自然、了解自然的机会，并从中收获多多。在那个小社会里，我能近距离、自由地观察周围的人情世故，从而在内心留下与我的年龄不相称的长久、丰富而深刻的记忆。

小学时光

我是在八岁的时候上的小学。我们那个地方的农村都是按虚岁来计算年纪的，如果有谁说的是周岁的年龄，不但大人不习惯，在小伙伴中间也是要引起一阵哄笑的，就像发音不分平卷舌一样。我们发音时说"太阳"就是"义头"①，"日本"就是"义本"，"人民"就是"银民"。至于"四、十"是不区分的，就发"sì、sí"的音。当然了，老师在课堂上教的时候是准确地发平卷舌音的，我们在书写、拼音和考试的时候也都能正确发音，但就是平常说的时候不行，也不习惯。如果哪个人发出"人民""日本""四十"的平卷舌的声音来，大人会觉得你转，装文化人，是知识分子，意思是有点儿另类的感觉，小伙伴更是起哄得厉害，你还发卷舌音，装什么装，就动手动脚地来捅你、抓挠你。因此，我们家乡出来的人，基本上都是平卷舌不分的。现在孩子们成长起来了，情况有所好转，但还没有根除。后来我虽然念了大学、读了研究生，还到国外留学，英语读得很标准，但汉语还不能总是正确自

---

① 家乡那儿习惯把"太阳"叫作"日头"，如果不分平卷舌，就叫"义头"。

如地发出平卷舌音,特别是在"四、十、十四、四十和四十四"之间的转换,特别慢又要格外注意和强调,否则平舌音不断出现,就是"四四四"的感觉。这个现象不但在我们那儿,在东北的很多地方都存在,由此可见小时候的教育、一个地区的教育水平、当地的文化氛围对一个人成长的巨大影响。

上小学时,我们学校的名字叫"石峪共产主义劳动学校"。实现共产主义是我们的奋斗目标,因此起名为共产主义是对的,但为什么叫劳动学校呢?难道当时学校里的学生不学习而要天天劳动吗?情况还真就如此。那时候在学习之余我们都是要参加劳动的,而且参加劳动的频率特别高,从事劳动的时间特别长。各个年级的孩子,寒假时要参加分肥、送粪的工作;春天要干打茬子①、翻地、施肥的活计,要扶犁、点种;初夏时节要间苗②、除草、追化肥;秋天要收割、装车、打场、扬场,一年到头不休息,小小年纪就被过早地送到生产第一线,过早地承载起生产、生活的重任,虽然得到了锻炼,但也失去了更多学习、更多应该属于孩子们乐趣的东西。

故乡所在农村的基础条件是很薄弱的,那个时候可能全国的乡村都差不多,无论我出生的白堡子还是一九七八年新搬的晒马公社旱沟大队,包括教育在内的各种资源都很少、很有限,因

---

① 就是秋天玉米收割后田地里留下的一个近十厘米高的玉米植株茬子根,一是秋天为了快速收割来不及处理也不便处理,二是用它在冬日或第二年春耕前固土,但第二年春耕前这些茬子必须处理掉,否则无法开展后续的播种活动。

② 春播点种时要种下几粒种子以保证成活率,待植株长出一定高度比较稳定后,要留下最大、最粗壮或虽不是最大但在垄的中间、日后能够生长的植株,其余的都要拔掉,叫作间苗。

此，在我们那里的乡村，没有幼儿园、学前班等打基础、启蒙性的教育环节，孩子们一上学就进入小学一年级学习，缺少了过渡、适应的环节，不能不说是一个遗憾，但这也反映了当时的教育条件，是当时整个社会发展程度的一个写照。但有一点可以肯定，尽管硬件比较差，软件也没有多少，我所生活的两个乡村对教育都十分重视，都想把本地区的教育在有限的条件下办得更好，老师都很敬业，都希望把孩子们培养成才。一九七七年前国家还没有正式恢复高考，尽管没有考大学的目标任务，但教育管理部门和学校的老师们有他们的目标，有他们教书育人的责任，并且为这些目标和心中承载的责任一直不懈地努力着。

可能是因为出生在教师家庭，我从小就对上学十分渴望，在上学的前一年，看到三姐背着书包上学去了，我急得不得了，从窗台上跳下来，跟在三姐和她的同学的后面就往学校跑，口里喊着："我也要上学，我也要上学！"劲头绝不亚于高玉宝当年喊出的"我要读书"的那种迫切心情。但是当时年龄还小，只有六周岁，虽然父亲是小学教导主任，但也绝不会开（也没想开）这个口子。因此，在三姐和她的同学的连哄带劝下，奶奶也跑出来以给好吃的加以利诱，我才回到家里。想上学、早点儿上学的愿望已经深深烙在我的脑海里，转过年刚一够上学年龄，我就第一个冲到学校，开始了人生学习的新阶段，迈向了学习知识、开阔视野、认识生活的新天地。

当时石峪小学[①]分为两个部分，一是白堡子生产队北面山脚

---

① 叫共产主义劳动学校的名持续三年左右，后又恢复石峪小学的名称。

下的一间校舍，那时叫作"耕小"。"耕小"，我理解就是耕读小学的简称，还是与劳动紧密联系在一起的。我所在的"耕小"只有一年和二年两个年级、两个班级，这两个班都在一间教室里，老师采取混合授课的方式，即在给一年级授课的时候，二年级上自习做作业；而当给二年级授课时，一年级的孩子上自习。虽然两个年级、班级在一起，但在我看来互相是不受影响、互不干扰的，课堂教学和自习课都开展得很好。虽然只有两个年级、班级，学生也不多，但除了上课学习外，我们"耕小"的文化、体育活动也开展得很丰富。排练节目、进行演出，老师只是简单引导、说说要求，节目主要靠个人创作。我还记得，有一次周末要在生产队进行一次文艺会演，老师让我参加三句半表演，我就自己确定主题、编写内容、琢磨动作，除了练好自己的角色，还要指导其他同学熟悉词句、研究动作，所有这些对只有七八岁的孩子来说是有相当难度的，但老师不管，那么多学生也管不过来，再一个原因是老师也想逼着孩子们自己来创作、拓展思维。老师不出手，我们就自己琢磨。我和我的小伙伴在教室隔壁的小黑屋里，随着三句半的词句来不断编排、熟悉动作，直到大家都能熟练地表演出来。后来在给生产队社员表演时，效果很不错，表演后社员用热烈的掌声给我们以鼓励，晚上回家后，大姐还给我以充分的肯定。

　　石峪小学的主体部分在大队部所在地，从小学一年到六年一共六个年级，在校生五百人左右。把学校分成两部分，一是因为主校区教室不足，二是考虑一、二年级的孩子年龄太小，在离家近的地方上学更好。但是为什么其他生产队的学生都在主校区上学呢？我曾经问过父亲，父亲也没有明确说出什么。现在看来原因已经不重要了，对我来说，在"耕小"的时候就一直渴望能到主校区去上学，因为那儿学生多、热闹，是学校的主体，是正宗的地方，只有在那里上学才是回到家的感觉，因此，心里一直在盼望二年级毕业后与更多的同学会合的日子。

　　乡村的教学资源本来就不丰富，加上两个教学区的分享，就更显得捉襟见肘了。学习上还好，当时的教学内容不像现在，不是十分紧张，课本上的东西学完学会就行，不用增加课外辅导材料，也无须进行课外辅导。比较短缺的是德智体美全面发展的硬件设施。主校区还可以，学校有洋鼓队、民乐队，各色乐器基本都有，但在"耕小"就不行了，没有乐器、没有乐队，也没有彩笔进行绘画，体育器械就是一个自制的木头篮球架子，一个总是漏气的胶皮篮球，足球、排球等根本没有，也没听说还有足球和排球这两种东西、这两项运动，所有的教学活动都是由老师一个人来开展、进行。因此，在我的记忆里，德智体美的教育活动主要是由唱革命歌曲和儿歌，画一些鹅鸭的简单图画，或打打总是气不足的篮球等，但就是这些活动，我和我的小伙伴也是参与得庄重严肃，玩得兴高采烈。比如说那时上课之前，老师还未进到教室的时候都要唱歌，文艺委员起了头后，大家一首接一首唱得声音洪亮、精神抖擞，伴随着老师到来后班长喊"起立"的高亢声音，歌声戛然而止，一上午的课程小伙伴们都精神饱满，没有人打瞌睡。但是对音乐课中学的歌曲，有的我就不太喜欢，比如当时老师领着我们学了一首《长大当个好社员》的歌曲，歌中唱道："太阳出来红艳艳红艳艳，公社社员到田间到田间哟，我也扛起小锄头，跟着爸爸学种田，嘿哟嘿哟嘿哟，嘿哟嘿哟嘿哟，跟着爸爸学呀学种田哟……"嘴上虽然在唱着歌曲，心里却觉得不是滋味："老师怎么选这样的歌曲，怎么不选一些好一点儿的、轻松愉快的呢？本来每天劳动就很辛苦了，怎么现在就开始学种田了呢？长大了还得种田？！"不是我不愿意劳动、反对劳动，但是一想到在我们生产队、在东瓦生产队劳动一整天累得连回家的路都走不动的疲惫样子，我就对长大后还得种田从心里感到有些害怕。因此，在唱这首歌曲的时候劲头就显得有些不足，不像唱《打靶归来》《中国人民解放军进行曲》或者《三大纪律八项注意》等歌曲，让人唱起来感觉充满朝气、富有激情、浑身是劲儿。但所有这些都是心里头一时的想法，等一来到劳动的场所，那种人小志气大的劲头就又上来了，活也是干得热火朝天的。

后来回故乡省亲路过曾经就读的"耕小"，发现这所小学校已经撤并了，房子也改作他用了。昔日上课时坐满教室、下课时满院奔跑的孩子们不见了，房子孤零零地立在那儿，小操场内静悄悄的，只是偶尔听到周围人家饲养的几只公鸡的鸣叫，或看到一队走向小河的鸭群，听着它们发出连续的呱呱声，虽然很响亮，但内心升起的却是几分落寞和惆怅，目光还在找寻过去的景象，脑海里还想构建起学习、生活于斯的画面。学校旁边的小河里，几个如我儿时那般年龄的秃小子，把河水拦腰用水草和泥巴筑成小水坝，上游形成一个小水湾，他们在里面快乐而满足地一起戏水、嬉戏，愉快的声浪让我的脑海里的影像、画面仿佛变成现实，待目光收起、心神转回之后，又回到现实里，不禁感慨时光的飞逝、岁月的流转和人生的那份奔忙。就是这条小河，在水库修建起来之前,春生夏涨、秋消冬凝,平添我们儿时多少乐趣,留下直到现在还难以忘怀的记忆。只是近几十年来人类工业和建设活动的加剧,加上上游水库的修建,改变了环境,河水不再如儿时那样丰沛、清冽,偶尔的连续降雨,虽然也会带来河水暴涨,但几天就消退下去了。但这几年的情况在逐渐变好,因为植被都被保护下来,变得越来越茂密了。

我是在小学三年级秋天开学时转到主教学区的。来到主校区那天,兴奋得不得了,好像终于回到组织里面、回到人群中间、回到亲人的怀抱一样。开学后,我被分在三年一班,尽管当时没有重点和普通班的区分,但一班在各个年级中与其他班级还是有点不一样,仿佛身上戴着光环,让其他班级的同学另眼相看。我的学习成绩从一年级到二年级一直是第一名,升到三年级,与来自不同生产队的同学组成新的班级,更是不能甘居人后,学习上肯定要争第一,这是我给自己定的标准。天资不错,记忆力很好,又足够努力,考试成绩自然差不了。第一学期期中期末考试我都是第一名,但也有遗憾,因为虽然是第一名,但不是两科都第一,数学第二,第一名让佟志军给摘取了。差的分数倒不多,就是小学除法我掌握得有点儿慢了,影响了一道题的计算。为了弥补这个短板,我下半学期格外用心努力,等到期末考试时又得了第一名,并且名副其实,语文数学都是第一。在那年大队召开的地区先进模范表彰活动中,我们这些考试成绩在前面的同学也一起受到表彰。表彰大会给我们发荣誉奖状、本子、铅笔,会后大队还请先进劳模等吃了一顿饭,主食是大米饭,配菜是羊汤,后来大米饭不够吃了,就临时买一些饼干来。我们这些小学生是在后来才吃的,这时已经没有大米饭了,就吃饼干加上羊汤,但我感觉已经很好了。当时妈妈也在食堂帮忙做饭,看我吃着饼干就羊汤,就赶紧走过来问我说:"儿啊,大米饭没有了,吃饼干行不行?"我说:"挺好的,吃得特别多,可好吃了!"当时心里确实十分满足,在物质条件十分有限的条件下,大队还能够请我们这些模范中午吃一顿饭,还是平时极少能够享受的大米饭、饼干和羊汤,确实令人心满意足,那个场景、那份美味至今令人难以忘记。

在我眼里主教学区与我原来所在的"耕小"就是不一样,很大,学生很多,很是热闹。每天早操,全校师生围着操场集体行进、慢跑,一起喊口号,场面十分壮观、有气势,特别是在冬日里,同学们集体地、故意调皮地重重踏步扬起的尘土与呼吸时吐出的白色哈气混合在一起,更增强了那份升腾感和生命的活力。当时我担任我们班的排长(体委),与其他班级的排长一样,跑在自己班级的里侧,带领着同学们声音洪亮地喊着"发展体育运动、增强人民体质、提高警惕、保卫祖国"的口号,并随时根据队伍的状态或其他班级口号的内容进行调整,一时间整个操场口号声此起彼伏,脚步声震动大地,到处都是热气腾腾的。

尽管物质条件很有限,但石峪小学的各项活动还是很丰富的,努力实践着德智体美全面发展的目标。每年春季、秋季的运动会定期召开,学校还成立了鼓队、洋号队、民乐队、文艺队、体操队和篮球队等。鼓号队会在学校春、秋季的运动会中准时出场,也是运动会开场时的一道亮丽风景线,看着两位颜值高、腿修长的高年级的姐姐打着两面大洋鼓,带领着一群身前挂着一面小鼓、双手拨动鼓槌儿、由高到低排列的不同年级的小姐姐整齐行进,整支队伍发出"咚咚、啵了啵了,咚咚、啵了啵了,咚咚、啵了啵了咚"的铿锵有力、节奏明快、韵律十足的声音时,不禁一阵心驰神往、心生赞美!打鼓是女孩子们的事,我最向往的是参加学校的洋号队。每次运动会开场时除了鼓队吸引师生们的眼球外,另一个让我们羡慕不已的就是跟在鼓队后面的洋号队。他们着装统一、步伐整齐,在鼓队有节奏的鼓点中适时吹响起来,那"嘀嘀嘀嘀、嘀嗒嗒嘀嘀嗒,嗒嗒嘀嘀嘀、嘀嗒嗒嗒嗒"的响亮、整齐的号声,让我和全校的男生都目不转睛地看着、双耳直竖地听着,恨不得立刻也成为他们当中的一员,扬起号,吹奏起来。别的男生怎么样我不知道,但有的肯定实现了他们的愿望,而我的参加学校洋号队的愿望始终没有实现。尽管我每一次都仔细地听着号的节奏、默记着旋律的曲谱,并且都已经烂熟于心了,但也没有参加了。原因是年纪小,气力还不足以吹响号,但后来来到旱沟小学时已经长大了,到高年级了,还是没有如愿加入洋号队,尽管我又能够准确熟记旱沟小学洋号队的节奏和曲谱,还发现了它们与石峪小学的不同,但这没有给我加入洋号队增加砝码,提供机会。看着我们班的男生们、看着我大姑家的老四也就是我四哥满心喜悦地练习,一脸骄傲地吹奏,我羡慕极了,到现在都感觉有些遗憾。

体操队平时训练,并定期做汇报演出。我二姐参加了体操队,一段时间里吃住都在学校,以便统一训练提高熟练技能,虽然离家很近，也就一公里，但老师也不允许她们回家。每次学校召开运动会时，她们是学校团体操表演的主力，每个女同学手里都拿着花环，高喊着"毛主席万岁，万岁万岁万岁！"的口号，整齐欢快地跳跃着经过大队、学校领导端坐的主席台前，给运动会增添了更加喜庆的气氛。篮球队也定期开展比赛，打得很激烈，在我眼里他们都很厉害，个子都很高，传接球熟练、迅速，每当他们打出漂亮的配合或成功地完成一次远投时，总能引来人们热烈的掌声，每当比赛时来自校内外观看的人很多，里三层、外三层，水泄不通。至于文艺队那就更是活跃了，每天下午课程结束后要进行排练，此时民乐队作为文艺表演的固定搭档要出场伴奏，一起合练。民乐队还分为民乐组、口琴组、快板组、笛子组等，文艺表演则有演唱组、表演唱组、朗诵组、舞蹈组等，定期向全校、生产队和大队进行汇报演出，每次表演，地区老少看得如痴如醉，可见节目质量还是赢得了人们的认可。我们家文艺表演最好的是我三姐，她进入了学校的文艺队，经常演节目或表演唱。我奶奶对三姐的演出特别关心，每次演出前奶奶都要给我三姐说戏。奶奶对三姐说："表演首先要面带笑容，这样大家才爱看，愁眉苦脸，演得再好也没有人愿意看。"奶奶虽然一个大字不识，也从没有受过表演方面的专业训练，但她从感觉和体验中说出了演戏的真谛。不知三姐是否听取了奶奶的谆谆教诲、不断提高演艺技能，但从她在文艺队的活跃表现看，可能是汲取了奶奶教诲的精髓。我大姐身材颀长、容貌姣好，是我们兄弟姊妹五个当中长得最好看的，也是村里的美姑娘，但是她性格内向，比较害羞，对文艺表演这类事情避而远之，不愿出头露面，也不参加文艺队，只是偶尔看看。大姐更愿意做的事情是看书，欣赏一下得体大方的衣裳，或者与几个性格类似的合群的闺密一起闲谈聊天，有点儿古代大家小姐大门不出二门不迈的风格。我二姐是在担任小学教导主任的爸爸的推荐下才进入校体操队的，按照她的自然条件当时要进体操队还是有点儿难度的，好在都是小小年纪，可塑性和潜力都很大，并且那时的体操表演也就是弯弯腰、踢踢腿、倒倒立，做一些难度不高、相对简单的动作，特别是团体操表演，都是大家在一起做动作，也不复杂，对身体条件的要求不是那么高，因此，二姐在体操队的训练还算顺利，每次团体操表演都很正常，也就打消了父母和我们兄弟姊妹原来的担心，消除了在看她表演时的紧张。我那时年纪还小，除了在"耕小"时表演过几次节目，升到三年级来到主校区后就没有参加任何文艺团体，除了学习就是劳动，再就是和小伙伴玩耍。

  我很愿意看学校的文艺表演，每次看的时候都目不转睛认真地听着唱的内容，欣赏着演员做出的动作，觉得挺有意思。有一次学校文艺队在我们生产队的大房子演出，表演结束后请大家即兴表演，我忍不住也表演了个节目，唱了一首歌。唱的是什么歌曲现在已经记不清了，表演得怎么样印象也不深刻了。当时在场的大姐后来跟我说，歌唱得还不错，嗓子也很好。当时大姐很为我感到紧张，因为在这之前从来没有听到我唱过歌，心里想我弟弟会唱歌吗？能唱好吗？但几句下来还真不错，声音洪亮、不走音跑调、字正腔圆，让在场的人都感到很惊讶！现在想起来是无知者无畏,那时年纪小,什么都不怕,也不会感到害羞,因此唱起来是彻底放得开的。

除了学习、文艺活动,劳动在那时占据了我们的大部分时间,所以连我们学校的名字都叫作"共产主义劳动学校"。记忆中印象深刻的劳动场面是在东瓦喂化肥。东瓦是石峪大队的一个生产队,距离我们白堡子生产队有六七里的路程,没上学之前曾陪着爷爷、奶奶去过那里。由于不通车只能徒步,一路山岭加上六七里的路程,要走很长时间才能到,感觉挺累的,确实挺远。到东瓦追化肥是我上小学三年级后学校组织的第一次大规模集体劳动,并且是在另一个生产队,能够集体出远门、参加劳动,我感到很兴奋,但真正干起活来,这种高兴劲儿很快就烟消云散了。那天干的活是给玉米追化肥。按照种植节气,"五一"前玉米下种,过了一段时间小苗就出来了,等到苗期稳定,就要间苗、追肥了。追的肥一般有尿素、硫铵,尿素最好,圆圆的一个个白色颗粒,作用期长不说还没有味道,我们最爱用尿素追肥。尿素有一个缺点就是价格相对贵一点,所以生产队买化肥时尿素一般买得少,基本上都是用硫铵作为化肥的主力。一听说这次追肥要用硫铵,我的脑袋立刻就大了起来。打开装满硫铵的大厚塑料袋子,根本不敢低头,而是侧着脸、迅速往自己的小脸盆里装着。即使这样也难以抗拒那股剧烈刺鼻、辣人眼睛、扑面而来的气浪。这时我只能是闭着眼睛、扭过头,用绑在棍子上的小铝勺费力地,但尽可能快速地装着自己的脸盆,然后屏住呼吸,一勺一勺艰难地在前一个同学用铲子铲除大部分小苗,只留下一棵大的、最粗壮的玉米苗的根部附近铲开的凹坑里一点儿一点儿地点着青绿色的硫氨肥，然后用自己穿着解放鞋的一只脚，一个坑一个坑地小心翼翼地覆盖好土，再压实，既不能让硫铵颗粒碰到玉米苗，也不能跑风漏气，影响化肥的效用。等到劳动结束，我的解放鞋里面全是土；把鞋脱下来，脚上全是黑泥；脚丫子里面汗水与硫铵化肥液体混合在一起，把双脚烧得红红的，像被蜇了一般地生疼，并发出一股难闻的气味。我的情形还算不错，由于有解放鞋的保护，进到鞋窠里的硫铵颗粒不算多，脚与硫铵颗粒直接接触的面没有那么大，频率没有那么高，因此脚的痛苦感比那些穿着凉鞋的同学好多了。只图凉快而没有考虑后果的穿凉鞋的同学，他们脚上的汗水与硫铵液体、泥土混合一起，把他们的双脚蜇得疼痛难忍。由于脚丫子里还夹着一些臭泥，在地垄之中，鞋与脚之间滑滑的，很不跟脚。更糟的是，由于凉鞋与脚之间滑滑的、松松垮垮的配合，凉鞋很快就会坏掉。仅用一场劳动就损坏心中珍爱的、宝贵的凉鞋，损失在当时确实有点儿大了。

劳动了一上午，对只有九岁的孩子来说本来强度就大，加上中间班级与班级之间的竞赛比试，更加剧了我们体力上的消耗，还不到十一点钟，肚子就饿得咕咕叫了。好不容易熬到十一点半，满心期望东瓦生产队能拿出一点儿好东西来犒赏我们这群主动来参加义务劳动的孩子，但东西还没等端出来，我和同学们就已经失望了：因为午饭的味道已经传过来了，一股豆面的强烈气味在刺激着同学们的嗅觉。那天中午的午餐是每人一个豆面混合玉米面的大饼子，没有配菜，只能干咽。饥饿还没有配菜，主食只是难以下咽的豆面玉米面饼子，我们当时的心情可想而知。等到匆匆用完午饭，简单休息一会儿，下午再进行劳动时，我们大多数同学已经没有了力气，好不容易熬到傍晚劳动结束，我和同学们一起从牛蹄山后面抄了近路走回家，累得连晚饭都没有吃就睡着了。

那时候生产队经常开展夜战，我们这些学生和社员一起，晚饭后顶着繁星从生产队的田地里往生产队大院里运送玉米秆子和高粱秆子。我小小年纪也和大人一样扛着重重的东西，不知疲倦地往来穿梭。几个小时后，活干完了，回到家里简单收拾一下，休息。第二天继续上学或劳动，身上的那股精气神现在回想起来都感到有些不可思议，怎么就那么不知疲倦！

前大地是我们白堡子生产队最大、最重要的一块公粮、口粮田，在全部三百多亩的土地当中它的面积要占百分之八十的比重，每年出产占生产队百分之八十的玉米产量。前大地呈南北长、东西窄的走向。南北长至少有一千余米，东西宽约为二百米左右，田间的垄也是南北走向的，生产队的社员一年四季都要把主要精力放在这块地上，我们这些小学生开展义务劳动时，在这块土地上用的时间也最多。那时地里的活不仅在农忙时节，冬日里也不停歇。冬天一般要把粪肥送到地里，按照一定的间距堆成一个个小堆，以方便开春时的分撒作业。春忙时处理的第一项工作就是打掉上一季的玉米茬子，以便为分撒肥料、蹚好垄台、开始播种做准备。此时生产队的社员按照队里的分工安排各干各的活计，但他们一般是干主要的活，打茬子等前期准备、辅助性的工作就交给我们学生。我当时只是三年级上学期、一个年纪只有九岁的孩子，与比我高的四年级到六年级的男生一起干着同样的活，强度可想而知，但我性格坚强、能吃苦，身上有着一种永不服输的韧劲。我举着与九岁的孩子很不匹配的大镢头刨着一棵棵茬子,一垄就是一千米呀,多么长的距离!就这样,我一镢头一镢头地抡起、刨下,向前艰难地推进着。高年级的男生一直在我的前面,我总是跟在他们的后面,我人小个头儿小,任凭我使出吃奶的力气也撵不上他们。每次刨到地头,完成一垄,他们都休息一会儿了,我还没有结束,等我到了地头,他们又开始进行下一垄了。就这么一直干着,天渐渐黑了下来,他们都完成了,准备走了。看到我还有一大段没干完,带队的、在班级里任班干部的李志龙走了过来,我以为他要帮助我,满心期待,正想说点儿什么,李志龙却对我说道:"我们干完了,先回家了,你把你的活干完了再走吧!"我当时有些愣住了,满心的期待瞬间就被打散了。我张开的嘴又合上了,没有说什么,也不想说什么,只是扶着镢头看着他们渐渐远去,消失在夜色之中。等到已经看不见他们的身影了,我又举起镢头,一下又一下地准备把剩下的还很长的一垄茬子打掉。这时天已经很黑了,整个前大地就我一个小小的身影在那儿艰难地移动着,四周的群山黑黢黢的,关于狼、狐狸、野猪等吓人的故事全都从我的脑海里跳了出来,我既害怕又不敢害怕:害怕由于害怕而动作变了形、没了力气,活就会干得更慢了,我努力控制自己的恐惧,加快了手上的动作。同时为了降低恐惧感,我时不时地向西侧村子所在的方向看一看,期望远方村庄里豆瓣似的灯光能给我以力量和勇气,使得我能够把剩下的活干完。这时我也顾不上擦一下不知是由于恐惧还是由于劳累而在头上渗出的汗珠,镢头上下运动着,一点儿一点儿前进,以一种责任、倔强和反抗似的态度在努力坚持……

母亲在家里等了很久也没见到我回去，有些着急，就到李志龙家里去问。当时母亲也在我们小学做辅助性教学工作，对我们学生每天的安排都了解，知道当天是李志龙带着我们在队里劳动。在李志龙家，母亲问李志龙："我儿子今天和你们在一起劳动，你们都回来了，我儿子怎么还没回来？"李志龙对我母亲说："你儿子的活还没干完，还在地里呢！"母亲一听就急了，顾不上与李志龙理论，立即跑向前大地，边跑边喊。一看到母亲来了，一直克服内心恐惧的我顿时镇定了下来，急忙擦了一下就要掉下来的眼泪，努力控制住嗓子里的哭腔，喊道："妈妈，我在这儿，我在这儿！"母亲带着哭音，见我就说道："傻儿子，你怎么就一个人在这儿干活呢？怎么不跟他们回去呢？这荒郊野外的，还有野兽，出了事怎么办哪！"我说："我还没干完活怎么能回去？！"母亲的眼泪一下子就掉了下来，说道："我的傻孩子呀，今天干不完明天再干嘛，你怎么这么傻，心眼怎么就这么实诚呢？！不行我得去找李志龙去！"母亲愤怒地拿起我的镢头，带着我走出前大地来到李志龙家。母亲质问李志龙："为什么让我儿子一个人留在黑天瞎地里干活？出了事你们负责呀？"李志龙说："不是我让他在那儿干的，是他自己想在那儿干，说干完再走的！"母亲问我："是这样吗？"我竟然点了点头，母亲一阵气愤，就回过头对李志龙说道："他想在地里干活你就让他一个人哪？他那么小，那么晚了就一个人，你是班干部，就不能帮帮他吗？"李志龙没再说什么，站在那儿不吱声了。母亲想了一会儿，觉得在人家吵也不好，就一转头，领着我走出李志龙家，边走边生我的气，还为我在李志龙家那样的回答狠狠地掐了我一下。

当时劳动是包括我们学生在内的我们生产队所有能够劳动的人的主要工作，每年秋收也是体现劳动的主旋律、展现热火朝天劳动景象的重要时刻。秋收时到地里把秋粮装上车是一项重要工作，由于人小力弱，一开始我被分配给牛车装玉米，但我要强、积极肯干、表现突出，不久就被调整去装马车。那时，能够与马车有亲密的接触是一种荣誉、一种信任，因此，我很高兴，干起活来格外用力。但是我当时年纪太小了，个头儿又不高，身单力薄，装玉米时为平衡身体重心，一只手有时还要扶在土篮梁上，这与那些高年级的、身体壮的经过精挑细选的学生比起来，动作频率肯定不行。因此，老康家的一个比我高两个年级的大小子、平时愿意油嘴滑舌的家伙就嘲笑我："你干得那么慢，一只手还老扶在土篮梁上，就叫你'土篮梁'得了！"我一听这不怀好意的绰号，马上予以回击："你手快，那一个人装一车得了！"他一看我回击时的愤怒表情，就不再吱声了，我也不说话了，两只手一起动起来，加快频率，使出浑身解数、用了吃奶的劲加紧把玉米装上车。

我对劳动的热爱是发自内心的，这一是缘于那时的氛围、学校教育和后天养成，另外也是因为成长在广阔的农村天地中，生于斯，长于斯，每天与山水田野自然打交道，爱土地爱劳动已经融入肌体血液。关于我对劳动的热爱和发自内心的情感，在我小时候写的日记中能够清晰传达出来。我在一篇日记中写道："童年的生活是令人向往的，回忆起我的童年，有时觉得可笑，但又被我那时的爱劳动感染了。放假之前，老师总要进行一番鼓动，说谁要爱劳动谁就能被评为三好学生。记得放假的那一天晚上,我一夜没有睡好,第二天早上听到队里的钟声就赶紧出去了。跟车捡玉米,我使出全身解数拼命地干,可是大人还是说我干得慢,当时我真气愤,还私下里哭过呢!刨茬子,长长垄一眼望不到头,每人一条垄,一天打不完一条垄,我就是这样跟着大人干着,当然落在后面了,因为那时我只有九岁。童年的趣事真是很多,但令我自豪的是我童年时的爱劳动精神,想起我现在有时想懒惰的想法,还真应该向小时候学习呢!"

童年战斗

　　白堡子五个大姓当中尤以老肖家最强,除了家族人口众多之外,主要还是因为肖仁群担任着生产队长。有这样一个实力人物作为依托,老肖家在生产队里自然是最有话语权和影响力的。老康家是满族人,强烈的传统延续和文化习惯使他们的家族更具凝聚力,这种凝聚力也让他们在日常生产、生活特别是关键的利益捍卫中占据有利位置。老李家家庭和人口数都不少,通过直系的血缘纽带或旁系的姻亲关系把他们的各个家庭串联起来,从而建立了更紧密的联系,形成了更强大的力量。老白家家庭和人口数量不如老李家的多,并且血缘关系也不是那么紧密,姻亲关系也没有建立,只是远房的亲戚,但由于都姓白加上不远不近的亲戚关系,虽然日常生产生活中的利益一定是要拎得清的,但在关键的大事上他们会抱团取暖,以一种虽不是那么紧密但也很有阵势的集体来应对外部压力。在这些号称大姓的家族群体中,我们老朱家各方面都居于劣势,数量、分量、实力等均不足以与前几家抗衡。我父亲不善于也不愿意参与那些琐碎的日常之争,由于在石峪是桃李满天下,人们会因为当年接受的教育、曾经的老师而表现出一分尊重和谦让。另一家男主人是大队拖拉机站站长，虽然干的是机修业务的事情，但在乡村以及当时对农村水利机械的重视，并且有时还能够提供人们搭车的便利，无形中提升了他们家的影响力。至于我五太爷家，虽然不具备我们两家的优势，只有一儿一女，但由于他年事已高，又通晓一些世事，村里的人们还是尊重他的。因此，在互补中，我们老朱家三家结合在一起虽然不能事事都占上风，但也不会处于明显劣势。白堡子生产队这样的家族格局在大人们多足并立的同时也会潜移默化地影响孩子们的思想和行为，自然天性的打闹逗趣，混合着我们了解到的家族间的明暗竞争、彼此抗衡，有时会让我们的仗打得很激烈。

我们三年一班共有三十多人，班上有两个同学特别淘气，一个是曲金山，另一个是张得利。曲金山是我们班调皮捣蛋的头，除了本人的原因，更因为他哥哥是他们那个年级的打架斗殴的头儿，他就因此仗势捣乱、有恃无恐。有一次课堂上老师提问张得利问题，他回答不上来，看着他语无伦次、满脸涨红的滑稽样子，有的同学忍不住偷偷地笑了。当时大家都没有在意，晚上放学，我们白堡子生产队的同学集体排着队一起往回走。我们在离山边不远、大队通往白堡子的土路上正走着，突然从山上冲下来两个人，一边急冲一边高喊："站住，站住！"我和同学们一愣，顺着声音一看，只见曲金山和张得利两个人背着书包，手里拿着学校生炉子的铁炉钩子直冲我们而来。到了我们面前，张得利对着我们大喊："白天谁笑了？我上课答问题时谁笑了？"大家很奇怪也很迷惑："谁笑了？谁记得这事儿？早忘了！"因为我是我们班的排长，又是我们白堡子的同学上学放学监督纪律的负责人,我就对张得利说:"张得利你想干什么?"张得利转过身来冲着我说道:"不要以为你学习好,你爸又是教导主任我就不敢把你怎样,你等着,这次我先不对着你!"接着他就从头挨个问同学:"你笑没笑,你笑没笑?"同学们有些害怕,都回答:"谁笑了,谁笑了!"看着张得利在问的时候还拿着炉钩子对着同学,我有些紧张,既是对这个金属利器的紧张,又害怕张得利用它伤到同学们,就说:"张得利,你拿着炉钩子对着我们干什么?赶紧收回去,要不我明天就告诉老师!"张得利冲着我说:"别看你是排长,我不怕你,告老师就告老师,我不怕!"接着他又转过身对着同学质问:"你们笑没笑?告诉你们,如果今后你们再笑,我就对你们不客气!"在此期间,曲金山虽然没有说话,也没有威胁同学,但他是在不自觉中给张得利起着坐镇和增加其底气的作用。两个人又折腾一气,警告一番,然后骂骂咧咧地走了,往回走的时候还一步三回头地继续威胁我们。虽然被张得利折腾得有些害怕,但毕竟没有受伤害,只是虚惊一场,我和同学们的心稍微放了下来,我们继续排好队往家里走去。此刻,大家的心情,包括我在内都有些低落,也有些愤怒,心想:"你张得利和曲金山也太霸道了吧?自己不学习,上课经常答不上来问题,还不许别人笑,可恨的是竟然事后报复,对天天在一起玩的同学进行报复,这事不能就这么完了,得防备,得准备,想一个能对付、反击他们的办法!"就这样,要战斗、随时准备战斗的思想在我的心底就涌现、埋藏下来,并成为我应对周围环境的生活原则。

我感觉,童年经历中,除了张得利、曲金山这两个同学,白堡子的同学中老李家的人表现得也不好。除了前面提到的李志龙，还有一个是另外一支李家的二小子，比我高一个年级的李长力。他虽然不像曲金山、张得利那么蛮横、能打仗而出名，但他是蔫巴坏，专门欺负比他小的同学。有一天下午我在家里待着，突然大队拖拉机站站长的儿子、我的同班同学朱子军在我们家大门口喊我的名字："朱洪你出来，我找你有事！"我不知怎的心里感到有些不对劲，就有些警觉地在我们家窗台上回应："什么事，找我干什么？"朱子军回答："没什么事，就想找你出来玩玩！"我看了看朱子军，他蹲在我们家大门口的地上，脸上的表情好像很平静，寻思了一下，我说了声："好！"就下地穿上鞋跑了出来。拉开院门，脚刚迈出大门外，躲在大门旁边的李长力突然伸出手打了我一个嘴巴。我当时有些蒙了，喊道："你干什么打人？"李长力说道："你那天是不是说我坏话了？说我坏话我就打你！"这也太气人了，我从来都不跟高年级的同学玩，也不接触你怎么能说你的坏话，我就喊道："我也不跟你玩，上哪儿去说你的坏话？"李长力就说："是朱子军说的，说你说我坏话！"我转过头去对着朱子军大喊："我什么时候说他坏话了，你这不是编八奏本吗？我们是同班同学，你怎么这么坏呢？！"朱子军也不吱声，继续蹲在地上，低着个头。我虽然喊了、骂了，但是李长力个子太高了，我也打不过他，再骂朱子军又能怎么的？我很痛苦地跑回家里，一个人在屋子里待着，也不说话，心里觉得这个哑巴亏吃得太冤枉了、太窝囊了！心想："这个仇一定要报仇！"这件事我对谁都没说，家里的孩子那么多，爷爷奶奶、父亲母亲都忙着大人的事，也顾不过来观察孩子们的情况，因此他们都没有注意到我出去、回来前后的明显变化。这件事直到后来也没对任何人说，只是今天才写出来。当然了，当时生气的时候发誓要报的仇，后来也没有报，过几天就忘了，又和好如初在一起玩泥巴呢。

　　记忆当中在白堡子吃亏、干仗就这几次，这些冲突的直接原因是你说我了我说你了，你和我们家不好我和你们家不好，其内在原因还是在于贫穷、生活差距引起的矛盾。要避免这些，我的原则是一定要学习好，这样就能赢得更多人的尊重；我把握的另一点就是做事有原则，不挑拨离间、不伤害他人、不参与麻烦事。与童年的无忧无虑和幸福的日子时时伴随的战斗场面，即使在我们家搬到晒马公社旱沟大队后还在持续着，只是那时候自己主动或被动参与得少了，更多是看到或听到别的少年或青年还在延续这些有些是嬉闹、有些却显得激烈的事情。

忘情溪水

虽然有打打闹闹，但与伙伴彼此融洽、嬉闹欢乐的日子还是蛮多的，充满了我童年的整个时光。水库修建之前，村前那条水量丰沛的小河承载了我和小伙伴无限的幸福和欢乐。一方水土养一方人，自然界的植物和动物也是如此。同样是辽东地区，但不同地方的植物和动物还是有差别的。与晒马相比，石峪地区河里的鱼以浮鱼居多，而晒马是浮鱼和底层鱼都有，只不过浮鱼种类不如我们石峪的多。我所说的浮鱼是指大部分时间生活在水的中上层的鱼类，底层鱼是指主要生活在河流的下层和河底的鱼类。晒马的河流为草河的上游，草河是瑷河的上游，而瑷河为鸭绿江在辽东地区最大的一个支流。就我观察的情况来看，晒马地区河流的浮鱼基本上为柳根鱼、猪嘴子和扁担钩，其他的浮鱼种类很少。石峪地区的浮鱼就多了，除了柳根鱼、猪嘴子和扁担钩，还有白鳔鱼、红菱鱼等。但晒马的底层鱼种类极其丰富，远远多于石峪的河流。底层鱼有家胖头、山胖头、船钉子、沙胡鲁子、泥鳅、鲇鱼等，而石峪的底层鱼只有家胖头，其他的就没有了。再一个区别是晒马的河里蝲蛄（小龙虾）特别多，而石峪基本上没有，只在河的上游的支流里能看到少许。这除了一方水土的原因，另一个原因可能是晒马的河流要大一些，无论水量、水深和河宽都比石峪的要大许多，因而孕育了种类、数量更多的物种，就像海洋一样，那里的鱼类数量种类是任何河流都无法比拟的，因为海纳百川，无限包容。

我在石峪和晒马的小河里找到了诸多的欢乐和幸福。春天抓鱼，夏日嬉水，秋天震鱼，冬日滑冰，我与小河结下了深深的不解之缘，享受了无限的童年乐趣。"三九四九打死不走，七九河开八九雁来，九九搭一九黄牛满地走。""三九四九打死不走"，先人们这关于冬季的描述，用在我们那儿是非常准确的，但说"七九河开八九雁来，九九搭一九黄牛满地走"，对我们东北、对我们石峪则有点儿不适用，那描述的是中原大地，我们的节气还要比这个往后拖一段时间。春天终究是要来的，在大块的冰融化，经过一段时间的暖阳加热之后，伴随在田野里忙碌的人群，看着小河两边枝条上冒出的新绿，这时，我们快乐的时光就又来到了。脱下鞋子，用脚试试河水，在感觉到没有了那么砭骨的寒意之后就开始了与水亲密的接触。为什么不用手试试呢？因为手在长期的劳动和生活中经过冷热干湿的历练，它的耐寒耐热能力已大大增强了，皮肤变得不那么敏感了，因而用手试水所感知的温度还不够准确，不那么可靠，它反映的往往不是身体的其他部位所能够接受的温度，而脚平常大都包裹在鞋子里面，受到了良好的照顾，虽然负重前行，但在温度这一环节它的待遇是优厚的，因而对外界的刺激非常敏感甚至显得有些娇气，所以，脚能够接受的温度对于身体的其他部位肯定没有问题。这些经验有些是老辈人传下来的，有些则是我自己在实践中的总结。我们那个时候是绝不会在春寒料峭之时、在太阳把河水晒暖之前轻易或长时间下水的，因为春水砭骨、伤人，大人的提醒和自己的实践都会让我们对春水避而远之。等到春天已经来了一段时间，一块块浮冰已彻底融化之后，我和我的小伙伴就迫不及待地下河了。

春天在小河里主要是捉鱼。一般是用铁丝抽鱼，找一条一米五左右的八号铁丝，我们称之为"绿豆丝"，叫"绿豆丝"可能是因为它的颜色是青绿色的吧。把"绿豆丝"的一头用锤子打扁或敲尖，把事先准备好的椴木把钉进去，也可以不用木把，直接把铁丝弯出可以手握的把手来，这样，一个手持舒服、线丝长短与自己的身体匹配的抽鱼线就做成了。来到河边，找寻水流不是很急的河段，看到鱼群，手持抽鱼线慢慢将鱼群赶到浅水区，然后猛烈地抽打鱼的前部。由于鱼在被催赶的过程中会加速前进，抽打鱼的前部，在铁丝切进水里的一刹那正好与鱼激烈前冲时精准对接，铁丝就会击中鱼的头部或身体前半部，霎时，河道上泛起一片鱼肚白，这是白鳔鱼；或者涌出一些青红白相间的鱼来，那是红菱鱼。抽鱼是绝对讲究技巧的。刚才说是要抽打鱼的前部，则会击中鱼的头部或身体，如果直接抽打鱼的身体，由于鱼的急速前进，等到铁线切进水里时则会与鱼擦肩而过，那就一无所获了。抽鱼的技巧源于观察、实践和其中的领悟，并且要经历多次的失败的磨砺，技艺才会有所增进。抽鱼时收获最多的是白鳔和红菱这两种鱼，因为在石峪的河里它们的数量多，加上体型大、冲得猛，往往受伤得最厉害。同样是浮鱼，柳根鱼却很少被抽中，因为体型较小，游速又不是那么快，更关键的是柳根鱼长着一身柔软的细鳞，通体溜滑，如果不是直接击中它的头部或中部，铁丝会很容易从它滑腻的身体上顺过去，大大减少被击中的概率或即使被击中了也不会受到致命的伤害。我们抽鱼一是为了作为一种美食享受，更多的是为了寻找一种乐趣。于是，每当春秋两季上学、放学的时候，我会随身带着自制的抽鱼线，在走路的间隙来到河边，找寻捉鱼、嬉戏的乐趣，或者利用休息时间驻足在河中间，捕获一长串的鱼带回家，让奶奶处理好后做成全家都可以享用的美味。

抽鱼只能捕捉到浮鱼，那些出没于河底或待在石头底下的鱼，用这种办法就捉不到了，因此，更多的时候使用铁锤震鱼。我们家没有铁锤，这是个遗憾，我就拿着家里的小手斧到河里震鱼，通常是从我们家门前的河段开始向上游推进。震鱼是有技巧的，一看水势，二察石头形状，三要掌握出锤力道。看水势，主要是寻找水流缓慢，又不太深的区域，水流缓慢的区域便于鱼在那儿觅食，因而鱼群较厚。流速快了，一般它的石头底下有鱼的可能性较小，即使有鱼，由于水流速度快，鱼被震晕了、漂上来，也会随着水流快速流走，根本来不及捡起来，相反在那些流速缓慢的地方，一锤震下去，慢慢翻开石头，就能看到震晕的鱼儿泛起鱼肚白正慢慢地漂上水面。之所以慢慢翻开石头，一是为了减少水纹的波动，以便看清水底的情况，二是为了减少水底沉积物的泛起，能够观察到战果数量。察看河底石头形状，这大有学问。鱼不是随便就找块石头钻进去的，得有足够的石下空间，让它容身；还要足够安全，不被人或外物轻易攻击。因此，鱼一般是找那些大、稳、平而隐蔽的石头，把自己藏在里面。由于一年四季与我们家门前那条小河打交道，非常了解鱼的习性，因此，随便一看就知道鱼会在哪些河段、哪些石头底下藏着，基本能做到百分之百，而且还一眼就能看出哪些石头是被人刚刚翻动过的，因而不去击打这些石头。至于出锤力道就更有学问了，要看石头顶部与河面的距离、石头的大小厚薄、河底的成分，决定击出的力道。太大了把石头震裂了，鱼的身体会受到严重损害；力道小了，鱼就会跑了。由于掌握这些要领，我逆着河水，准确出击，随身带的罐头瓶子等装鱼工具很快就满了。虽然春天或秋季水温还有点儿低，但在春初或秋末的暖阳中时时晒暖的后背传导的热量下，我一点儿也没有感觉到一丝凉意，而是专注地盯着自己的一个个目标，不知不觉中走过一段长长的距离，呼吸着河面上恬淡的混合着一点儿花香、树味的新鲜空气，在与自然无限地亲近中幸福地享受着。

后来，上游修了水库，下游的水量大大减少，虽然说水库也养起了鱼，但那是鲫鱼、鲢鱼、鲤鱼和草鱼等外来物种，体型大，水又深，我和我的小伙伴不可能到那儿去捕鱼。而下游几乎干涸，早已让鱼群消失殆尽，从此，那份抽鱼、震鱼的童年乐趣就永远失去了。可见，修大坝、整梯田、建水库等人类为生产更便利、生活更美好的改造自然的活动，还真得仔细研究斟酌，充分考虑地区的实际，从而做出权衡利弊的决策来。

生产队长

　　自记事起我们白堡子的生产队长就是肖仁群。生产队作为社会主义农业经济的一种组织形式，它是在一九五八年出现的，随后在中国广大农村实行起来，发挥了应有作用。生产队的性质是劳动群众集体所有制的合作经济，实行独立核算、自负盈亏，设有队长、副队长、会计、出纳、记工员、妇女队长等，在国家计划指导下根据本队实际情况因地制宜编制生产计划、制定增产措施、制定经营管理方法。同时有权分配自己的产品和现金，在完成向国家交售任务的情况下，有权按国家的政策规定处理和出售多余的农副产品。党的十一届三中全会特别是二十世纪八十年代后全国很多地区的生产队农户自发拆分成生产小组，到了一九八四年全国范围内的生产队组织就基本上不存在了。能够在曾经发挥过重要作用的经济组织里担任生产队长一职，足以看出肖仁群队长的能力水平和在白堡子社员中间的威望。肖仁群个头儿不高，皮肤黝黑，平时话很少，走路时总是低着个头，好像在思考什么。逢人见面他不太主动去打招呼，即使对方打了招呼，他也是点头示意就过去了，不会多说什么。每天清晨总能看到他早起的身影,来到村前柳树下敲起上工的钟声,然后默不作声地带领社员开始一天的劳动。不事声张保持低调不一定就没有管理能力,相反可能更有威严、更具影响力。从我的观察来看,白堡子生产队的社员对肖仁群队长还是比较尊重的,尽管有的社员在背后议论他。有的社员议论肖仁群队长总往上拍,如果大队书记来我们生产队检查工作,他总是一步不离地跑前跑后,笑脸迎送,但对社员脸色就不一样了,一副公事公办、不冷不热的态度。也有说肖仁群队长好话的,我大姐就说肖仁群作为生产队长还是挺公道的,挺讲究工作方法的。大姐还说了她当时经历的一件事情。那时学校放假,各个年级的学生都要参加生产队的劳动,但参加劳动的学生无论是哪个年级的,他们与社员的劳动工分是不一样的,哪怕干的是同样的活、劳动量也差不多,一天下来社员的工分肯定要大大高于学生。因为感觉挣的工分太低,有一次大姐忍不住就问了肖仁群队长,大姐说:"队长,我们和社员们同样干了一天的活,也不比他们少干,为什么给他们十二分、十分,而我们只有四分、五分呢?是不是太不公平了?"听了大姐提出的问题,肖仁群队长不紧不慢地回答:"那不一样,别说活的多少是有差别的,就是没有差别也不能挣一样的工分。因为你们学生来劳动只是一时的、义务的,不是为了养家糊口,而社员们是生产队的主要劳动力,是要养家糊口的,他们的工分就是要多一点儿,你说是不是?"听了肖仁群队长这么一说,大姐也觉得有道理,就不再提出异议了。从大姐的叙述来看,我也觉得肖仁群队长还是很懂政策、讲究公道的。后来我也查了一下有关生产队工分的资料。对于工分当时国家政策是这样规定的:"社员的报酬以工分形式体现,生产队根据当年社员所获工分多少进行分配。工分报酬分为两种形式,即针对普通农业劳动的标准工作日报酬和针对农忙时节或特殊劳动项目的定额报酬。具体到每个劳动者的工分档次由生产队负责人会议核定。一般原则是,成年男性——男壮劳动力十二分,一般男性劳动力则为九到十一分;成年女性——女壮年劳动力七到九分,一般女性劳动力六到七分;学生,指高中以下,利用周末或寒暑假参加生产队集体劳动,高年级男性、体力健壮素质好的九到十一分,其他六到九分;高年级女性,体力健壮素质好的六到八分,其他四到六分;儿童三分。"从大姐的评价和我查找的资料情况来看,肖仁群队长对于学生参加集体劳动计算工分的问题是按照国家的政策来执行的,没有偏离规定或搞一些有失公正的做法。看来,有一些社员背后的议论不一定能站得住脚,对一些问题的观察还是流于表面,是对人家的误解。对这些生产队里的大事、大人们的事情,我是没有发言权的,不能妄加非议、随意评判,我要谈的是我自己接触肖仁群队长时他给我的印象。

　　九岁那年暑假,有一天我一个人拿着镰刀到前大地割猪草。没有农村生活经历的人可能不知道什么叫割猪草。割猪草就是到田地里割一些三角菜、苋菜、婆婆丁、灰灰菜、猫爪菜、榛子叶等猪能吃的野菜,来作为猪饲料的补充。那时候粮食普遍不够吃,因此,家养的牲畜在吃玉米、土豆、豆饼的同时还要补充一部分青饲料。每年春夏放学或放假的时候,给家畜打青饲料是我每天的主要任务。我顺着前大地的垄台边走边找各种各样的猪草野菜,由于中间部分地块的猪草野菜已经被社员采割得差不多了,我就向西找去,一直来到前大地西地头。西地头有些涝,那里的玉米长得不是很好,整个植株包括叶子泛着淡淡的黄色。如果玉米泛出这种颜色,而田地不能立即减轻涝的程度的话,到秋天是结不出很棒的玉米棒的。为了减少不必要的照料,生产队一般都把这些玉米秆儿提前割下来,作为牛马羊吃的青饲料。这样的玉米秆儿有一个特点,就是其秸秆里面水分特别多,汁水特别甜,我们称之为"甜秆儿",这东西可是在没有甘蔗的北方为我们这些乡村小朋友解决吃不到甘蔗难题的最好替代品。看到眼前一小片淡黄的、未来结不了果实的玉米秆儿,想着它里面甜甜的汁水,我不禁舔了舔舌头、咽了咽口水,腿就有些走不动了,就想割一棵来吃。但又一想,我是一名学生、三好学生,又是班干部,怎么能违反纪律,干这种损害集体利益的事呢?想到这儿,我就努力转过头,准备拔腿离开这里,但内心里似乎还有一种力量在拽着我,阻止我离开。是的,那个甜秆儿对我的吸引力实在太大了,就在眼前,不割一棵来吃一下太可惜了!我又一想:"我不割,生产队随后不也得来割吗?"我于是又想到我和小伙伴们经常在生产队社员用铡刀或碎料机打青饲料时,冒着被机器喷出的秆段打中的风险,忍受着被铡草的饲养员呵斥的委屈,在那些一小段一小段的秆段还没有撮到马槽、牛槽和羊槽上时,迅速地捡起来,一块一块地放在嘴里嚼吃的景象时,那么现在割一棵就相当于提前品尝了,应该没问题吧?!想完这些足够给自己以宽慰和原谅的借口后,看看四下里无人,我就挑最边上垄头那一棵最小、最细、颜色最黄的甜秆儿下手了,用镰刀迅速割了一棵。还没等我处理好秸秆,割一块放在嘴里,就听到震天霹雳似的一声大喊传过来："好啊，你竟敢偷割公家的玉米，走，跟我回生产队！"我顺着声音一看，原来是看青①的人。他让我拿着那棵刚刚割下来的玉米甜秆，跟着他来到生产队。看青的人把我作为战利品直接带到生产队长肖仁群面前。在听完看青人的简短汇报后，肖仁群声音很低、很平静地对我说："你怎么能割队里的庄稼呢？"我脸色有些涨红，心里不愿承认他的说法，反驳道："那不是庄稼，就是地头的甜秆儿！"肖仁群队长有些愠怒，他提高了声音，说道："那也不行，那是生产队公家的东西，不能随便割！"我又急忙补充着说道："我就割了一棵，再说，我不割，生产队不也得割了喂牛吗？！"肖仁群队长生气了，说："你这个孩子怎么回事，说你还不听，还是三好学生呢，你爸还是学校教导主任，平常怎么教育你的？我得把你这个事告诉你爸爸去！"一听说要告诉我爸爸，我心里有点儿害怕，就不吱声了。看到我不吱声了，肖仁群队长就不再说什么了，也没再坚持要告诉我爸爸，只是又教育了我一会儿，就放我走了。我出去又打一会儿猪草完成当天的任务，天色都很晚了才回到家里。家里的人包括我爸爸也没有提我割生产队玉米甜秆儿的事，我不禁一阵暗喜，心里有些感激肖仁群队长，感激他没有把我割玉米甜秆儿的事告诉我爸爸，他的地位在我的心里得到了提升，增加了我对他的好印象。

肖仁群队长家我去过几次，和我们家一样间量不大的白瓦

---

① 生产队派出社员负责看护队里庄稼、山场以防止发生火灾、被人偷盗，统称为看青。

房,房山头①的上半部分还没有封死。房子里面,一进门是厨房,都没封闭,是敞开的,左右两间住人,南面是炕,炕头摆着炕柜,上面有一架座钟,北面是山墙,散落地摆着地柜、碗柜、洗脸架等,与我们家或别的社员家也没有什么不同,更没有什么奢华的气氛。有一次过年期间我到他们家玩,看到肖仁群队长与客人刚喝完酒,坐在炕上唠嗑,脸上泛出紫红色的光亮,面带笑容,一改平时的严肃样子,露出家庭男主人的模样。肖仁群队长的大儿子是生产队的车老板,他的大儿子平时总是横了吧唧、说一不二,有一天,我一个人从家里出来到生产队去玩,刚走到生产队的大门口,就看见肖仁群的大儿子赶着空的马车从北面疯狂地奔了过来,他嘴里不停地喊着:"驾!驾!"我一看,那几匹马在炈着蹶子向前飞奔,速度极快,正向着我的方向赶过来。我一看那架势不好,就想找一个能躲避开的地方,但生产队门口没有合适的地方,我来不及多想就迅速跑进生产队院子门前的大门洞里面,事后想一想这是个十分错误的决定。进了门洞我一看,不好,里面有一架牛车停在那里,使门洞的通道比平时窄了一半,但是要出去或往里跑已经来不及了。这时,只见肖仁群的大儿子赶着车一阵风地向大门洞冲了过来,嘴里还是不停地喊着:"驾!驾!"丝毫没有减速的意思,我目光一睃,发现牛车后部左侧靠近大门洞墙边的后辕板没有木板,只留下三个承板木掌,在它们之间正好留下两个空间。我立刻跃过去,骑着木掌,两腿叉放在两个空间之中。就在这时马车疾驶而来,它的左侧轮毂的

---

① 房子东西两侧的山墙我们当地称为"房山头"。

铁头猛烈地撞击在牛车的右车轮轮毂顶头上。只听咣的一声,一股金属撞击的火药味道就散发了出来。停靠在门洞里的牛车在疾驰的马车撞击下向大门洞墙体一侧猛烈地移动,但被车体左边一侧在撞到大门洞墙体后阻止住了。可以说,如果没有牛车后辕板那个空间,我的双腿就会被齐刷刷切断,那命还能保住吗?真是老天有眼,让我能够在那一刹那找到那个空间,否则,真不敢想会有什么后果。就在马车撞击牛车的一瞬间,肖仁群队长的大儿子愣了一下,可能觉得他的赶车技术怎么能发生撞车的事呢。他也看到了我,但他没有说话,赶着车走了。我从惊魂中走出那个辕板的两个小空间,走出大门洞,到生产队的场院里去玩了,把之前经历的惊魂一刻,早忘到一边儿了。

大队书记

作为大队党支部书记,宋家和在我们石峪大队可是个人物,对石峪大队影响极大。那个时候的大队党支部书记是整个大队最有权力、最有号召力的人,在社员面前的出镜频率也最高,贯彻上级精神、组织落实生产、安排政治学习、开展文化活动等都离不开他的统筹指挥。同时,大队书记还负责领导学校教育工作,把握着学校办学的政治方向,监督学校培养社会主义、共产主义接班人的总体工作。在石峪那段日子里,宋家和这个人经常出现在我们的面前,时常看着他穿着军大衣,带领大队、生产队的干部到处视察、检查工作;听他做报告,组织召开大会,做各种动员等。他又十分年轻,使得他在我们心中的形象就更加高大了。

宋家和是我父亲的学生。一九五八年七月,父亲中师速成班学习结束后被分回到石峪小学任教师,宋家和当时念小学四年级,父亲任他们班的班主任。其间,父亲发现宋家和很有组织能力、善于领导调度,就让他做班长。父亲经过观察看,觉得这小子将来能有点儿出息。因此,班级开展活动时就让他来负责。宋家和每次组织活动都有始有终,把事情安排得井井有条,同学们都很听从他的。尽管宋家和的组织能力很突出，但学习成绩一般，到了小学六年级，全公社进行小学升初中考试，父亲教的班级一共五十人参加，考上了二十五人，升学率位居大河城公社第一名。虽然全校升学比例挺高的，但宋家和没能考上，他随后来到大河城农中学习，毕业后回到他的家乡石峪大队宋家堡子生产队从事农业生产，在经过挺长一段时间的基层锻炼后，于一九七四年担任了石峪大队党支部书记。这就是宋家和的成长经历。先天的基本素质，后天的不断努力，加上父亲的有意栽培，一个生活在偏僻落后的农村、学习成绩不是很突出、没有受到高等教育但勇于追求、潜心磨砺的青年，在很年轻的时候就走上大队党支部书记的领导岗位，领导组织一个大队的生产，具体安排社员的生活，全面开展政治思想工作，在我看来确实是不简单、了不起。

宋家和给我留下最深刻的印象是他经常穿着一件军大衣，不管是陪同县里来的领导到大队、各生产队视察工作、督导检查，还是组织召开大会、做报告时都穿着军大衣。军大衣就披在肩上，也不扣扣子，看起来很是意气风发、派头十足。如果他是作为最大的干部来生产队视察或做报告时，那更是有派头、有架势。当时大队党支部书记还肩负着领导学校教育特别是开展思想政治工作的职责。因此，宋家和经常到我们学校做报告。报告的内容主要是贯彻党的教育方针，不断培养忠诚党的教育事业的师资队伍，培养建设社会主义、共产主义的接班人等。每次做报告时宋家和也努力去引经据典、谈古论今，来增加报告的丰富性和生动性。无奈原来的基础比较薄弱，又没有受到更好的高等教育，尽管实践经验很丰富，但知识积累、理论的系统性方面还是有所欠缺。因此,在做报告或是讲话时就会暴露短板、不足。有一次,宋家和到学校给全校师生做报告,其间他引用了《水浒传》这部经典著作的有关内容,讲到宋江时,他又引用了毛主席在一九七〇年对《水浒传》的点评:"《水浒》这部书,好就好在投降。做反面教材,使人民都知道投降派。"他又谈到宋江与晁盖之间的关系,在说到晁盖时,把"晁"字说成"赵"字,这样就把晁盖说成了"赵盖"。我当时才三年级,还没有学到"晁"这个字。因此,在听到"赵盖"时没有什么反应,也没有听出什么异样。但高年级同学那边就有动静了,同学们相互对视、窃窃私语;老师们也听出不对劲了,就交头接耳地说了些什么。宋家和书记在台上是否注意到这些窃窃私语,或者是否敏锐地意识到这些小动作背后的原因,我不知道,但报告结束后,同学们就炸锅了,那些比较确定这个字的发音的同学急切地说道:"那个字不念'赵',念'晁',他念错了!"老师们也自然地走到一起,低声地说:"老宋念错了,那不是'赵'是'晁'!"等到进了办公室,离开学生们的视线,在各教学组的小空间里,老师们的议论就热烈起来了。

抄袭先生

当时我们石峪小学还发生了两件事情。是一次期中考试时，当时的六年级出了一件令人啼笑皆非的抄袭事件。考数学的时候，有一个班级的一名男生由于不会做就抄袭同桌的卷子，同桌做一道，他就抄袭一道，后来，有一道题同桌也不会，冥思苦想了一阵子也没有解出来，于是，就在卷子上这道题的空白处写下"这道题我不会"几个字。这期间，抄袭人家卷子的那位也停了下来，等着同桌继续给出答案，因为他也不会呀，并且不会得还十分彻底。等到那位同桌写出"这道题我不会"的字样时，那位抄袭的男生也不仔细看或者根本就没有意识到这句话是什么意思，或者是因为紧张失去了思考的能力，就跟着在自己卷子上那道题的空白处也写下了同样的一句话。老师批卷子的时候看到这两张卷子，感到很惊讶，就向所在教学组进行了报告，教学组负责人了解情况后上报学校。两张卷子的答案基本一样，从经验上来看两个人做的题不可能完全一致，特别是从那句令人匪夷所思、完全一样的"这道题我不会"的"答案"来看，肯定存在抄袭问题，那么谁抄袭谁？学校把两名同学找了过来，一问就真相大白，那名男生没有隐瞒，把自己抄袭同桌卷子的事一五一十都交代了。老师又问他为什么连那句"这道题我不会"的话都抄下来了时，男生回答："这些题我一点儿都不会，加上紧张，就跟着抄了下来，根本不知道那不是答案！"

对这样一位抄袭他人、违反考试纪律而且是犯着低级错误的"反面典型"，学校肯定要严肃处理、以儆效尤。石峪小学召开了全校大会，对那个男生的抄袭行为进行了通报，严肃批评了这一行为，警醒全校师生引以为戒，并提出要举一反三，严格考试纪律、严格校风校纪、严格教学管理，进一步加强教学质量，不断提高学生的课业能力和成绩。我在听通报的时候听得很认真、很专注，我觉得那个男生学习太不认真了，怎么学了半学期连一道题都不会，不会到连思考的能力都没有了，这肯定是因为不认真学习，否则不会这样。要不就是在数学的学习上没有天分，怎么学都不会，但是再笨拙，也不会笨拙到连是不是题的答案都分辨不出来的地步吧？归根结底还是上课不注意听讲、课后不认真复习、考试前不认真准备，一句话，就是心思没有全用在学习上，因此才犯了错误、出了洋相，到现在都让人作为谈资。后来那位学生怎么样了，我不晓得，但是再没有听说有关他的故事，我也希望他能以此为鉴、幡然悔悟、百尺竿头、更进一步，做出让我们当时在校的师生刮目相看的成绩来。

与考试时抄袭他人形成鲜明对照的是，我们学校还出了个正面典型，一个努力克服困难、坚忍不拔、风雨无阻、吃苦耐劳的"长跑将军"。这名"长跑将军"也是一名六年级的学生，是一名男生。他家住在离石峪小学二十多里远的生产队，由于家里经济条件有限买不起自行车，学校也没有宿舍，他每天上学放学来回的路程就靠他的双脚来丈量，用跑步来完成。从三年级开始一直到六年级每天跑二十多公里，除去公休假日、寒暑假期，他一年要跑五千多公里路，三年就是一万多公里。就这样坚持三年，他从一个不是很健壮的小孩子跑成个子高大、健壮的少年，比美国电影《阿甘正传》里面的主人公阿甘跑得还艰苦、坚忍，完全是中国少年版的《阿甘正传》励志故事。由于长期坚持，他跑的速度越来越快、耐力越来越久，后来，公社召开全公社学校运动大会，他自告奋勇报名参加三千米长跑比赛，获得了冠军，为石峪大队、石峪小学赢得了荣誉。学校为此专门召开大会发表奖通报，介绍他的先进事迹，号召全校师生向他学习，学习他不畏困难、坚韧不拔、勇于争先的感人事迹。在那个少年上台领取奖状的时候，我很仔细地打量着他，全身上上下下地看着，满心欣赏和赞叹：欣赏他健壮的身体、健康的体魄，赞叹他不畏艰难、长期坚持的毅力，并为他在坚韧不拔中做出的成绩而感到由衷的敬佩！

文化村庄

相比较当时的物质生活条件，石峪大队的文化生活开展得还是非常丰富的。在广泛学习天津小靳庄热潮的推动下，各个生产队利用生产劳动之余开展不同形式的文化活动。我们生产队也按照上级的要求深入学习小靳庄，组织政治夜校，写诗、写批判稿，同时开展文艺活动。生产队把社员中有文艺天赋的人组成了舞蹈队、小合唱队、快板书队、乐器队等，利用劳动的间隙、晚饭后的时间加紧排练，文艺会演之前那几天更是抓紧时间，参加演出人员可以暂时不参加生产，专心排练。一时间，生产队的大房子里人影婆娑、鼓乐齐鸣，充满了欢声笑语。

舞蹈队排练的舞蹈是在劳动实践中创作出来的。只见一对对青年男女演员各自手执一条软肩带，放在肩上，双手各执一端，随着音乐，双脚踏步前行的同时，双手执着软肩带上下富有弹性地跃动，就好像肩上挑着重担子一样，展现出生产队社员热火朝天、苦干实干快干、积极奔向社会主义的火热场面。演员在双手翻飞、舞步跃动的同时，口中还要唱着歌，他们不断地随着旋律唱着"铁锹飞舞我们要大干，铁锹飞舞我们要大干"。在他们排练的时候，我坐在大房子的炕沿边，注视着青年男女演员的排练，为他们精彩的编排、灵动的舞步和稳定的歌声所吸引，边看边想："他们怎么还会跳这种舞蹈，演出这样的节目呢？平时都在田间地里干活，也没有受过什么训练，怎么就能编排出这样的舞蹈组合，是谁教的呢？太令人不可思议了！看来艺术是源于生活的，生活实践是最好的老师呀！"中年妇女则被组织起来排练花棍舞。只见她们手持自制的、带有像理发厅灯箱中旋转而形成的纹路的棍子，棍子的两头系着粉红的花团，一会儿单手一会儿双手，一会儿前一会儿后地变换着动作，让人眼花缭乱。同时，每一次舞动花棍都发出整齐的哗哗的声音，甚是好听。小合唱队、快板书队和乐器队一般是从当时的样板戏或革命电影中选取片段来进行排练表演。考虑还得生产，不能牵扯太多的人力，我们生产队不搞大合唱，都是小合唱、表演唱。说快板在当时很流行，竹板一打，讴歌党的路线、讴歌时代、讴歌先进典型的创作层出不穷。表演唱则是几个青年小伙子，头扎白羊肚手巾，手拿烟袋锅子，上身穿着白棉布坎肩，鼻子下面画着两撇黑黑的小胡子，口中唱着"张老三，我问你，你的家乡在哪里？我的家在山西，过河还有三百里"的山西民歌，其滑稽的唱腔、表情和动作，常常逗得我们咯咯直笑。因而，不时地举起手来，指向正在排练表演的那些青年，指向其中最逗人的那位。乐器队一般都是民族乐器，什么二胡、扬琴、笛子等，他们一般不在大房子里练，都是单个在家里、河套、小路等远离人群的地方，否则太闹人。乐器也不全都是民族的，也有口琴，口琴短小精悍、表达丰富、旋律感人，又便于携带，很适合当时在乡村表演。表演口琴的是我二舅家的大小子，本来没有什么乐器基础，虽然每天苦练，但由于时间短、基础弱，每次排练、表演时气换得不是很匀，显得很累，但旋律还是很不错的，大家听得都聚精会神的。学校的文艺队在大队的文艺会演中肯定是主力，他们在老师的带领下利用下午和晚上不停地排练着。

经过多日排练，终于迎来了全大队文艺会演的时刻，学校的主席台被用来搭建成露天表演舞台。只见，舞台背靠的小学后面的郁郁葱葱的小山，就像一个巨大的屏障依靠，在夜幕降临后显出黑黢黢的山色、鲜明的轮廓，坚定而安全；舞台后部、东西两侧用幕布搭起背景帷帐，舞台前面两边分别竖起的两根笔直的立木上用翠绿的沙松进行装饰，做成与抗美援朝时期欢迎、欢送志愿军或庆祝战役胜利一样的布景。县里、公社、大队和各生产队的领导纷纷前排就座，社员、学生在后面依次坐好。舞台上准备第一个上台表演的演员已经有些迫不及待了，有几个人还走出来向台下望一望，但马上就被负责人给叫回去了。等到主持的领导做了简单讲话，文艺会演就开始了，各生产队、学校的演员拿出最好的状态、最抖擞的精神来表演着，台下观众看得如痴如醉，特别是当自己生产队的节目出现、表演完毕，台下的他们生产队的观众总是爆发出最热烈的掌声。依次报幕、顺序表演，会演进展得很顺利，但总有意想不到的情况，出现小小的纰漏。毕竟不是专业演员，都是来自田间炕头的青年小伙、大姑娘小媳妇，也没经过专业的系统训练，他们是在生产队的统一组织下，出于自身的责任和荣誉感才上台表演的，一些社员甚至平时说话都不好意思，哪里见过这样的大阵仗。因此，当上了舞台，看到底下黑压压的观众时,就立刻慌乱起来、不知所措了。我们生产队的花棍舞节目在表演时就出现了状况。我二舅他们一上台就慌了,再表演几下,身子打了几个转,然后就晕倒在台上了,引得台下观众一阵善意的笑声。虽然,表演结束后同队的大婶们也埋怨了我二舅他们几句,但都不是那么刻意和刻薄,不是专业演员,只为那份心中的责任、集体荣誉,并且已经尽力了,谁还会再说什么呢!每次文艺会演学生们的表演总是很好的,富有朝气的面孔、充满活力的表演,赢得了社员的阵阵掌声。每次文艺会演,给我印象最深的还不是节目的可看性、是否有意思,而是平常里就在身边生活的人们上台表演时所带来的亲切感,他们的动作、欢乐的表情、参与的热情,他们那种不畏生活艰难、始终保持乐观的精神令人感动,也正是这种精神让大队、生产队的社员能够不过多地考虑物资的匮乏,不被生活的重担所压倒,始终积极向上地面对困难、勇敢生活,最终迎来今天幸福安康的好日子。

城乡之间

尽管大队、生产队和学校都在努力改善生产、生活和教育条件，但因为历史的原因，使得城乡之间各方面的差异还是很大的。与北京、上海这样的大城市的差距自然不用说，就是与省内的城市、县城比，乡村的落后也是显而易见的，硬件和软件都是如此。许多城里面有的东西，在乡村根本就看不到，所以那时我特别愿意跟着爷爷奶奶、父亲母亲到我大伯家所在的城市去。吃一根城里的冰棍、看看各种各样的汽车，这就是极大的享受。在上高中之前我只去过一个比较大的城市——本溪市。本溪市是我们县的管辖城市，从我们家到那儿直线距离并不远，不到一百公里的路程，但是真正要去还是会花费点儿时间的。首先要徒步四公里来到五棵树大队，从那儿坐公共汽车二十公里到青河口，再从青河口坐火车六十五公里才能到达本溪市。由于车次少、车速慢，加上前面徒步、中间倒车的时间，到市内得大半天。哪像现在，这点儿距离坐动车就是眨眼间的工夫。自己驾车也很快，一个多小时，这真得感谢我们国家四十年来改革开放所取得的巨大成就，让我们能够充分享受出行的便利。回想当时如蜗牛般行驶的汽车、人挤人的公共汽车，每小时才五十六公里的火车，对比当时出行的那份艰辛，生活在今天这个时代真是太幸福了。

到了本溪市内，我的眼前就打开了一个新的天地，实际上打开眼界的时刻从上了火车就开始了。看着冒着黑烟喷出白汽的车头不断发出"哐哧、哐哧"的声音开过来时，我的心就按捺不住激动了，拉着爷爷奶奶或父亲母亲的手直向火车停靠的站台奔去。看着外表泛着深绿的车厢，想着不知是什么用途的印在一节节车厢外面上的数字，抬起脚艰难地一磴磴迈上踏板，然后快速走到车厢里面。在看到一排排柞木制的高椅子，或者绿色的人造革皮椅子后，与爷爷奶奶、父亲母亲找了个空位慢慢坐下来，在克服与对面旅客对视的羞涩感后，眼睛随着向前移动的列车仔细地观察着沿途每一段的景色：险峻的高山、浓密的植被、奔涌的河水、耸立的大桥、远近的房舍农田，还有一排排挂着电线的铁塔……虽然对很多景物早已司空见惯、习以为常，但坐在移动的火车里看着它们，方式、角度、视野不同，风景和感觉就完全不一样了。身处长白山、千山余脉的环绕之中，山体虽然不是很高大、海拔也不是很高，但由于地壳的上下运动、河谷的长期切割、冲刷，造就出相对高度很高的峭壁、深深下切的峡谷。两条铁轨常常是沿着河谷在耸立的峭壁间蜿蜒伸展，险峻、狭窄处，火车就悬在高高、陡峭的河岸边，仿佛一不小心就会掉下深渊似的，甚是吓人。沿着河岸、山谷前行的火车要过河谷、穿山洞，每当火车钻进山洞里时，车厢里亮起的灯只能发出昏黄、暗暗的光线来，霎时，车厢里就几乎看不见人影了。车厢之外、视线所及漆黑一片，只能看见车厢外迅速后移、有点儿流线状的洞壁，眼睛和心里的不适感陡然增加。这时，如果山洞稍长一点儿，我就会急切地问爷爷奶奶或父亲母亲："山洞怎么这么长啊？火车怎么还不出山洞啊？"

来到本溪市内，我的眼睛更是瞪大了，觉得眼神也有些不够用了，到处都是车，什么红色的公共汽车，车顶上带着两条大辫子的蓝白相间的无轨电车，我们称之为"大辫车"，什么解放牌汽车、苏联嘎斯车，什么带着履带的七十五马力、一百马力拖拉机，还有三轮、两轮"屁驴子"，以及车体呈暗绿色的三轮车等，我就和我大娘邻居家的小男孩坐在马路边上，一边看着马路上跑着的各种各样的车，一边过来一辆数一辆，每当遇到从来没有见过的车型时就喊："看，这个不一样，那么怪！看那个不一样，那么大！"在看到路边有一台巨大的链式挖掘机，就和那个小男孩跑过去，左左右右上上下下地看着、摸着，满眼好奇地探索着，直到太阳下了山、天色很晚了也不回家，害得大人们到处找。

本溪市的望溪公园更是吸引我。终于等到星期天，大伯大娘陪着我爷爷奶奶或父亲母亲到公园去游玩，那时正是五一劳动节，是公园一年中景色最美、人最多、活动最多的时候。在买了门票走进去后，我的眼前又呈现了更新奇的世界。公园的进门处摆满了各式各样的花卉，有夹竹桃、杜鹃、山茶花等，对于花我不感兴趣，在家乡每天都有花的陪伴，并且作为男孩子，本身对花也不感兴趣，但我对花丛中的机械装置很有兴趣。我看到在一片杜鹃花丛中伸出一个长长的金属吊臂，在自由地旋转着，还不时地上下移动，把吊臂下的小东西给吊起来，非常有趣。往里走，是动物的天地。首先映入眼帘的是一群不停上下翻飞的猴子，只见它们上蹿下跳，嘴里不停发出叽叽喳喳的声音。因为第一次看到猴子觉得特别好玩，为它们的机灵、顽皮和一眨一眨透露出野性的眼睛。等来到蟒蛇区，看到那一条条巨大的蟒蛇，缓慢地蠕动着躯体，我看着久久不愿离去。无论从我当时的感觉和现在的回忆来看，本溪市的望溪公园都是很不错的。景区坐落在市中心内，市民前往十分方便；景区内区域布局合理、内容丰富、种类繁多，满足了不同人群的需求，同时管理得也很到位，井井有条、干干净净，让观赏者感觉非常舒服。

来到本溪市内，我心里还惦记着一件事，那就是琢磨着什么时候、怎样才能吃上一根冰棍或一根甘蔗。当时本溪冰棍分两种，一种是白色的，二分钱一根，另一种是棕色的，五分钱一根。二分钱一根的主要是用糖精、水和少量添加物做出来的，刚从冰棍箱里拿出来，吃的时候很硬、很凉，但不是很甜，并且甜的味道不是用白糖做的那么绵软、细致，因此，我更愿意吃五分钱一根的，没那么硬还甜，唯一的缺点是吃多了舌头会不舒服，感觉麻麻的，需要一段时间这种感觉才会消失。对这两种冰棍的小瑕疵我根本不在意，每次看到卖冰棍的老奶奶推着小车过来，我的双脚就不愿意移动了，眼睛死死地盯着那个冰棍箱子。爷爷奶奶是没有钱的，父亲母亲往往把我送到我大伯家，第二天就回去了，也不会留下什么零花钱。大娘平时是不随便花钱的，当时他们家只有大伯一个人挣钱，大娘是农村小脚老太太，不工作，没有工资，要养活五个孩子七口之家，条件可想而知。因此，每当这时，大娘就对我说："红啊，那冰棍怪凉的不好吃，吃了，肚子疼，还吃不下去饭！"大娘的话此时对我根本不起作用，我也不吱声，人也不动，就那样看着冰棍箱子。说了几遍，看我还不动，大娘被逼得没办法，就从小钱包里掏出二分钱，给我买一根白色的冰棍，只有极少数的时候肯拿出五分钱，给我买一根棕色的冰棍。当我的舌头一舔上那凉凉的甜冰棍时，内心的满足难以形容。但我是一个懂事的孩子，这种情形只有几次，我知道大娘家的生活状况，每年我父亲都会给大娘家送粮食和副食，接济他们的生活，因此我不会无节制地要冰棍吃，但实在是天性难抵，那个冰棍太有吸引力了，因此也就偶尔使出了小性子来达到自己的目的。

在我大娘家附近有一个工人电影院，除了看车、陪大娘买菜、周末时逛公园，我最愿意去的地方就是那个电影院。出了家门，沿着小马路向东走不一会儿就到了，远远就看到电影院正门上方巨大的电影广告宣传板，宣传板往往选取电影里的一个镜头或根据电影内容绘制或印刷出一个宣传广告，一看到那吸引人的画面，我的心里不禁一阵阵着急，就想着如果我也能进到电影院里面看看电影那该有多好哇！特别是如果能看看战争片，那就更好了！喜欢归喜欢，受经费的限制，更多的时候只能待在电影院外面，反复看着广告牌的内容、看着每场电影开场散场时进出的人们，或者在人们已经进去之后百无聊赖、捡捡丢弃在电影院门口的已经用过或作废的电影票边角，想从中发现过去放过什么电影、上面都写着什么内容，把它们集成一小摞，攥在手里，把玩着，以作为内心着急又无奈的一点儿慰藉。等到周末我大伯有了厂子发的职工电影票，或者花钱买几张来，自己能进去亲眼看上电影时，那份喜悦就甭提了。坐在能够自由翻起或落下的硬凳子上，目不转睛地看着影片，从影片正式放映前的"假演"就开始，从头至尾目不转睛，生怕漏了一段画面、一个情节，往往电影放映已经结束了，人已经走出影院了，思想还停留在片子的画面和内容中，久久不愿意离去。

当时我大娘家住的是平房，面积很小。进门一个小厨房，里面一个起居室，由于人口多而房子小，在孩子陆续长大后实在不方便住在一起，除了我大姐结婚出去住，另外三个孩子都搬到宿舍了，只有一个最小的姐姐陪着大伯和大娘，在日常生活上跑跑颠颠搭把手。为了贴补家用，大娘还帮人带了一个孩子，挣点买菜添衣的钱。离大娘家不远，出了一个狭长的小道抬头就能看到一座灰砖结构的二层楼房，为东西走向的，南面是厨房和起居室，北面外挂着上楼的楼梯和露天走廊、阳台，大伯家小哥的朋友就住在这里，我常跟小哥到他家去玩。站在露天的阳台上、俯视着街道上的人们，我心里想："什么时候大伯家也能住上楼房，那样我就能天天在这阳台上看风景了。"

本溪市是我们国家重要的钢铁制造基地，生产的人参铁据说是国内唯一的，只有这里才有制造技术。但由于是重工业，当时的环保水平有限，技术跟不上，所以那个时候包括后来很长一段时间本溪市的空气污染十分严重，卫星上看不到的地球上的城市就有她一个。我当时就感觉到这个城市怎么黑烟滚滚、水的味道不对、空气都是臭臭的呢？一九八八年我们举家搬到本溪市，住的房子紧挨着铁路，西面不远处就是本溪钢铁公司第二钢铁厂，每当出钢的时候一阵黄烟直冲云霄，进而散布开去，天空一下子就烟尘密布,暗了下来,加上其他几个铁厂、钢厂也是如此,所以本溪的空气污染就此产生并长时间地延续下去。后来随着国家的发展、经济基础不断积累、环保技术逐渐升级、环境保护意识越来越强,钢厂的污染问题才得到比较彻底的治理。现在本溪市的污染问题已不像以前那么严重了,城市环境越来越好,山水宜居的城市面貌已经呈现在人们面前了。

本溪虽然只是一个地级市,但在当时与乡村比较,其所处的环境、拥有的资源、享受的生产和生活条件还是要远远超过的,吃穿住行和其他各个方面都比我所在的石峪要好很多,到城市去居住、生活是我们当时住在农村的人非常羡慕的一件事。即使不能住在城市,有个城市亲戚也是值得骄傲的事情,小伙伴到城市亲戚家里串串门,见见世面,回来向其他的小伙伴炫耀一下,内心会十分满足。

我们家庭

　　与我们民族近代的历史一样,我们老朱家这个家族也是经历了从动荡到安定再到安康的艰难奋斗的生活历程。太爷太奶、爷爷奶奶历经清朝末年、民国和中华人民共和国三个阶段。当时,我们家住在与石峪白堡子临近的位于其东北部的晒马凉水地区,这是一个比白堡子更偏僻、贫穷和落后的万山深处的小村子,父亲就在那儿出生。在那个深山老林里就住着我们一家人,周围环境与电影《雁南飞》中抗联某部连长魏得胜受伤后所住的玉贞家的情况几乎一样,并且时间也差不多。我父亲是一九三五年九月出生的,电影《雁南飞》反映的是一九三九年冬东北抗联面临的时局,更巧的是,凉水这个深山村子与东北抗联杨靖宇将军经常活动的一个密营所在地——蒲石河的距离不到十五公里。国破家亡、民族危难,在那个动荡的年代,太爷太奶、爷爷奶奶加上父亲兄弟姊妹四个,一家八口人,即使躲在人迹罕至的大山深处也不能独享清静、逍遥度外,即使辛勤劳作也摆脱不了生活的艰难,而日本帝国主义的侵略则更加剧了这种动荡和贫困。一九三八年春天,驻扎在当地的日本守备队为了"清剿"抗联队伍和所谓的土匪，实行"三光"政策、大肆"并屯"，将在深山沟里居住的人家强制归并到日本人规定的居住区，不走的就拆、烧。太爷太奶舍不得离开自己用双手泥一把水一把垒起的草房，结果被日本守备队一把火给烧了，辛辛苦苦打下、积攒的粮食等全都给烧光了，什么东西也没留下。这年冬天，全家人实在没有办法在凉水待下去了，就搬到与凉水临近的位于东面的晒马旱沟地区，就是一九七八年我们家从石峪搬到的晒马公社旱沟大队，这里是日本人规定的居住区。住了一段时间，由于旱沟地区土地面积有限、资源贫瘠、人口众多，加上没有亲戚接济，实在待不下去了，全家人就从旱沟搬到附近的杨岭。其间，由于四处逃难，家里穷困至极，爷爷奶奶迫于生计就把我九岁的大姑姑许配给我父亲姑奶奶的女儿的儿子曹庆珠，作为曹家的童养媳。第二年也就是一九四○年春天，年景不好，时局又乱，一家人的日子实在过不下去了，太爷太奶、爷爷奶奶一家人就沿途乞讨走到本溪市青河口，就是我后来上学经常在此中转坐火车的交通枢纽小镇。在青河口，太爷到他的妹妹家寄居，太奶此时已经去世了，靠爷爷给日本人磨洋工、奶奶给人家抽蚕丝勉强糊口。父亲当时三岁了，正出天花，由于贫穷没有能力有效治疗，于是落下了眼疾。青河口地区山高、水凉、土质薄、地域狭小，加上日本人的残酷统治，当地人民的生活十分贫困，太爷、爷爷奶奶一家人的生活太艰难，于是就搬到本溪市南芬地区。南芬当时是一个铁矿区，现在也是本溪钢铁公司的重要铁矿原料产区。在这里，一家人靠爷爷磨石子来过活。父亲六岁时，全家人又顺着沈丹铁路往北辗转到本溪市桥头镇，那儿当时也是铁矿区，现在仍然如此。

爷爷和我大伯在福金岭为日本人修铁路隧道、推轱辘马，奶奶则在细河边筛沙子来养家糊口。奶奶是小脚老太太，这年春天奶奶到细河北岸去干活，由于河水很大，河上只架着木板桥，并且是临时搭建的，木板也不宽，当奶奶从北岸回来的时候，由于小脚加上晕水，在过桥的时候一下子掉进齐腰深的河水里。奶奶不会水，在水里上下翻腾，加上春水寒凉，很快就被淹得冻得不行了。父亲在岸边急得大哭，但一个六岁的孩子也没有能力下水去施救，就在这危急关头恰好有人过桥，看到奶奶在水里挣扎，他们立刻跳进水里，把奶奶救上岸。看到自己的母亲为了一家人的生活苦苦挣扎，还被水淹成那个样子，差点儿送掉了性命，父亲内心痛苦极了。

与我们中国人的苦难生活不同，当时桥头是日本人居住比较集中的一个小镇，日本人主要住在"洋人街"。"洋人街"两侧全是日本洋房，小街干净、肃静，但不允许中国的孩子进去，伪警察见到就打。每年春天的时候，樱花开了，日本人的樱花节到了，住在"洋人街"的日本人身着节日盛装欢度着樱花节。他们在细河边搭起帐篷，又在河流上游用油布把河水拦住，使下游河水变小、河床变干，然后就开始抓捕河床上的鱼，鱼又多又大，装满了日本人带的各种器皿。日本人将这些鱼处理干净后，进行烹调炖煮，然后开怀畅饮，载歌载舞地享受着他们节日的欢乐。而父亲和他的小伙伴们只能远远地看着日本人在庆祝他们的樱花节，望着日本人吃剩的大米饭和鱼头，馋得嘴里口水直流。父亲八岁时，一家人在桥头也生活不下去了，就雇辆胶轮马车举家迁往石峪。走的时候天已经黑了，走了一夜，天亮时到了本溪市青河掌三道沟,三道沟有一门王姓亲戚,父亲一家在那儿借吃了点儿早饭,接着又马不停蹄地继续赶路,直到天黑时才到了石峪白堡子,在此安顿下来。租住的是父亲叫五爷爷的他们家的房子,转年搬到他们家的后面,也就是我们兄弟姊妹五个出生的草房。那个草房窗台以下是石头垒成的,墙是用高粱秸和泥混合砌成的。从此以后,父亲一家人起五更爬半夜,在租别人的土地上辛勤劳作着,勉强维持家庭的生活。其间,父亲念了私学馆,学《三字经》《百家姓》和《民贤记》,后又上了小学。一九四五年八月十五日日本人投降,一九四六年至一九四七年我们党领导的东北民主联军与国民党军在我们家那儿打拉锯战,一九四七年秋天东北民主联军逐渐掌握战略主动权,由防御转为反攻,后来我们的家乡开始进行土改,原来租的村里人家的地分给了我们家,还分得当时租住的一间半草房,与另一家合住三间草房,并且一住就是三十年。一九七二年父亲母亲把我们这一间半进行了翻修,增加了一点儿面积,盖成一个建筑面积七十二平方米的白瓦房,在当时算是比较彻底地改善了全家人的居住条件。虽然按照现在的标准来看也不怎么样,房子又矮又小,但在当时已经是村子里不错的房子了,这样的房子整个村子也没有几家。

　　土改时我们家被划为下中农,比生活条件最差的贫农要稍好一点儿,但绝对属于根正苗红的家庭成分,家里还有一头牛来帮助生产,大大缓解了人力的负担,也提高了耕地和运输的效率。我们党开展的土改政策深得民心,有了土地,能吃上饭,翻身做了主人的村民积极报名参军参战。一九四七年东北民主联军扩兵,鼓励适龄青年参军,农会也积极做工作动员各家各户的青年参加，那年我大伯二十岁，就在当年秋天参加了东北民主联军第十一师。第十一师属于四纵，就是取得新开岭战役的胜利、歼灭国民党王牌"千里驹"师的那支英雄部队，其前任司令员是吴克华，后任是胡奇才；前任政委是彭家庆，后任是莫文骅。第十一师师长是个老红军，江西兴国县人周光。"一人当兵，全家光荣！"我大伯光荣参军，爷爷奶奶一家人都感到光荣，我们家也成为村里人敬慕的军属。父亲当时年纪还小，由于刚解放还没有学校就在家里放猪，一九四九年上了解放区政府组建的新学校，从小学二年级开始，读完初中，直到一九五八年被保送到本溪师范速师班学习，毕业后回到石峪小学任教师。这期间，我大伯也从部队转业回来，在本溪钢铁公司工作。其时，太爷身子骨还行，爷爷奶奶身体健朗，大姑姑逐渐融入老曹家的大家庭，生活也挺和睦的，老姑姑也嫁给邻村的本分人家。因为赶走了日本帝国主义，东北解放家乡解放，更由于新中国的成立，我们一家人才从此安定下来，逐渐过上了解决温饱、日子稳定乃至改革开放以后越来越富足的生活，从我们家族一百多年的苦难历程来看，我深切体会到没有国就没有家，没有国家的稳定强大就没有家的温暖安全，没有国家的发展富裕就没有家的幸福安康，所以国家的命运与每个家庭的命运是紧紧联系在一起的，在任何时候都不能舍大家顾小家，如果舍了，小家的温暖幸福只是昙花一现，是不会长久安定的！

爷爷奶奶

我爷爷叫朱文升,从爷爷的名字上就能体会到太爷、太奶对子女们接受教育、识文断字的那份期望,遗憾的是在国家危亡民族危难的时代,让儿女受到良好教育、传承文化只能是大多数父母心中的梦想了。好在爷爷有机会读了几年私塾,因此成为石峪地区他们那个年纪里少数有文化的人之一,爷爷也因为有这点文化,在参加生产队劳动的同时,还负责给社员记工分。爷爷不但识文断字,还略通阴阳五行、上下风水。当时,石峪大队只有一个卫生所、一个大夫。尽管时任大夫的医术很高,工作也特别负责,但要照顾好所有散落在深山各处人家的病人确实也忙不过来,特别是每逢夜里如果谁家的孩子有个头疼脑热、癫痫抽风等突发的疾病时,根本来不及送到大队的卫生所,因此,运用民间的土药方子,甚至采取带有一定迷信色彩的治疗办法的人家就大有人在。爷爷奶奶也会这套东西。有一次,傍晚时我发烧恶心,这时卫生所大夫已经下班了,到人家里去又太打扰,并且我的病症又不是那种严重的,以前也犯过,于是奶奶就把爷爷叫过来,继续用他们那带有迷信的土办法来给我治疗。等我在炕上躺下睡着后,奶奶拿来一只碗,把碗放在我头顶枕头边的中间部位,往碗里稍稍倒了点儿凉水,然后取出三根筷子握在一起,直立放在盛有水的碗里,口里念念有词,什么"哪方来的山神土地、冤家小鬼,你们要是冲撞了我的孩子,你就显显灵,让筷子立住"。爷爷和奶奶做这些事情时,我本来是睡着了的,但由于他们在我头顶上做这做那,又是口中念念有词,就把我弄醒了,但我还是闭着眼睛,半梦半醒之间听着他们的念叨。也不知是什么原因、什么原理,在奶奶的念念有词中,三根没有任何捆绑缠绕、又是放在装有一点儿水的碗里的筷子还真就合在一起,立在碗中央。对这一现象,我至今没有弄明白是什么原理,但不管怎样,这应属于唯心主义的天人感应观点,不应该提倡!等到筷子一立起来,奶奶嘴里又嘟哝了一会儿,四下里呸呸了几声,就把筷子和碗撤下来,紧接着让把爷爷用黄表纸写的"聚魂码"轻轻塞进我的枕头底下,等我睡着了在半夜的时候拿到外面烧了。那个"聚魂码"又是什么原理,我也不知道,后来偶然间爷爷在给村里的人家治疗的时候,我偷看了一眼,开头写的是"失魂失魂,不知何处留存"等,一是爷爷不让看,再一个是那时自己年纪小,很多字还不认识,所以我就只记住了这么几句。不知是因为睡了一宿好觉还是小孩子生命力旺盛、恢复功能强的原因,第二天我还真就好了,其中的理儿还真就无法解释,但那不是科学是迷信是肯定的了。

　　由于我是我们家的第一个男孩,因此全家人对我格外看重,认为这是传宗接代的香火,得好好培养教育。因此,爷爷无论到哪里都要带着我,我也愿意跟着爷爷四处走着,爷爷跟我讲着天南海北的故事,讲他了解的历史、人物、典故等,让我收获颇多,很多人文历史故事就是从那个时候开始积累的,至今获益匪浅。爷爷领着我四处走时,基本上都是徒步进行的,这首先是囿于农村的交通条件,二也是为了节省点儿钱,再一个原因是我们农村人也不把走路当作很辛苦的事情,路途只要不太远,三十里、五十里、百八十里的路程抬腿就走,眉头也不皱一下。因此那时候我跟着爷爷经常走路、走山路,如果遇到同行的人,无论本村还是外村的,爷爷都主动与他们搭着话,一路结伴而行,谈庄稼、谈收成、谈年景、谈各种事情,一会儿就到了地方,我呢就在听着爷爷和他们的闲聊中到了目的地,同时一路上也开阔了眼界、拓展了视野,加快着人生的启蒙。

　　有时候路途遥远需要走上个大半天,我们爷孙俩还得解决午饭的问题,每当这个时候,爷爷总是能够想出办法来。花钱吃饭一般不是第一选择,因为没有钱去买东西吃,那怎么办?那时尽管穷,但亲情、乡情重,爷爷一家人经历了四海为家的日子,住过很多地方,因此与各地的人很熟悉,加上当时哥们分家立户,婚事嫁娶也走不太远,不是姑舅亲就是各村之间的就近嫁娶,往往亲戚套亲戚,因此爷爷在当地有很多远近亲戚。加上爷爷略通风水、识文断字,还是我们那儿红白喜事的张罗人,很多人都认识他。凭着这个,爷爷带着我四处走、串家门,都能找到吃饭的地儿,肯定饿不着。记得有一年冬天,我们从石峪出发到旱沟我大姑家,我们爷孙俩走小路、过山梁连续走了十五里,距离旱沟还有一半的路程时已是晌午,我又渴又饿,就不停地对着爷爷说:"爷爷,我饿,我渴!"这怎么办?爷爷领着我边走边寻思,最后说:"咱们到岔沟老刘家去吃饭吧,他们是我的表侄子!"说着,我们爷孙俩就走到路东边的一家大门。敲开门,迈进去,只见一个年轻的媳妇迎了上来,年轻的媳妇长得挺好看的,像电影《乌鸦与麻雀》里扮演余小瑛的演员黄宗英。年轻媳妇嘴上很热情地喊着爷爷的辈分,把我们让了进去,聊着聊着,年轻媳妇知道了我们爷孙俩要吃午饭的来意,脸上显出一丝为难,但撵我们走吧又不好,就嘴里说着:"你们坐着啊,我做饭去!"忙了一阵子,饭菜端了上来,我一看,主食是大米干饭,菜是装得满满一窑锅①的酸菜猪肉炖粉条,热气腾腾的,体现了女主人真心实意的款待。窑锅里的酸菜是自己家腌的,肉是自己家的年猪肉,粉条是晶莹雪白的土豆粉,我还注意到在小火盆上面放着的、装得满满的酸菜猪肉炖粉条的小窑锅里面,瘦肉切得特别多,这份心意在当时即使是实在亲戚也不一定能表达出来,我不禁又看了一眼在我们面前忙碌的年轻媳妇一眼。饭甜、肉香、粉条有嚼劲,中午的这顿饭自然吃得很好,我心满意足。吃饭的时候,我偶尔也观察一下那位年轻媳妇的表情,虽是与爷爷满面笑意地说着话,但是感觉她还是有些心疼。这也可以理解,毕竟那时每家都不太富裕,在杀年猪的时候才能吃上的好东西,给我们吃了,人家吃的次数就少了,更何况大米在不吃商品粮的人家是多么难得呀!因此,我很感谢我爷爷的那家亲戚、那位年轻媳妇,她能够在那样的条件下招待我们爷孙两个吃这样的饭菜,显示出她的气量、胸怀和那份亲情!那顿饭、那一幕、那份情至今

---

① 当时一种炖菜用的小铁锅,我们俗称为"窑锅"。

都留存在我的心中，难以忘怀！

除了带着我四处走走，爷爷还让我与他一起从事生产劳动。在石峪，爷爷冬天砍柴，我迎着凛冽的寒风负责送饭。我们家搬到旱沟后，与爷爷一起劳动的时间就更多了。一九八三年旱沟大队实行农村联产承包责任制，我们家大地分了九垄，杂粮和蔬菜地分了两块儿，加上刚搬家时分的一块蔬菜地，大小口粮田、自留地有四块儿。最大的是那块口粮田，每条垄近千米长。父亲当时在晒马联中担任主任，教学任务繁忙；母亲在学校做饭，五六百号师生，每天从早忙到黑，也分不出精力来管家里的农活。奶奶当时已经七十五岁了，又是小脚老太太，耕田铲地的活干不了，主要是在家里负责做饭、喂猪、忙碌一些家务事。当时我们五个孩子都在上学，我又是长子，虽然年纪只有十五岁，但已经担负起家里主要劳动力的职责了。春天打茬子、给地里送粪、犁田翻土、整垄点种，这些活需要一家人集体出动一起干，等到后期禾苗长出，铲地除草、间苗、追肥的事就主要由爷爷领着我们几个兄弟姊妹来完成了。特别是铲地这件事基本上就是爷爷领着我来干。近千米的长垄，大半天才能铲完一条，共九条，需要两三天才能完成，所以一到垄前我就愁得头疼。当时我的个子只有一米四九，力气也不足，常常是铲一会儿就要停下来休息一阵子，有时实在累得够呛，就对爷爷说："爷爷，这地什么时候才能铲完呢？"爷爷这时候总是笑眯眯、不紧不慢地说："孙子，活还有干不完的时候吗？不怕慢就怕站，再怎么慢，只要坚持，到时候我们就干完了！"听了爷爷的话，我就站起来继续铲着地，等累得又有些不行了想要坐下来休息的时候，我就在心中默念爷爷的话:"不怕慢就怕站,站一站就完蛋!"不知怎的,只要默念着爷爷的话语就能坚持住了,也就把先前在我眼里好像永远也干不完的活给完成了。爷爷的这句话一直深深地影响着我,每当工作上遇到繁重的任务、生活中面临短时间内不能解决的难题时,就用爷爷的话来给自己打气、鼓劲,心也就渐渐平静下来了、不着急了,只是努力地坚持着往前走,事情也就一点儿一点儿地解决了。

每年清明、农历十五等祭奠祖先的日子,爷爷都要领着我到太爷太奶的坟上去扫墓、祭祀,一路上跋山涉水、跨沟过坎,我们爷孙俩一路走、一路交流。爷爷给我讲着祭祖的源头、对家庭的意义,我也问着爷爷我心里想着的问题。等到祭祀开始和进行时,爷爷又给我讲着规矩和注意的地方,潜移默化地,祭先敬祖、孝道遵规的习惯就自觉养成了,一直影响到现在,成为我们家庭的规矩和文化。

一九八八年我们家搬到市内,当时爷爷已经是八十二岁了,可能是因为习惯了农村山清水秀、粗茶淡饭、亲土热炕和经常参加劳动的生活,突然来到城市,无论空气、饮水和居住条件都与原来发生很大的变化,爷爷来到城里后身体有些不适应,很快就生了病,到医院也没有查出具体原因,但就是不见好转。寒假期间我回到家里,每天陪着躺在床上的爷爷,为他刷牙洗脸,直到有一天傍晚我为爷爷洗了澡,再去给爷爷喂饭时,爷爷已安详地离开了我们,享年八十二岁。爷爷是旧时代出生的人,生于清末,其间经历了"中华民国",最终迎来了新中国的建立,才有了不受颠沛流离之苦安定下来、不当亡国奴而获得新生的日子,一生中虽没有享受到物质极大丰富、美好而富足的生活，但也赶上了改革开放后，农村联产承包责任制所带来的粮食够吃、温饱安康的几年相对幸福的日子。靠着识文断字、悟道尽礼，在个人获得一定尊重的同时，让家庭能够克服困难、安顿生存，让家族得以延续发展，这既是爷爷个人达观生活态度挣的，更得益于民族新生、时代发展。

我奶奶与爷爷同一年出生，是个小脚老太太。每次看着奶奶的小脚，我们兄弟姊妹几个都要问一句："奶奶为什么要裹脚哇？裹脚疼不疼啊？"奶奶就会叹一口气，说："傻孩子，怎么不疼啊！你看你们的一双大脚多好哇，想往哪里跑就往哪里跑！我们那个时候不行啊，父母要求裹，谁敢不裹？不裹，父母往死里打！"奶奶虽然是小脚老太太，但是性格刚毅、果敢、说一不二，经常为了捍卫我们家庭的利益、免受欺负而与人针锋相对、寸土必争，从来都是无所畏惧的！奶奶与爷爷谈不上相濡以沫，出生在落后的旧社会，封建的包办婚姻主宰着大多数青年，谈恋爱那只是少数人才有的体验。因此，爷爷奶奶以及他们那一代基本上都是先结婚而后才建立感情的。从我记事时起，就没看到奶奶给爷爷好脸色看，见了面就是一句："你看那个死样，死都不愿意见！"要么就是嫌弃爷爷的吃相、睡相："你看那个吃相，你看那个睡相，睡个觉还噗噗的！"每次奶奶和爷爷拌嘴，我们兄弟姊妹五个总是一边劝着、一边质问奶奶："奶奶你怎么老愿意和爷爷打仗啊？我爷爷多好哇！"我们觉得我爷爷就是好，每次奶奶对着爷爷百般挑剔时，爷爷都不吱声，实在被奶奶逼急了，顶多说一句："又怎么了？"就不再说什么了，可能爷爷认为"好男不跟女斗"吧！不知奶奶是真嫌恶爷爷还是心里对爷爷好而表面上不愿意表达，我感觉是后者，因为在爷爷去世时，奶奶虽然表面上很刚毅，给了当时六神无主的大伯和父亲以极大的镇定，让他们把后事办好，但从那时以后，我明显感觉到奶奶没有了往日的精神，人也不太愿意说话了。

奶奶对爷爷嘴上那样不饶人，但对我们这些孙子、孙女却是好得不得了，我们兄弟姊妹几个对爷爷、奶奶也好。那时候我大伯家在本溪，虽然经济条件很有限，但也会来我们家看望爷爷奶奶。每当那时，奶奶总要把她儿子给她买的好东西给我们一些吃，我们如果弄到什么甜瓜梨枣之类的都要首先给爷爷和奶奶，我感觉，我们兄弟姊妹五个对爷爷奶奶的感情甚至要比对父亲母亲还要好一些。每次父亲叉回来的鱼都是奶奶来处理、炖好，我每次捉到的鱼也都是奶奶来加工，或者炖着吃，或者炸点儿鱼酱，总是能够丰俭由人地安排得妥妥当当，让一家人满意地享受。

除了在家里要说了算，为家庭生活、生存而奔忙斗争外，奶奶还特别能干。别看是小脚老太太，春天上山采野菜，秋天捡蘑菇、摘野果，一点儿都不亚于年轻力壮、大脚板的年轻人，哪怕都七十三岁了，上起树来动作麻溜利索，一会儿就打下一筐山里红。有一次，奶奶上山采野菜时正低头忙碌着，突然感觉有一个凉凉的东西搭在她的脖子上，凭着经验奶奶感觉是一条蛇，奶奶没有慌张，伸出手一下就把搭在她脖子、后背的大乌草蛇给甩了出去，脸不变色心不跳，而我们在听奶奶讲的时候，心却被吓得怦怦直跳。

奶奶没念过书，在旧社会的农村谁家的女孩子能有机会去读书啊？奶奶一个字也不识，但令人惊讶的是她能看懂几个数字，就是人民币从一到十的几个数字。为此，我们兄弟姊妹五个还曾偷偷议论、笑过奶奶呢，说："奶奶太爱财了，是钱迷心窍哇！"奶奶的身体一直很好，即使搬到城里也是这样，但在爷爷去世后的第三年，奶奶摔倒一次，造成腿骨骨折，这极大地影响了她的健康，后来奶奶身体渐渐虚弱下来，八十五岁那年去世了。奶奶与爷爷同岁，也是出生在那个风雨飘摇的年代，在承受民族危难的同时还要面对家庭生活的重担，与男人一样为家庭而操劳，甚至要在捍卫家庭利益上冲锋陷阵，在身体先天不足，又是小脚的情况下，那份刚毅和精神力量显得无比强大和可贵。奶奶对我们家庭的付出极多、贡献极大！

点滴往事

　　记忆中，我们生产队经常举办政治夜校。社员从事一天的生产劳动，忙完家里的事情，吃完晚饭后，无论男女老幼都要集中到生产队的大房子里，上政治夜校，进行政治学习。一般是生产队长主持，做个开场白或动员讲话，传达或贯彻落实上级的政策决定，然后由社员一一发言表态。有一次，生产队长肖仁群开场白的话音刚落，我们生产队的社员刘景国就说道："我先表一下态！"刘景国是我们生产队的民兵连长，是青年中的先进分子，听了刘景国流畅、押韵的朗诵，我不禁感到有些惊奇，心想这个民兵连长真不简单，平日里没看到他怎么读书，话也不多，没想到还是个秀才，出口成章，实在令人佩服！但这种惊奇和佩服没有持续多久，后来我在我的三年级语文课本里突然看到了这段诗句，原来，刘景国是把我们课本的东西给挪为己用了，还把我和生产队的社员蒙得一愣一愣的，如果不是我发现了这个秘密，还不知要"惊奇和佩服"他多长时间呢！其实，像刘景国这样的社员大有人在，只不过之前我没有找到出处，就没有发现他们朗朗上口、信手拈来的诗句的背后是有着秘密的。

　　由于当时的环境，各生产队都打起精神来办政治夜校，开展政治学习，一时间石峪大队各生产队的政治夜校是办得红红火火、热热闹闹！关于政治夜校的红火状态，从当时很流行的《政治夜校亮堂堂》这首歌中就能感受到。歌曲唱道："明月照山岗哎，满村灯火亮，歌声阵阵起，一片新气象，哎嘿嘿，一片新气象。贫下中农上夜校，政治夜校亮堂堂……"歌曲一共两段，政治夜校开始前会经常播放这首歌曲，每逢大会战、集体活动时也能听到这首曲子，因此，我们基本上都会唱这首歌曲。

　　除了参加政治夜校学习，我还经常与高年级学生一起写批判稿。当时只是三年级的学生，水平还没有达到能写出好批判稿的程度，但这是政治任务必须完成，怎么办？我就学习借鉴那些好的批判稿，反复琢磨各年级教室后面墙上的批判稿内容，结合自己的粗浅理解，来抄写、复写、摘要运用，渐渐地把握了写批判稿的要点和规律，写的批判稿也有模有样了，经常得到老师的表扬。尽管句子不是很对仗，文字还有些重复、欠斟酌，但是一个雄赳赳、气昂昂的红小兵的形象已经跃然纸上了，还是很生动的，特别是对一个只有三年级的学生来说能写出这样的批判稿已经很不错了。

　　我们石峪大队是公社的先进典型，白堡子生产队又是石峪大队树立的样板，因此，开展的活动就格外规范、频繁。有一年夏天，石峪地区降雨特别多，学校北山上集聚的雨水流下来，把学校北面靠近山体一侧教室的北墙给毁坏了，北侧教室里一片汪洋。当时学校也没有抽水机,不能立刻将教室里的水排出去,于是各个班级就在满是水的教室里上课。我们这些孩子倒没感觉有什么,相反还觉得挺好玩的,可以边上课边玩着水。就这样,我们在开始时满是水,后来降雨结束满地稀泥的教室里上了一个夏天的课。上秋之后,学校把被冲毁山墙的北边教室推倒重建,同时将全部校舍进行翻修。

我们生产队有一个下放户,姓苑,一家三口人,老两口带着一个年近三十岁的儿子,住在一处外表破旧的草房里,与周围三家的红白瓦房形成鲜明对比,但是走进家里一看,收拾得干干净净、一尘不染。大门在东屋,东屋也是厨房,厨房里碗筷放得整整齐齐、锃明瓦亮,没有一点儿异味。来到中间的屋子,四周的墙和天棚都用白鹅纸糊的,平平整整没有一丝褶皱。一铺炕靠在南侧窗台下面,炕上放着炕桌,老太太经常在炕上做着活计。每次我到她家去玩,老太太都要下地问我吃饭了吗,想吃点儿什么。问候的声音那样慈祥,让我感觉特别亲切。因为是下放户,村子里的人家自然就与她们家有些隔膜,相互走动得也少,她家也感觉好像低人一等,在人们面前抬不起头来,说话也是谨小慎微的。每次到她家之前,奶奶和母亲总要嘱咐我几句,别给人添麻烦、别吃人家的东西、少说话别乱动等。从奶奶和母亲嘱咐的言语当中感觉她家人好像犯了什么错误,因而得注意界限,但从我与老太太的接触来看,没有感觉她家有什么特别的或不好的东西,反而感觉挺亲切的。老太太慈祥,老爷子和大儿子都不怎么说话,白天下地干活、晚上按时收工回家,挺正常的,错误在哪儿呢?但去的次数多了,待的时间久了,还是感觉出一些东西来。一是觉得他们家的人话都少,包括老太太在内,除了那几句话她就不愿意多说了,老爷子和他大儿子更是如此,常常感觉老太太的眉宇之间有一份淡淡的忧愁,老爷子回家基本上不怎么说话,大儿子脸上也是阴沉沉的,似乎有几分压抑,可能是下放户背后的事情、背后的原因带给他们一家人沉重的压力吧!

下乡知青

上山下乡这场开始于二十世纪五十年代、结束于二十世纪八十年代初的全国性运动,不知改变和影响了当时多少年轻人的命运,演绎出多少悲欢离合的故事,在那个时代的青年身上打下深刻的烙印,可以说,上山下乡、知识青年已成为那个时代的符号,并永远记录在共和国的历史当中,而这场运动不可避免地也会影响我们石峪这个小小的山村。

来到我们石峪大队各生产队的下乡知识青年都不是在北京、上海等大城市的,也较少来自省会城市,基本上都是地一级的中小城市,比如附近的本溪、抚顺、丹东等城市,这是国家有关部门根据当时的知青政策来安排的,具体安置政策是分为跨省安置、本省内跨地区安置、本地区内跨县安置、本县就地安置四种类型。在城乡差异巨大的年代,城市里的一切都让我们感到那么不同,因此,对来到我们家乡的上山下乡知识青年充满了期待,渴望从他们那里见到和学到不同的东西。在一些社员的眼里,这些知识青年是另外一个世界来的,他们有我们没有的本领,他们是掌握先进知识和能力的青年,在未来生产中将会发挥不同的作用，会不同凡响。在我们这些孩子的眼里，这些知识青年是神秘的、高高在上的，他们的家庭肯定都很富裕，要不他们怎么每次从家里回来都带着糖果和点心呢？特别是这群知识青年说话的声音和我们完全不一样，感觉特别洋气。穿着打扮也很时髦，与我们农村的人形成了鲜明对比。于是，村子里一些同样羡慕时髦风格的青年都有意识地学他们说话、穿着和走路的样子，借此提升自己的那份洋气劲儿。我们这些小孩子则时不时地来到青年点，溜进屋内观察他们的生活样式，并趁机获得他们给予的糖果等额外的小甜头。

我们生产队专门为插队来到白堡子的下乡知识青年盖了青年点。青年点的房子紧挨着村头的最南端。由于人数不多，生产队没有把房子盖得那么大，只是三间房子。中间是大门，进门就是厨房，东西两边为起居的集体宿舍，是南北对面炕；东面屋住着男知青，西面屋住着女知青。由于是初建，房子虽然有了，但米面、厨房用具等生产队还没有给置办齐全，这期间青年点的知识青年就到社员家里吃派饭，生产队会统计派饭的次数，进而在年底工分结算时给社员以补偿。吃派饭是硬任务，各家各户都有指标，也排出了时间表，因此，社员都很积极地与知青联系着，请青年们准时到他们家里吃饭。吃派饭这里面也有玄机，就如生活本身一样，不是表面上看起来那么简单的一件事。不是所有的知识青年在吃派饭时都能得到主动热情细心的对待，社员也有自己的小九九。对于男女，社员更喜欢女知青，因饭量要小一些；而男知青正处在长身体的年龄，一顿饭恨不得吃下一头牛，饭量大得很，社员得算计这个。即使都是女知青，那些长相好看的女知青会占有一定优势,社员都愿意找她们到自己的家里吃饭,而长相一般的姑娘机会就不如那些长相好的来得容易。同样是男知青,身材瘦弱和五大三粗的在一起,前者要好,后者就更被动一些,甚至因为能吃而有时吃不到派饭。这也不能全责怪社员,在粮食和副食都很有限的条件下,社员也不得不算计这个,否则,自家的吃饭问题就可能随着时间的推移而显露出来。好在吃派饭的时间并没有持续很久,青年点的设备置办齐、秋粮下来后,知青就自己开伙了,知青的生活也就开始正常起来。平时他们与社员一起参加劳动,挣工分、分口粮,青年点也有一小块自留地,用来种瓜果蔬菜等,但那些瓜果蔬菜地好像从来没有绿油油或丰收过,因此,平时社员在副食方面接济他们的时候就不少。

对我们生产队的青年点我接触得比较少,了解得也不多,所以记忆里没有留下太多的故事,像作家叶辛在他的《蹉跎岁月》里描写的关于他插队贵州时发生在知识青年中间的艰难历程、家庭变故、遭受迫害的悲惨境遇,以及青年们相依为命、患难中的爱情等感人情节,我都没有感受到,也没有见到。一是我们生产队的知识青年数量比较少,自然矛盾和故事就不是那么复杂;二是相比叶辛插队的遥远落后的贵州少数民族州寨,我们生产队的条件比他们的还是要好很多,而且这些知识青年的家离我们那儿都不太远,随时可以回去或父母前来探望。因此,生活的境遇都还是不错的,因而就没有了造成凄惨故事的基础,但同时也就没有了生成难舍爱情的土壤,一切都很平静和正常。但也可能有,只是我没有观察到或因为年纪小而没有察觉。每次经过青年点时,看到知识青年在院子里忙着洗衣服刷鞋子,已经完成这些事情或暂时不需要做的，就坐在门口吹口琴、吹笛子。进到他们的屋子里时看到女知青干净的屋内陈设、男知青炕上相对零乱的被褥，也都是生活的正常样子。如果说还有什么值得回忆的就是有一位女知青给我留下的印象还是很深刻的，她的名字我已经记不清了，只知道她来自本溪市，个头儿不高，胖胖的脸庞，很白净的样子，每次见到生产队的社员总是很热情地问候，见到我们这些小孩子也是很愉快地打招呼。我们都愿意与她接触，主要原因是她每次从家里回来时都带着很多糖果，见到我们这些小孩子，就要给我们几块，让我们这些对食物、好吃的东西永远不知道停止追求的孩子感到那么亲切和满足。她与生产队的社员关系都很好，也经常到各位社员家走动，这一是出于礼节，另外也可能是为了更好地在这个小山村里生活，或为了能更早地回城不得已而为之吧。

在白堡子的知识青年数量还是少了一点儿，他们都很守规矩，没有做出让社员反感的举动来，但是等到我们家搬到旱沟后，这个大队的知识青年就不是这个样子了。他们数量众多，来自不同的地方，大队为他们盖了一个四合大院来保证他们的生活。即使这样，有的知识青年在生产中表现得还是消极懈怠，生活中也给社员添了很多麻烦，偷鸡摸狗、打架斗殴，做了不少让社员备感头疼的事情，有的知识青年甚至付出生命的代价，给大队和社员留下了不好的印象。知识青年上山下乡是二十世纪我们社会独有的教育、锻炼青年，安排解决他们就业问题的一条途径，虽然在某种程度上缓解了社会就业的矛盾，但就对那个年代青年群体的培养塑造来看，无疑是产生了很多问题，留下很多社会后遗症，这值得我们去反思。

家乡美食

虽然地处东北,但我们家乡的饮食特点和饮食文化与东北其他地区还是有所不同的,展现着自己独特的饮食理念、加工方式和烹饪方法,形成了自己独有的风格,体现了东北满族饮食文化与朝鲜族饮食文化的融合。其中最鲜明的特色是饮食循着时令而走,依着节气而动,总结出了具有地域特色的一年四季的菜谱,进而成为传统,长久地保持下来。

冬末春初是一年里最为困难的时刻,这时候家里的各种储备食品已经吃得差不多了,并且由于天气逐渐转暖,作为主食重要补充的土豆也陆陆续续生了芽,开始产生毒素,口感也差了很多,已经不像刚从地里起出来时那样沙面、味道十足了。由于粮食已经不多了,不吃它也不行,为了喂饱肚子还要忍受口感的不适而坚持下咽,包括吃口感更加不好的土豆模子[①]。土豆是容易氧化的经济作物,在割除新芽的同时,其刀口壁上就开始氧化变黑,无论怎样烹调都无法消除口感上的不适。主食是这样,副食

[①] 春天将土豆上带芽的部位削割下来供栽种,剩下没有芽苞的部分,俗称"土豆模子"。

更是捉襟见肘，入冬前腌渍的酸菜已经吃得差不多了，剩下的由于气温升高菜叶开始腐烂变质，加上没有了肉的滋养，吃起来更感觉难以下咽。但是新的菜还没有下来只能将就，用炒土豆丝或者配上萝卜辣椒等咸菜补充才能完成一顿饭。这个时候家庭主妇最怕来客人，因为实在拿不出什么像样的饭菜来，如果家里是来了客人，男主人硬要充面子上酒菜，那时女主人是最尴尬的。

随着天气转暖，大地逐渐焕发出往日的生机，不怕温度变化愿意挣得早春阳光的蔬菜开始孕育、发芽，率先拱土而出了，这个时候韭菜、菠菜、绿葱就是我们品尝春天犒赏的最好时刻。韭菜炒鸡蛋，无论是韭菜段炒鸡蛋还是韭菜末炒鸡蛋，当家里产的真正吃着粮食和野菜的鸡下的蛋搅拌均匀，下到已经冒着青烟的荤油锅里的时候，当韭菜与鸡蛋充分混合的时候，那诱人的香味大半个村子的人都能闻到，馋得人直流口水。但由于是小植株作物，叶脉与土质离得近，在充分吸收营养的同时也容易受到土壤中不良成分的污染，特别是重金属的污染，造成韭菜里重金属含量多。因此，韭菜虽然对人的身体很好，尤其是它的植物纤维比较粗，有利于减肥保持身材的匀称，但是食用的时候要考虑污染这一点。另外，韭菜的味道很重，无论是炒鸡蛋、包饺子、烙韭菜合子等，在食用时、食用后要考虑他人的感受，避免自己大快朵颐、心满意足而他人却要忍受浓重的气味，特别是在封闭的空间里更是要注意。七月之后，韭菜的叶纤维就会变得有些坚韧了，口感和营养大打折扣，已经不太适合食用了，不像青葱，一年四季都可以，这也是韭菜作为人们喜爱的蔬菜自身的一点儿缺憾。

用青葱炒鸡蛋同样美味，只是这样的美食不是经常能吃到的，一是没有那么多鸡蛋，二是家庭人口多，偶尔炒上一盘也吃不上几口就没了，三是得留着一些好招待不知何时就来的客人，最重要的是家里的鸡蛋要腌渍一部分以备端午节享用。因此，这些好东西我们家都是在"五一"、端午节，或者我们召开运动会的时候才能享受到。那时，早晨我们吃着奶奶和母亲准备好的煮鸡蛋、炒鸡蛋、鸡蛋羹，中午在学校吃着奶奶、母亲给带的炒鸡蛋配油饼，于是热闹的运动会与美味的午餐所带来的幸福就会让我们兄弟姊妹五个高兴一整天。菠菜既可以做汤也可以凉拌，做汤一般是与鸡蛋花或粉条在一起，凉拌一般是与粉条、蒜末并用，口感十分清爽、充实。天气继续暖着，陆陆续续蔬菜下来得更多了，辣椒、茄子、西红柿、芸豆、豇豆、气豆、生菜都成熟了，家里的饭桌就更丰富了。土豆、六月鲜玉米也好了，奶奶和母亲就用烧柴的大锅炖着芸豆，在泛着油花的大锅里放进土豆吸收油的滋养，贴着铁锅的一面被热热的锅壁烤得焦黄，炖好了，盛上盘，端上桌，吃起来美味无比。其他蔬菜都可热炒或凉拌，由于新鲜、韧嫩适中，充分满足了大人小孩的胃口。

"五一"前后，有一件事村民都要做，那就是上山采野菜。无论是石峪白堡子还是旱沟大队的沟沟岔岔，山上野菜很多。从珍贵的刺嫩芽、大叶芹，到可口健康的蕨菜、三叶菜、四叶菜、红缨菜、猫爪菜、苦麦芽等林林总总、丰富多彩，还有既可以生食又可拌成咸菜的刺果棒，以及大地田野满是的枪头菜、苣荬菜、婆婆丁等，在丰富我们的饭桌的同时，也作为一种食用药材，帮助人们消火去痛，起到吃药都比不了的作用。

带有特殊香味的苏子叶也下来了。这时将黏高粱米磨碎，搅拌融合好，擀好厚皮、裹进红小豆甜馅，成型，再把苏子叶裹在黏高粱面皮外面，上锅蒸好，吃着小巧的苏子叶饺，享受的不仅仅是美味，更是一种仪式，一种感谢自然馈赠、与自然融合的美妙感觉。饺子当然是好东西，俗话说：好吃不如饺子，舒服不如倒着！饺子不仅好吃，它还被用在重要的节日、仪式里表达祝福、感谢和祈望未来的平安吉祥，"上船的饺子，下船的面"，就是这种祝愿的充分表达，因此，每逢重大节日都要以吃饺子来庆祝，并求得内心的安慰和踏实。饺子既有素馅的也有肉馅的，春天可用韭菜，夏天各种蔬菜都可以，夏至的时候我们通常会用六种蔬菜来包素馅饺子，表达对这个节日的庆祝，祈望能够顺利安康度过一年中炎热的季节。秋天和冬季我们一般是用白菜、酸菜、芹菜、大头菜包饺子，尤其是用酸菜包饺子，是我们那个地方最具有标志性、最美味的食品，也是东北满族饮食文化最具代表性的馅类食品。

　　五月初五端午节，我们家乡没有南方赛龙舟、吃粽子的节目，我们是吃鸡蛋、鸭蛋和鹅蛋。那天清晨，村子里的人们都不能在家里洗漱，而是要到河套里去完成这件事情，一是希望能够彻底洗净身体，神清气爽，一年无忧，另外，这可能是北方的人们以这种方式纪念为国捐躯的伟大爱国主义者屈原吧！用这冰凉的河水完成洗漱后，就回到家里吃端午节的丰盛菜肴。我们家一般是煮鸡蛋、蒸鸡蛋羹、煮咸鸭蛋，有时也煮鹅蛋。鹅是很骄傲的，它是大雁驯化而来，但还一直保持高贵的品格。由于爱干净，鹅下的蛋不多，但它们能够看家护院，又有那份品格，一般人家都要养几只，以延续和彰显那份高洁的品质。除了这些，还有一份汤和主食，现在看可能不太科学，但在那时却是难得的享受。吃完饭后，奶奶和母亲就把煮好的鸡蛋、鸭蛋分给我们兄弟姊妹五个，鹅蛋是不分的，只留给爷爷奶奶吃，这体现一份孝敬。我们把分到的鸡蛋鸭蛋拿到手放进裤兜或书包里，来到学校。这一上午，我和小伙伴们基本是上不好课的，就想着什么时候把它们都消灭掉。等到中午的时候，基本就差不多了，都是在课间迅速完成的，少数比较仔细、节省的同学可能坚持到晚上才会把心爱的、不舍得吃的东西吃完，但这只是极少数同学才能做到的，其忍耐和自制力令人钦佩！

夏季来临，骄阳似火，除了去河套里洗澡、游泳来解暑气，一些经济条件比较好的人家会通过喝一次羊汤来化解炎热的酷暑。我们家乡做的羊汤是与别处不同的，更不是城市里面那些掺了水分或者商业化的羊汤馆所能比的。在把羊处理好后，肉与骨头一起在烧着柴火的大铁锅里充分炖煮，待羊肉已有了半分熟的样子，把羊肠、羊油等下到锅里。因为羊肠相对肉来说要好熟一些，炖煮的时间要短一些，这个时间下去，让羊肉充分濡烂，羊骨头里的骨髓完全释放出来，羊肠熟透，羊油会进一步增加汤的浓度，同时也要让羊肠的不太上台面的味道混合一下清纯的汤底，这时候的汤头是浓淡适宜、味道适中。把肉捞出来，剔除一些用以他用，把羊肠子也捞出来切细备用，把一部分肉和羊骨头再放到大锅里，并与已经煮烂、处理好的羊血等下货一起下锅混合、炖煮，少顷，盛上碗，放上盐、葱、香菜等调味料，这时你会看到端到你面前的一大碗羊汤：厚薄适中，羊肉、下货半沉底，羊肠半漂浮，油亮的羊油漂在汤的上面，加上翠绿的葱、香菜，拿起羹匙轻尝一口，绵软生津、韵味甘怡，十分美好，一碗喝下去，满身透汗，全身的暑气顿时消解，此所谓我们家乡"以毒攻毒"、以热解暑之法也。

家乡在烹饪上经常采取干煸的手法。干煸羊杂是一道不可多得的美味。将煮好的羊肉与羊的肠、肚、肝、肺一起切好，调旺柴火，加热油温，放进调料，香味一出，就把肉、肠、肚、肝、肺一起下锅爆炒，接着加进事先阴干好的辣椒，混合，爆炒，去汤，干煸，干湿适中的把握，肉香混合下货的特殊味道加上阴干的辣椒的椒香，三者相互作用、吸收、交融，使食材的各自特性得到彰显的同时，又相互提升了彼此的味道，美味至极。这里面除了肉、下货的作用外，把食材味道充分提升、特殊化的关键因素是事先阴干的辣椒。家乡在对待辣椒的做法上与别处不同，别处通常是晒干、加工、食用，这种处理方法的特点是辣椒红艳、酥脆、辣味十足，而我们是阴干，即把摘下来的辣椒放到通风的背阴处一点点让辣椒失去水分，经过这样的处理，辣椒会继续保持原来的颜色、富有韧性，辣椒的本色全在，但辛辣味已大大减少了，这时与其他食材，特别是肉类结合，会最大化地激发其他食材的味道基底，使味道更加丰富、有力。干煸羊杂是我们家乡一道难得的美食，无论下酒还是配饭，都让人饱口福、回味无穷。至于熘羊血更是美味得不得了，嫩得像豆腐一样的羊血，切成四方块，与家乡当地的柿子椒在一起熘炒，熘炒得差不多了，再勾一点儿淡淡的水淀粉，撒点儿葱末香菜末，万事俱备，这时用深碗似的盘子盛盘，尝一口，羊血嫩鲜、青椒淡辣，食物一下肚,满足感就会从胃底、心底升起,让人百吃不厌。

当秋天来临的时候,一场秋雨、几阵湿雾过后,家乡山上的蘑菇就会陆陆续续从地下冒出来,虽是漫山层林尽染,但是每一个树种永远会忠诚地按照自然赋予的使命孕育着自己身下那一片蘑菇。油松树下黄泥团蘑菇团团处处,由于味道实在鲜美,每次采摘的时候即使来得再早也抢不过虫子、蚂蚁的风头,它们早已捷足先登,把蘑菇咬得千疮百孔,就是这样也不影响我们采摘它们的兴趣,因为蘑菇美好,虫子和蚂蚁也无害;松伞蘑则时有时无地散布在油松与杂木的交界地带,它颜色深紫、韧脆适度、干黏相宜,仿佛菌种中的王子,独立而不清高、居远而不失亲切,从口感上可以说是我们家乡乃至东北地区最好的菌类了,既自身美味、弹性,又助人美好,真是百菌之王,尤其是它在初生、伞盖没有打开的时候,味道、营养、外形三者结合,成为现在的人们愿意投百金而求的梦中佳品。榛蘑产在柞树下面,体型比松伞蘑要小,尤其是晒干后体型会迅速缩水、质地坚硬、营养流失,晒干后的榛蘑不是理想的选择,因此,最好是在新鲜的时候来做成佳肴,我们一般是把它和土豆片一起炒,或者做成蘑菇汤,味道很是鲜甜、淡美。桦树上下则出产猴头菇。由于我们那个地方桦树不太成林,因此,猴头菇的产量很小,只是在极少的时候才能碰到,虽然它也很珍贵,但人们采蘑菇的时候并不把它作为目标。塔松下生长的是我们称之为秋皮丁的蘑菇。秋皮丁,从名字上就可以想象出它的姿态来:亭亭玉立、纤瘦如丁。但一分劣势就会有其他优势弥补。为了弥补身形纤瘦的不足,秋皮丁以巨大的数量出现来克服它给予人类需求的短板,因此,在塔松底下到处都是身姿不那么伟岸的秋皮丁，通常不一会儿人们就能采摘不少。秋皮丁的味道不那么强烈，而是淡中有味、绵而带香，极适合新鲜的时候烹饪。杨树等速生林下出产滑子蘑等浅颜色蘑菇，这些蘑菇适合新鲜着做或制成罐头，如果晒干了，则如同老牛皮，任煮制多长时间也不会烂口。采摘完这些蘑菇后，除了不适合干制的，大部分我们都要晒干储存起来，日后与肉类等食材一起炖煮、炒制，在丰富每日菜肴的同时，也极大地补充着我们的身体营养。由于菌类数量很少，即使在那个缺少油水的贫穷时代，它们也都是好东西，必须要动手才能采得到，因此，为了这些珍贵的食材，村民们免不了起早贪黑，踏着露水、冒着冷雨来采摘它们，以期有一个满意的收获。

秋天是收获的季节，家家户户在这段日子里都要忙碌起来。入冬前把酸菜腌渍好；黄瓜、青椒、茄子和芹菜根分别或一起腌渍，用坛子封装起来；萝卜除一部分要腌渍外，剩下的与白菜、土豆一起放进地窖里，随用随取。当冬天的雪花开始飘落、漫山遍野一片洁白的时候，元旦也就渐渐临近了，这时又迎来了杀年猪的时刻。我胆子小，从来不敢看杀猪的场面，就一个人跑到外面与小伙伴一起滑冰、玩冰车，相互追逐嬉戏，等到下午四点左右的样子回到家里，这时屋内一派热气腾腾，父母和帮忙的客人往来穿梭，一起忙碌着。将近一天没有吃饭了，肚子有些饿，但也努力忍耐着，就为了即将开始的饕餮盛宴。奶奶、母亲怕我们饿坏了，在我们回来之前，把已经烀好的排骨肉剔好了，放点儿蒜酱，兄弟姊妹几个就迫不及待地大快朵颐起来，抓起肉蘸着蒜酱尽情地享受着。吃着的时候内心还有些矛盾，怕吃多了，晚上就不能吃酸菜猪肉炖粉条和血肠了！尽管这么想着，还是管不住自己，直到有些饱了才收手，等着即将开始的晚宴大席。

所谓晚宴大席其实远远谈不上，但确是热气腾腾的。世代使用的三个腿的像鼎似的带有宽大边沿的火盆已经放满了炖肉时就充分燃烧的柴火木炭，放上铁支架，再放上祖传下来的铁锅，铁锅里面放满了已经炖了一段时间的酸菜、肥瘦相间的五花肉、雪白的土豆粉条，火盆边沿对着坐人的位置放上蒜酱，等到大家已经团团围坐时，再往锅里放进已经切好的血肠，不用再做任何菜肴了，一人配上一碗大楂子小豆干饭，如果是大米饭就更好了。肉软糯、菜适口、血肠味美有弹性，吃的时候蘸点儿蒜酱，一家人与前来帮忙的客人的所有期望和满足就在这一口口中全部实现了。

关于吃酸菜猪肉炖粉条这道菜要蘸点儿蒜酱的搭配，这种饮食习惯现在看来是有些不科学，因为长期食用过咸的东西会造成心血管方面的压力和疾病，但是东北的冬季寒冷，为了增强耐寒的能力，人们在长期的生活实践中不自觉地养成了吃咸口味的习惯。那时不仅我们家，村子里每家每户吃饭时都要配上一个装有大蒜末和酱油混合的酱罐，吃什么都要蘸酱，当时是为获得更好的味道，增加耐寒和劳动的耐力，现在来看是有点儿不利于健康了。

我们用猪肉做的菜有拆骨肉、红烧排骨、葱炒排骨、青椒炒肉、白菜炒肉、凉切猪肝、干煸猪肺、熘肥肠、血肠、面肠、肉肠等，其中面肠、肉肠是我们辽东地区的特产，味道极美，只有在过年时少数人家才做，或者结婚喜庆的时候才能享受到。猪肘子一般是凉切盛盘，猪蹄也是煮好后凉吃。煮猪蹄大有学问，煮轻了吃起来费劲，煮大了没有韧劲，只有火候适中才能韧性弹牙、软硬适中，那个味道、那个火候是我们那个地区独特的技术，其他地区很难做到。后来我也品尝了各地做的猪蹄，无论是大超市、专业门店还是零售卖点，都做不出我们家乡那个火候、那种味道。猪的其他部分都各有用途，要在不同的时节去享受，猪肉对我们家、对我们那个地方人们的贡献实在太大了，不可替代。

过了元旦不久，各家各户就进入迎接新春佳节的时候了，饮食也是按照时点、节奏来进行的。一般从腊月初八开始，进入年的节奏，年的味道、气氛也从此开始浓烈起来。我们家那儿腊月初八不喝腊八粥，因为是进入年的节奏的开始，所以只是吃点儿小豆大楂子饭，后期会随着年日子的临近而不断增加优质食物的分量。腊月二十三吃饺子，腊月二十五做豆腐。我们做的豆腐分为两种，一是豆腐脑儿，使用卤水点出来的，色泽、凝固的软韧度刚刚好，不似现在商业化的豆腐脑儿，不仅因为水兑得多而嫩得一塌糊涂，并且常常是用石膏点的，一股石膏味，口感不是很好。豆腐脑儿除了需要软韧适中，更关键的是小卤。从我们家乡出来之后，就再也没有看到像我们那儿那么好吃、食材那么对路的小卤。我们家做小卤是把水烧开，放入已经剁碎的肥瘦相间的肉末，把姜末、花椒末、蒜末等与之混合，肉熟了，再开锅煮一会儿，放入已切成很小颗粒的自家在秋天采的松伞蘑，待松伞蘑熟透后放入自家做的玉米水淀粉，搅拌均匀，再放一点儿青葱末和香菜末，小卤就成了。这里关键的提味因子是松伞蘑和淀粉，小卤味道醇厚、黏稠适宜,把它浇在刚盛出来的豆腐脑儿上面,再配一碗小豆大楂子饭,豆腐脑儿越喝越美、小豆大楂子饭越嚼越香,真是难得的享受!那个时候虽然贫穷,但是什么时候吃什么东西,代代恪守、辈辈相传,不仅仅是为了填饱肚子、满足身体需求,更是一种仪式、一份传承!就是这份长期坚守、满怀感恩的仪式,让我们的文化能够长久地保存下来,历经五千年而绵延不绝,从未间断,并不断汇聚、积累,扩大着中华文化在世界范围内的持久影响,从而积淀着中华民族生生不息的生命力。

一部分做豆腐脑儿,保证当天够吃,还要做一点儿水豆腐,就是在豆腐脑儿的基础上再继续沉淀。它的特色在于既保持豆腐的香味又具有一定的紧实度,蘸上自家做的豆瓣酱,吃起来是很美好的享受。做完这些,剩下的就用带有密针似小眼的纱布包裹起来,放在已准备好的木盒里,盖上木板移放在大锅上面,并在木板压上石头,以充分挤出水分、散发热量。一宿过后,水分挤干,热量散尽,把紧实的豆腐拿出来,一部分切成薄块,撒上盐晒成豆腐干,以备春天享用;一部分切成菱形,放进有底油的锅里炒成豆腐泡,装盆拿到仓房里冷冻,随吃随取,与各种蔬菜混合,作为很长一段时间内的副食佳肴。

腊月二十九要吃浆面饺子,就是用玉米淀粉与水融合、揉好擀皮儿做出来的饺子,这是我们辽东地区才有的食物。具体做法是,在擀好的皮上放上肉馅或素馅,然后卷起两边、捏成比白面饺子更大的饺子,放进笼屉里蒸。蒸好后饺子皮晶亮晶亮的,吃在嘴里,芳香、弹牙,难以忘怀。用这种皮还可以包一点儿糖三角,皮是一样的,馅是用白糖混合核桃仁,口感在外皮的芳香弹牙的基础上又多了甜糯的感觉，能量十足，香味绵绵不绝。

随着春节的逐渐临近，我们家乡一年当中最重要的一顿饭——除夕（没有三十就在腊月二十九）早上那顿的小鸡炖蘑菇马上就要登场了。对这道菜，不仅东北人，相信绝大多数中国人都知道或品尝过，但是大多数人吃的小鸡炖蘑菇绝对不是我们家乡吃的那种，不仅吃不到我们的纯绿色的笨鸡大公鸡，也吃不到我们从山上采来的无污染的松伞蘑，更关键的是吃不到我们做的汤熬得适中、香味扑鼻的小鸡炖蘑菇。在吃完腊月二十九的浆面饺子、收拾好家务后，奶奶、母亲还不能休息，她们婆媳俩还要做一件事：把三只头两天已经处理好的公鸡从仓房里拿回来，放在凉水里浸泡、解冻、切成块，再放到冷水里清洗、缓释肉里的杂质、体液。然后把松伞蘑放到盆里用热水浸泡，等水凉了、泡好后，去除根部的一个个硬头，撕成两瓣或多瓣，再把土豆粉条或地瓜粉条放到热水里浸泡、备用，这时时间已经很晚了。奶奶、母亲稍稍休息，清晨五点钟就起床了，燃起柴火，烧开热水，将三只鸡的鸡肉块放进热水里焯一下。炖三只鸡是因为我们家人口多，九口人得用这么大量。焯好的鸡块捞出来控水备用，把大锅抹净，放入荤油，油一化稍微冒出一点儿青烟后放入花椒末、姜末煸香一下，将三只鸡的鸡块全部放到大锅里翻炒，也不用像现在放入料酒之类，那时候也没有，鸡肉本身就很纯净，不用料酒来去腥，翻了几个个儿，放入少许酱油，看到鸡肉的颜色变得浅黄、鸡肉有些紧实后放进一些凉水，水要刚刚没过鸡肉一点点，然后加入葱段和大料。就这样用中火慢慢炖煮五十分钟，打开锅尝一下鸡肉，感觉咬的时候还有点儿紧时，将蘑菇倒进锅里，混合一下，再慢火炖煮四十分钟，放入已准备好的粉条，清炖十分钟，看到汤水已经下去，只留了点儿底子，汤底已经泛起黏液，肉已经烂熟，蘑菇轻咬适口，几种食材已经浑然一体的时候，放点儿香菜，用铲子上下翻动一下，让香菜的清香与鸡肉等的香味融合一起，就可出锅了。我们这些小孩子本来很贪睡，但是在一缕缕肉香等混合香的刺激下，早就睁开了眼睛，就等着享受一年当中这个最大的盛宴，尽管只有一道菜，但是足够我们想念一年、留恋一辈子了。

用大大的碗盛两碗端到桌子上，配上小豆大楂子饭或大米饭，全家人围坐在一起，就开始享受这顿美食了。虽然盼望已久，但我们这些孩子往往吃了一两块鸡肉后就不再吃了，只吃那些松伞蘑和粉条，因为这个时候松伞蘑和粉条已经是肉味了，并且更软嫩、筋道，能够满足我们对肉味、蘑菇味和粉条美味的全部味蕾享受。这道菜美味的关键一是家乡吃着健康饲料、四处奔走的大公鸡，二是如肉般的松伞蘑，它本身的绵密、透气的特性，药材般的功效有着融味、提味的作用，三是汤水要收净但还不能太干，三者结合便成就了我们家乡的这道世代传承、广为传播、深受人们喜爱的地道美味。

初一早晨是要吃饺子的，一般是白菜馅，意味百财都到的意思，还要吃点儿鱼，意味着年年有余。因为离大海很远，那个时候只能吃到明太鱼、刀鱼和鲐鲅鱼等几种鱼，其他鱼见不到。至此，一年当中最重要的几顿菜肴都按照传统和习俗仪式庄重、正式地完成了。正月十五吃饺子、闹花灯，闹花灯是没有的，我们一般是用罐头瓶子，在瓶口系上绳子，里面滴粘上一支蜡烛，用一根棍子挑着,就开始四处玩耍了。二月二吃猪头、龙抬头,至此年猪也基本吃完了,猪尾巴也被大人们消化掉了,再过几个月,春雪消融,万物复苏,生命再次昂扬,乡亲们又要开始忙碌了。从那时起,新的轮回就又开始了,但年年岁岁花相似,岁岁年年人不同,我们又在向新的希望迈进。

老师同学

从我大伯家回来后的那年秋天,我就上学了。当时我们家那儿没有幼儿园,只有短期的育红班,由于在大伯家待了半个月,因此连短短半个月的育红班都没来得及去上,就直接到"耕小"念一年级了。前面提到过"耕小"的创办初衷是因为乡村的孩子们所处的环境加上那个历史年代的特殊要求,孩子们要边读书边劳动,培养有共产主义觉悟、热爱劳动的接班人。在"耕小"教我的老师名字叫初知和,一位眼睛往里面眍、脸很长,长得有点儿像外国人的男老师。虽然人长得浓眉大眼、看似粗犷,实际上初老师心细得很,工作特别敬业,他得负责一、二年级两个班的所有教学任务,还要承担管理、生活、纪律、安全等一系列事情,又当爹又当妈,里里外外都得是一把手。这么多学生,那么多的教学、管理任务,累是肯定的,但我从没有看到初老师叫苦叫累,总是默不作声、任劳任怨地履行自己作为老师的神圣职责。初老师教一、二年级两个班的数学、语文、美术和音乐,还负责两个年级、两个班级的体育,每天主课副课轮流转,上午下午不休息,把教学和管理任务安排得妥妥当当的。初老师很严厉,同学们都怕他,上课时不认真听讲、学习态度不认真、不按时完成作业等行为都会受到他严厉的批评,所以我们都乖乖地把学习任务及时完成好。初老师还会画画,教我们一笔一画地临摹创作,画着书本中人物景象和身边的生活。在指导我们参加文艺会演、排练节目时,他总是首先让我们自己报名、自己选特长,然后再根据他的观察和判断,来帮助大家最后决定表演什么样的节目,启发鼓励大家开动脑筋进行创作,演出适合自己特点、主要靠自己创作编排的节目,每次演出的效果都很好,得到了社员的热烈欢迎。初老师还领着我们上体育课、打篮球,尽管我们"耕小"只有一个篮球架、一个总是漏气的胶皮篮球,但他还是能够调动大家的积极性,与大家一起玩得不亦乐乎。"耕小"是石峪小学的一个分部,作为一位老师、父亲的下属,初老师在到学校开会、遇到父亲时偶尔会谈起我的学习情况、各方面表现,他对父亲说:"这小子聪明、学习好,看他的情况,也许将来能有点儿出息!"我倒没有听到初老师当时和我父亲说的话,但我很尊重初老师,尊重他在教学上一丝不苟的严谨态度。我也很喜欢初老师,喜欢他在体育课上放下架子与我们一起打篮球的欢乐样子,正是他的教育和启迪,使我养成了努力学习、刻苦攻读、保持奋进的个人特质,进而不断开创人生的事业。初老师教了我一年,二年级的时候,他转到主校区,由另外一位老师接续他的教学工作。

"耕小"二年级教我们的是汤桂兰老师。汤老师个子不高,梳着个大辫子,脸盘不大,长着一些小雀斑。汤老师教学水平不如初老师,课讲得不是那么生动,加上不能陪我们一起打篮球,所以同学们特别是男同学与她不太亲近。二年级开学不久，汤老师把我叫到一边，问我："咱们班要选班干部，你想当什么？班长还是排长？"听着汤老师的问话，我的脑海里立刻呈现出在石峪小学看到的排长威风凛凛地领着同学们在早操、运动会上喊着口号的画面，想了想，对汤老师回答："那就当排长吧！"当时自己的想法很简单，老师问我想当什么，我就根据自己的兴趣和爱好选择了当排长。现在看来，我当年当的排长这个"官职"还是有点借父亲影响力的味道。

在石峪小学上三年级时，我的班主任是王玉兰老师。王老师是我们白堡子人，她个子高高的，皮肤白白的，虽然脸上在靠近鼻子附近有些小雀斑，但不影响她的姣好形象，就像她的名字一样——如亭亭玉立的白玉兰。王老师除了当我们班的班主任，还教我们语文。她工作特别认真，脸上总是显出很严肃的样子，对我们也很严厉，每次讲课特别是生气时中间停顿的时刻，嘴巴闭得紧紧的，下巴颏底下的肉上下一鼓一鼓的，就像小青蛙下颏在鼓气的时候那样，所以我就私下里给王老师起了个外号，叫"鼓气青蛙"。这可把王老师给气坏了，把我叫到办公室狠狠地批评了一顿。现在想一想，我这件事做得真是不对，怎么能给老师起外号呢？更何况是女老师，那时候真是太调皮了！

三年级我在一班继续当排长，班长是一位女同学，叫夏东红。夏东红家住在大院生产队，位置在石峪大队的南面，我们白堡子在石峪大队的北面，两个生产队位置正好一南一北。夏东红个子不高，人长得娇小玲珑的，肤色虽然不是很白皙，脸上还有一点儿雀斑，但还是很美丽的，应算是我们班的班花。夏东红学习很好，基本上每次考试都在前三名，一般是我第一，佟志军第二，她第三。我语文数学都很好，很平衡；佟志军数学更好，语文差一点儿；夏东红语文更好，数学稍弱一点儿，我们三个就这样占据着班级的前三名。那个时候年纪还小，只有十岁，虽然不是青春萌动，但异性之间天然的好感是自然存在的。我小小的年纪，虽然不懂什么叫感情、爱情，也没有到谈感情、爱情的时候，但就是心里面觉得她长得好看，学习也好，就愿意和她接近。接近可不是卿卿我我、打情骂俏，而是用野小子的做法，调个皮、逗个趣、起个外号，来引起人家的注意，满足一下内心喜爱的感觉。有一天下午最后两节课上自习，我早早就完成了老师布置的作业，坐在座位上等着老师来提问，然后就提前放学回家。当时我们学校在教学上很尊重学生的个性、差异性，对天资禀赋、学习悟性不同的学生有区别地对待，学校允许和鼓励老师有一定的差异教学空间，比如说留的作业如果学生们都能够保质保量做好的话，是可以提前放学回家的。我经常享受这份待遇，老师让背的东西很快就背熟了，留的数学作业一会儿就做完了，因此常常能提前放学回家。都会了，新课程也已经预习完了，还干什么呢？于是在等待老师过来提问的间隙，我就想起调个皮、逗个趣的事，那逗谁呢？当然是班长夏东红了！一她是班长，二长得也挺好看，我心里挺喜欢的，于是就在座位上不老实起来。听到我这面有动静，夏东红就冲着我说："朱洪你干什么？不安静学习还影响别人！"我心中一喜立即回应："我干什么你管不着！"夏东红也不示弱："我就管你怎么的，不行就告诉老师！"我回击道："告就告吧！天不怕地不怕，就怕飞机拉屁屁！"我这么一说夏东红受不了了，立即冲出教室，去告诉王老师了。王老师一会儿就来到教室，后面跟着夏东红，王老师进门就问："朱洪你怎么回事，作业都做完了？语文都会背了？"我说："做完了，会背了！"汪老师就说："那我就先提问提问你，来把语文背一下。"那天要背的课文是《华政委的一顿晚饭》，华政委是在课文中的称呼，课文描写的是当时党和国家领导人华国锋同志过去从事革命斗争的一段故事。我就站起来，高声流利地背诵道："日寇铁蹄踏进交城、汶水、芬南一线……华政委说声'撤'，民兵转瞬间就无影无踪了……"课文背完了，一个错的地方都没有，王老师又检查一下数学作业，都整整齐齐准确无误地做好了。王老师没挑出什么毛病，就批评了我几句："不能因为作业做完了、会背了，就影响别的同学学习、影响纪律。特别你还是班干部，更要起带头作用，要与班长一起管理好班集体。"听了王老师的批评，我点了点头。见到我认错态度不错，背诵很流利，作业也做得挺好，王老师对我说："好了，你放学吧！"我简单收拾一下，背起书包，又看了一眼座位上的夏东红，兴冲冲地跑出了教室。

作为一二年级的同学，我与朱子军之间的关系，是很不错的，只是因为他曾经当过"奸细"，把我骗出来，吃李长力一个大亏，我们在一起玩的时间才减少了。但他有一个小车特别吸引我，为了能够摆弄摆弄他的小车，我就偶尔到他们家去，享受一下玩车的乐趣。那是一个用木板固定、合围起来四方形的小货车，车底装了滚珠轮子，在一侧还加装了扶手。由于车厢挺深，能装很多东西，并且推的时候，由于滚珠是钢的，会发出很响亮的声音，我就特别喜欢。当时我们那儿没有几个孩子能有这个条件拥有这样一个小车子，只有像朱子军他爸爸这样在拖拉机站工作的人才有机会给儿子做一个这样的小车。我父亲在学校可没有条件办这个事，别说这个，就是平时想有个鞭子，就那种三股绳编的鞭子我都是自己做的。有一次，父亲被我磨得实在没有办法了，才和爷爷给我编了一个，因此对这样的"大件"，我想都不敢想。我的小车是个独轮车，那是我自己动手做的。精心选了一个圆的、大小适中的原木，找准厚度，用锯锯下来，用凿子在中间凿出一个圆圆的眼，因为找不到一个圆铁环，就只能用这木头眼了。然后找两根直直的、粗细适中特别是扶手那块儿手能够握住的木杆，摆成头窄、尾宽的形状，在木头杆中间等距离凿出六根榫眼，穿上木掌。再找一根结实的蜡木杆当车轴，将已经处理好的车轮穿进来，把蜡木杆穿进头部凿好的榫眼，就大功告成了。自己做东西能够提高动手能力、增强生活的独立性，但有时为此也要付出惨重的代价。有一次我用核桃楸树的枝条——我们称之为楸皮管，制作滋水枪，在一切工作基本就绪，准备完成最后一个环节——砍取滋水枪的喷射口堵头的时候，一不小心，镰刀直接砍到我正扶着堵头木条的左手食指上，霎时鲜血直流。我一看，刀口很深，都露骨头了，血顺着伤口不停往外流，我顾不得疼痛急忙用右手紧握食指伤口处，但是血还是止不住，怎么办？我又疼又害怕，怕母亲看到了会骂我，急中生智，想起平常玩耍时小伙伴谈到的"撒尿和黄泥可以止血"的说法，立刻跑到我们家院子里的黄泥堆上，撒了一泡尿，用右手和了一把黄泥，然后涂到我的左手食指上。弄好后，我观察了一会儿，效果还真不错,除了伤口处一蹦一蹦地有点儿疼之外,血还真就止住了。吃晚饭时,母亲看到我左手食指的异样,就问我:"你手怎么了?吃饭怎么不洗手?"我也不吱声,母亲看到我的神情感觉不对劲,又立刻追问,我才不情愿地说出"白天做滋水枪时被镰刀砍了手指"的事。母亲一听是又生气又心疼,连忙把我拽下饭桌,用水清洗我的食指伤口处,清洗好后用酒精消了毒,上了点儿"二百二",再缠上纱布,没过几天伤口就愈合了。现在回想起来,我当时的行为确实很莽撞:怎么能随便听听小伙伴的说辞,就用撒尿和黄泥的办法来止血呢?一旦得了破伤风或败血症,那后果简直不堪设想!但我们当时就是那个样子,在玩耍、嬉闹、劳动以及与自然融合的过程中,不管不顾的,天不怕地不怕。我那次伤得有点儿重,因此自己还采取了一点儿土法措施,如果是一般的伤口或小刮小碰根本不当一回事,不用处理过几天就好了。有时我们为了磨炼自己的身体和意志,还故意不穿鞋,每天光着脚上山下河,四处乱跑,把本来是细皮嫩肉的两只脚硬生生练成了一副铁脚板。尽管经历了波折,冒了风险,但自己动手丰衣足食。独轮车做好了,用它到山上、地里打青饲料、采猪菜,既能完成劳动任务,又能享受玩的乐趣,一举两得。但这与朱子军的高级车子是比不了的,我只能是利用机会在朱子军那儿玩一会儿,过过手瘾。虽然玩着人家的东西,但是我们之间的相互比试也是时时处处的。那年朱子军得了肠穿孔,就到北京他姑姑那儿去治疗,一个多月后回来,我们在一起玩,他把他手里的塑料小枪拿到我面前显示,对我说:"看,北京制造小枪!"去北京一个月,他的口音都变了,发的是标准的北京普通话的口音,我一听，哪能服这个，马上掏出在裤带上别的小铁手枪，"看，本溪买的铁枪，还能打石头！"我当时在本溪市我大伯家住了半个月，刚回来，我就用标准的本溪市口音回击道。我们石峪大队虽然属于本溪市管辖，但一方水土养一方人，我们那个地方的口音与本溪市还是不同的，再说了，那时能够到本溪这样的城市，就感觉很大了，很了不起了，你朱子军用北京口音发出"看，北京制造小枪！"那我就肯定会用标准的本溪话发出"看，本溪买的铁枪！"关键我还加了一句"还能打石头！"这一点你朱子军的枪就不行了，你那个是塑料枪，打不了石头，只能摆着看，我这个实用。

不仅他的枪比不了我的，歌也不如我唱得好。有一次生产队组织政治夜校学习，中间开展了唱革命歌曲的比赛。我们生产队的社员都觉得朱子军家厉害，他爸爸在大队拖拉机站工作，能借上光，再说他们觉得朱子军长得比我好看，就让他先唱歌，结果朱子军说不会唱。这时我站了起来，说："我给大家唱一首歌曲！"我以洪亮的声音唱了一首歌曲，唱完后，社员都给我鼓掌。当时大姐也在场，回家后，大姐跟我说："你说你要唱一首歌曲给我吓坏了，心想，也没见过你唱歌呀，这要唱坏了，不就让人家笑话了吗？"

我们家搬走后就与朱子军没有联系了。他后来到青河口上初中，高中没考上，初中毕业就回家务农了。现在想一想，其实那份不服气，就是儿时的自然天性、自然的不服输的精神，与朱子军之间的比试争锋只是天性的使然、童真的表现。

山林乐趣

生活在群山深处，自然就少不了与山的亲近。苍苍茫茫的大山以它那宽阔的胸怀包容着人们，提供给人们无尽的资源保障，在艰难困苦的时代接济人们的生活。春天采野菜、夏末打野果、秋天捡蘑菇、冬日砍柴火，我们在收获着劳动果实的同时，也享受着山林里的乐趣。家乡的野菜品种、数量是十分丰富的，一般的品种不用着急去采，多得是，这儿没有了，到别处去，每个人都能满载而归。对于刺嫩芽和大叶芹这两种野菜就不同了，它们口感好又具有药用价值，是人们眼中的宝贝，因此要早下手，有时要走进大山深处才能采得到。刺嫩芽是长在浑身是刺的乔木植株顶部的嫩芽，可能是因为它的植株浑身是刺，因此称之为刺嫩芽。刺嫩芽植株喜阴湿，一般长在沟谷背向太阳的一面。随着春天的到来、温度的上升，特别是春雨的滋润，它同其他植物一道焕发出生机，开始生长发芽。在那些嫩芽刚发出不久、还没有变为植株之前，就可以采摘食用了。采摘回来的刺嫩芽一般是将它与母体连接的地方用剪刀去除，再把外面的包衣剥掉，放到清水里清洗几次，然后放进煮沸的水里焯一会儿，试一下口感适中，即可捞出放进冷水里降温，缓释内含的不适汁液，提升口感味道。如果是冰水就更好了，这样既可以缓释涩涩的汁液，又能够保持它绿的色泽。凉透之后，用清水冲洗几遍，把水攥干即可。食用的时候一般是配上炸的豆瓣鸡蛋酱，刺嫩芽自身的甜味苦味混合鸡蛋酱的香味，一入口，饱满、清香的口感会让你满足感十足。除了能食用，刺嫩芽还有去火的功能，为了这个药食兼具的食材，人们都特别愿意采摘食用它，为一家人去去燥热。与刺嫩芽相比，采摘大叶芹要更困难一些，因为这种植物往往长在更深的大山里，它是喜阴湿的草本植物，植株不像刺嫩芽那么粗壮，是一棵一棵分散生长的小植株，由于人们都喜欢食用，因此，找到它们不容易，往往要走很远、转换几个地点才能采得到。采回来的大叶芹不用做太多的处理，只是掐掐根、去掉叶子，用清水洗净就可以了，清炒、与肉一起炒、凉拌都可以，吃起来有一种类似芹菜的又有自己本身味道的清香味、十分美味可口。采摘野菜是很辛苦的，路途远不说，中间还要跋山涉水、跨沟过梁，更要时时避免可能的风险。山野菜一般都生长在潮湿、凉爽的环境，这种环境动物们也喜欢，特别是蛇也喜欢，它们可能就盘踞在野菜的旁边，因此每次采野菜我们都注意观察，在确保没有异常的情况下，有时还要用手里带的棍子触触碰碰，清理一下，避免有蛇在那儿，否则在用手采摘的时候碰到它们，不仅自己要被吓一跳，遇到野鸡脖子等毒蛇还有被咬受伤甚至危及生命的风险。有一次，我和三姐到山里采榛子叶回家喂猪，采着采着，突然看到在离我不远处有一只小鸟在那儿站着，我就靠近着想捉到它。每靠近一点儿，小鸟就移动几步，最后它站住了，我就低头想找到一个石块打击它,就在我弯腰低头捡石块的时候,在我的两脚之间一条乌黑的长蛇盘成一盘并吐着火红的芯子,我啊的一声,吓得扔掉手中的麻袋,一溜烟跑到山下,缓了好久才回过神来。类似的经历碰到好几次,在被吓得够呛的同时也丰富了应对这些可能伤害自己的动物、在山里安全作业的经验,减少了被伤害的危险。

除了采野菜,我们还愿意采酸浆来食用。这是一种成片生长的植物,口感极酸,但是大家都很喜欢,所以年年都要采摘一些。酸浆有成片生长、年年延续不断的特点,只要它们的根系不被破坏,就能一直保持下来。因此,一个地方哪儿有酸浆村里人都知道,特别是嘴馋的孩子们更了解,所以每年到了采摘期,村子里的人们都精准计算着,把握好出发的时间,避免被他人抢先一步,经常就发生后脚刚到前脚已经采摘的情况,那时候就会感到很遗憾。

"七月核桃八月梨,榛子满仁七月七",唱着这个歌谣,我们伴随着夏末秋初的时光开始享受采摘野果的快乐时刻了。我们那儿的核桃都是山核桃,生长在高大的核桃树上。我和小伙伴一个个像灵巧的猴子,几下就蹿到高高的树上,采摘绿色的还是满身油渍的核桃果实,装上满满的一大袋子,拿回家里,放在阴凉的地方晾晒去皮,最后取出满满的果仁,作为过年的时候包糖三角做馅的原料。家乡那儿山梨树到处都是,什么磨盘梨、葫芦把梨、秋白梨,种类繁多,一会儿就能打一口袋,但这个时候的山梨不能吃,十分酸涩,吃一两个牙就会酸得失去味觉,甚至导致恶心呕吐的症状,因此,在享用之前对山梨还要进行一番加工处理。在仓房里选好一个大木箱子，在箱底铺上香蒿子，把带回来的山梨倒进去，在它的上面再放一层香蒿子，然后盖上盖子。木箱子透气，山梨在里面不会腐烂，这期间，阴凉的仓房里木箱中的山梨在香蒿子的熏陶下，逐渐变软，变得香甜，半个月后，打开木箱盖，一股梨香味道扑面而来，尝一口，甜软适口、绵香入味，让人欲罢不能。但是山梨一次不能吃得太多，否则会引起干燥。到了农历七月初七，我就会与姐姐或小伙伴一起去采榛子。榛子的坚果壳是包裹在带有一层扎人的小胡子的绿色外保护层里面的，但这层保护不是全包裹的，只是包裹了百分之九十，还有百分之十是没有被包裹住的，因此采摘时就能看到露出的一部分果壳。榛子这种植物很皮实，基本上成棵的植株上都能结果，由于数量众多，都是成片成片的，因此很快我们就能撸满满一筐或一口袋。刚摘下来的榛子仁很好吃，既有榛子的味道还保存了水分，十分可口。等到把果壳晾透了、晒干了，榛子仁在保持榛子自身特有的味道的同时，又平增了一丝甜味，至于把它炒熟了，在前面味道还保持的同时还有一份更浓的香味，可以说榛子无时不香，为人们贡献良多。

　　生活在乡村，长期与自然打交道，我们很小就练就了看云识天气的本领。"朝霞不出门，晚霞行千里""云彩往南，河里摆船；云彩往北，河里涨水"等，这些祖先总结出来的、代代相传的气象知识，对我们的生产生活十分重要，我们也是在看着这些云霞的色彩变幻中来进行日常活动的，即使是上山采摘也要看天气情况来确定。当秋天的第一场雨过后不久，我和小伙伴就上山了，来到早就烂熟于心、已在头脑中形成地图的一个个采摘点，愉快地寻找各式各样的蘑菇、松伞蘑、黄泥团子、榛蘑、猴头、秋皮丁等，采得不亦乐乎，但再怎么高兴，我们避风险的意识绝不会丢，那就是避免蛇虫的伤害，这可是在实践中总结经验、经受教训而形成的警惕意识。

春夏秋三季上山采摘，尽管辛苦，但也充分享受了人与自然亲近和谐的美好乐趣，令人难以忘怀。但冬季上山砍柴就是艰辛和痛苦的经历了，特别是对年纪还不大的我和姐姐们。那时农村做饭、取暖主要靠柴火。石峪地区不出产煤，柴火是主要燃料。白堡子生产队的家家户户都有山场，每家就在自己的山场上砍柴，有的时候家里是请帮工来砍柴，虽然节省了时间和力气，但这样做要付出吃一顿或两顿饭的代价，那时粮食不足，副食缺品种又少，请帮工付出的成本各家各户还是要精心算计的，考虑到这些成本付出，各个家庭就要自己来做这些事情。那时父母在学校工作没有时间，更多的砍柴的任务就落在爷爷、三位姐姐和我的身上，于是乎每到放寒假的时候是我们兄弟姊妹几个最愁的日子。冬天的早晨，寒风凛冽，大地一片银白，我们兄弟姊妹几个就拉着带车子往山里走了。带车子是自己家里请人帮助做的拉货的车子，一般是木头框架，带有两个胶皮轮子，能装不少东西，乡村人家的东西主要靠它来运输。我是男孩，虽然那时个头儿不高，但还得驾着辕子，迎着刺骨的寒风，有时是冒着飞雪赶往山里。我们要割的柴火一般都在山的背面，不仅乔木，灌木也是如此，都是在山的背面长得高大繁盛，而洒满阳光的地带乔木长得不但矮小，还七扭八拐，成不了材。灌木更是矮矮的一团，抓不上手。背着太阳的一面的大山，环境严酷，温度低、积雪厚，它逼迫着植物拼命向上生长争取阳光的同时,也给我们砍柴带来了很大的困难。我们常常要在没了脚脖子、腿肚子的雪窝里砍柴,乔木是不允许砍的,那受到严格保护,只能割那些来年还会生长出来的灌木。爷爷岁数大了,干起活来已经有些困难,姐姐们是女孩子,力气本来就单薄,这就需要我来发挥作用。在生活的压力下,我从七岁开始上山运柴火,从山上到山下几百米的路程,一天要运四五十捆,等到十二岁以后就自然成为砍柴的主力。小小年纪,力气尽管不足,也努力地为家庭做着贡献,所以说"穷人的孩子早当家",这都是逼出来的。就这样,爷爷和我们兄弟姊妹几个,有时就是爷爷和我,或三个姐姐和我砍着柴火,我们半天要砍四十到五十捆,装着满满一带车子,再走十里回到家里。其间,饿了,捡点儿雪地里的山里红来吃;渴了,吃点儿雪,等到把柴火运回家,人已经累饿得不行了。整整一个假期每天都要这样度过,一直干到腊月二十九,快要过年了才停止,这时砍柴的任务才算基本完成了。就这样经过我们一家人的将近一个月的努力,一共割了接近一千捆柴火,从而满足来年一年的需用。在腊月二十八这一天,除了正常应该完成的砍柴量之外,我们还要做一件事,就是再割几捆荆条。荆条是一种开着紫色小花的小型乔木,我们用它除了编织筐篓之外,由于它的名字和它燃烧时会发出噼噼啪啪像爆竹一样的声音,因此,在我们家乡,除夕、初一煮饺子的时候都要用它,意思借着它的名字和它燃烧时发出如爆竹一样的声音,寓意来年一家人生活兴兴旺旺、红红火火。在把最后一捆柴火码上垛,用柴火打好防雨的人字形马架子,把腊月三十要烧的荆条单独码在一边后,我们寒假里砍柴火的辛苦劳动就算结束了，一家人暂时卸下身上的重担，开始进入过年的时间表里，享受期盼已久的从物质到精神都令人欢愉的时光中。与大山为伍、与山林结伴，在大山里讨生活，尽管辛苦，但乐趣更多。砍柴的间隙，我们采野果、追野兔，在静谧的森林里憧憬未来的生活，也平添了我们不断奋斗的决心和力量。

父亲母亲

　　我父亲出生于一九三五年九月四日（农历八月初七）。父亲的名字是爷爷给起的，这是一个略带女性化的名字，按照爷爷的意思，男孩子起个带有点儿女性化的名字才能中庸调和，平安顺利地成长。当然了，爷爷的想法有些迷信的意味，但是爷爷是旧社会里出生的人，有这种思想也可以理解，更何况在那山河破碎、民族危难的时刻，哪一个中国人不希望自己、自己后辈能受到良好教育，过上幸福安康的生活呢？今天回头看爷爷的期望不算什么，对现在的中国人来说富裕安康的生活只是绝大多数人一生目标中的一小步，但这对当时还处于深重灾难中的中国、中华民族却是要迈出一大步才能帮助人们实现的！也正是由于中华民族打破枷锁，实现独立，才会有今天人们能够轻易实现的一小步，而这一切，这个人的一小步、民族的一大步，对当时的爷爷来说是不敢想象的。爷爷怎能想到当时颠沛流离、四处乞讨的一家人的后代如今都有了稳定的工作，开创了自己的事业，过上了吃穿不愁的幸福生活？爷爷怎能想到当年被日本守备队一把火烧光的黄泥秸秆垒成的草房，现已在它的周围盖起了漂亮整洁的瓦房，远处群山苍翠，林海茫茫，各种动物出没其间，好一派换了人间的新气象。爷爷又怎能想到如今的中国已是全世界第二大经济体、世界贸易大国、高新技术产品出口规模居世界第一的国家，并且创新能力不断增强，科技创新进入"三跑"并存的阶段，中华民族已实现了从站起来到富起来的伟大飞跃，并向着强起来的伟大目标快速奔跑。爷爷也不敢想象当年与村里的老人一起议论日本"三八大盖"厉害时的那份羡慕和无奈，现在已经转化为我们民族后来居上，我们的军事力量让敌人不敢轻举妄动！正是由于有了这些成就才换来了今天的美好生活，如果爷爷能够活到今天，他会是怎样的欣喜呀！

父亲没有辜负爷爷、奶奶的期望，时代的发展加上自己的努力，父亲实现了父母心中的愿望，成为一名受人尊敬、桃李满天下的人民教师。要知道，在民族饱受苦难的年代、在日本帝国主义侵占的东北、在伪满洲国的反动统治下，一个身居大山的贫苦家庭的孩子要受到教育、受到良好教育，机会该有多么少，困难该有多么大！但是由于命运的眷顾，也可能是爷爷给起的名字所带来的运气吧，父亲在读了三年私塾，马上就要没有书读的时候迎来了新中国的成立，父亲的学业才得以继续。石峪地区解放、土改后，各项事业全面恢复，父亲接着读了小学、中学，这期间由于身体等原因学习中断了一段时间，后又回到学校完成学习，并被保送到师范速师班进修，比较圆满地完成了国家民族处于动荡时期青年们难以实现的能够持续受到系统教育的愿望，毕业后在石峪小学任教，成为一名光荣的人民教师。

父亲的教学业务非常精湛，在教学管理上也很有经验。在石峪小学任教后,学校安排父亲教四年级,当时四年级有两个班,父亲教两个班的语文,张凤楼老师教数学。当时石峪的教学质量并不行,教学综合评价特别是小学升初中的比例很低,常常排在末位。父亲在教学过程中认真研究教法,注意因材施教,并与张凤楼老师密切合作,互通经验,平衡推进。经过他们两个的辛勤耕耘,两个学年下来,学生们的学习情况明显转变、成绩大幅跃升。一九六〇年父亲和张凤楼老师教的两个班级在全公社小学升初中的考试中取得了优异成绩。当时参加考试的学生共五十人,被录取二十五人,升学率达到百分之五十,名列全公社第一。这样的成绩,对一个处于大山深处、教育资源有限、教学质量不高、升学率长期排在末位的山村小学是前所未有的、令人难以置信的,父亲和张凤楼老师也因为这次考试而一举成名,父亲还在全县教师大会上做了"我是怎样进行作文教学的"经验介绍,受到与会者一致好评。凭着扎实的教学基础和坚持不懈的努力,父亲后来入了党,在几个小学任过教,后来担任石峪小学的教导主任。

"文革"开始后,家乡地区的教学活动受到严重冲击,父亲也被下放到一线从事具体教学。尽管这样,父亲从没有停止对教学业务的钻研,利用不引人注意的业余时间、休息时间研究教学内容、探索教法、认真学习琢磨教学规律。一九七〇年春天,国家教育改革,实行九年一贯制,但由于"文革"影响,教学荒废、教师断档、教育队伍支离破碎,石峪小学也面临同样的局面,教师,特别是语文教师严重短缺,学校就动员父亲教七年级语文。这时还是"文革"期间,由于前期的荒废破坏,教学参考资料已经遗失不续,父亲就凭借他以往的教学功底、长期的学习积累和"文革"开始后也没有荒废的学习钻研,很快就成为全公社语文教学的标杆,全公社七年级语文教学的教研或集体备课都以我父亲为主。就这样,父亲继续从事他的语文教学工作,并发挥标兵示范作用。一九七四年学校教学恢复到比较正常的状态,父亲也回到教导主任岗位,继续领导全面教学管理。后来父亲被调到五棵树大队任学校教导主任,在我们家搬到旱沟后的第二年,父亲工作调整到晒马公社,继续从事教学。由于父亲教学经验丰富,名气很大,临近几个公社的教育部门都知道,调到晒马后,父亲被安排在公社教育办做教研员工作,两个月后,县里召开教研会,父亲代表公社参加了本次会议,会议的主要议题是如何开发学生的智力,不能读死书、让学生死记硬背。回来后,父亲向公社中心校领导做了汇报,公社教育办特批准召开一次全公社小学教师大会,让父亲在会上传达这次教育会议精神。父亲做了精心准备,并结合晒马地区教育发展实际和自己长期抓教学的积累,对会议精神进行了既原原本本又生动的传达,在全公社小学老师中引起强烈反响,参会的老师都说这样的发言以前从来没有听到过,感觉耳目一新。这年期中考试,小学一至五年级的题都由我父亲出,父亲在数学试卷中各增加了一道开发学生智力的题型,比如在二年级的数学卷中,父亲就出了这么一道题:"小朋友们,你们常到水塘和河边去玩,请你们算算,河边的草丛里有四只青蛙,它们共有几只眼睛、多少条腿?"由于父亲刚调到晒马时,当地各小学的教法是让学生死记硬背,教育部门也是如此强调,因此,这个题型是与之前完全不同的,它重在考察学生们的日常生活观察，也检验学校的教育重点和教学方法，不能不说父亲这道题出得在当时是很先进的，甚至是具有开创性的。但是这一张试卷、这一次考试却给大家带来了难题、造成了一点儿小"麻烦"：全公社各个小学都没考好，老师们说："这次出题的思路、出的题型都跟以前很不一样，特别是那道智力开发题，平时也没见过，没这么教啊！"尽管师生议论声音很响，反响挺大，但大家都承认，题出的路子是对的，是将来教学的方向。

由于父亲懂教法，理念又新，在公社教育办没有工作多长时间，这年秋天就被派往旱沟小学任教导主任。这是一所教学秩序很乱的学校，几任主任都没有干好，父亲凭着自己的经验，团结班子、理清思路、扎实推进，并在大队党支部的有力支持下，解决了社会人员干扰教学秩序的顽疾，仅用了一年时间旱沟小学就面貌一新，在全公社教学评比中名列前几名。一九八一年春天晒马公社八个大队联合组建联办中学，将没有考上晒马中学这个重点初中的学生组织起来，让他们能够继续学习、完成学业，父亲被任命为联办中学的主任。在父亲领导下，学校一切从零做起，在逐步完善硬件基础设施的同时，加强软件建设，认真研究学苗特点、精心开展教学，学生的潜力被极大地开发出来。在后来的升高中、考小中专和小师范考试中取得了优异成绩，甚至超过了晒马初中。由于教学开展得扎实，对学生的潜力开发及时得当，对他们在高中的学习产生了深远影响，有很多学生后来都考上了大学。在我们家从旱沟村①搬到市内后，父亲也调到市内工

---

① 党的十一届三中全会后，陆陆续续，公社改名为乡、镇，大队改名为村。

作,成为一名公务员,尽管当时父亲已经五十四岁了,但由于他扎实的管理经验、深厚的文字功底,加上谦虚朴实的人品,不久被组织任命为办公室主任,直到退休。

除了在教学管理上的丰富经验,父亲还是一个多才多艺的人。父亲会拉二胡、吹笛子、弹风琴,还精于书法。在父亲的推动下,石峪小学不但教学质量在大河城公社名列前茅,德智体美工作也全面展开。学校有文艺队,文艺队包括乐器队、鼓号队、合唱队、表演队等,还有团体操队、篮球队等,各项活动开展得有声有色。父亲的毛笔字写得特别好,无论在白堡子还是后来的旱沟大队,很多社员家过春节时的对联都是我父亲给编的、写的。每年一到过年的时候我就发愁,从腊月二十八开始,我就得给父亲搭手,一直干到大年三十早上,害得我都不能出去玩。即使这样,我还是感到很骄傲、很幸福,因为从父亲身上我懂得了什么叫刻苦钻研、奋进向上,懂得了如何做一个自强自立、掌握生活本领的人,在任何时候、任何困难面前都不会低头,永远鼓足勇气一往无前!

我母亲出生于一九三八年十月五日(农历八月十二),一米七〇的身高,身材颀长,容貌秀美,高高的鼻梁、深陷的眼窝,有点儿像俄罗斯人。由于早早地就承担起家庭生活的重担,长期从事生产劳动,母亲秀美的身姿里又多了一分质朴和健康。因为家境贫困,母亲是作为童养媳来到我们家嫁给了父亲,并就此中断了学习,让母亲感到十分遗憾,因此,母亲对我们的学习要求非常严格,经常教育我们好好学习,绝不能荒废学业。

母亲心地十分善良,经常帮助邻居和那些逃荒要饭的人。由于自己就出生在贫寒之家，母亲对贫穷人家的境遇感同身受，只要自己家里还能拿得出来，母亲对求到自己门前需要帮助的人都会伸出援助之手，甚至对逃荒要饭的人也从来不拒绝，能帮一把就帮一把。母亲总是教育我们要知人之难，有条件时能帮衬一下就帮帮，千万莫小气，不要冷淡嫌弃那些落难的人。无论在石峪还是在旱沟，只要家里地里的蔬菜下来了，她总要让我们送给邻居一点儿；每次我的同学来到我们家，母亲总是满面笑容热情对待，尽家里所有招待我的同学。初中、高中期间我的很多同学都感受到了母亲的这份热情。大学一年级暑假时，我的初中同学吴一民到我们家来玩，当时他由于身体原因中断了大学学习，回家休养，同时准备来年的高考。吴一民家里生活十分困难，之前我和母亲谈论过，当吴一民来到我们家时，母亲做了很多好吃的东西来招待他。吴一民在吃饭的时候动情地说："阿姨，你们家的饭菜太好吃了，这是我所吃过的饭菜当中最好吃的！"由于吴一民当时还在调养身体准备来年的高考，母亲还反复叮嘱他："我们农村孩子能考上大学不容易，一定要珍惜学习的机会，好好准备！"

母亲是一个十分刚强的人，再大的困难都会自己扛，从不向困难低头。在石峪大队的时候，尽管父亲能挣工资还吃商品粮，但毕竟是九口之家，需要省吃俭用、精打细算才能把日子过得像模像样，因此母亲除了做好家务事，还参加队里的生产，从事繁重的农业劳动。看到母亲这么辛苦，父亲就给母亲在学校找了个后勤的工作，负责全校的食堂和喂猪的活儿。这个活儿一点儿也不比生产队的劳动轻松，但母亲从没有叫一声苦、喊一句累，一个人承担起全校食堂和喂猪的工作，兢兢业业、勤勤恳恳、里里外外，工作上没有出一点儿差错。搬到旱沟大队后，我们家盖新房子拉了六百块钱饥荒，加上到了新环境，人生地不熟，原来积累下来的粮食、副食等消耗得特别快，当年还没有分到自留地，又是青黄不接的春季，因此，全家人的生活陷入非常困难的境地，但是母亲从没有说一句为难的话，而是与父亲一起带着家人默默承受、寻找办法。母亲与我爷爷到生产队的菜园子从事劳动，晴天迎着烈日，雨天一身泥水，与男社员干着同样的活、一样的工作量，每天辛苦劳作，挣工分、换口粮、还饥荒、补家用，回到家里还要做各种家务事儿。当时，家里的主要劳动力能挣钱的人就我爷爷、父亲和母亲三个人，我们兄弟姊妹五个都在上学，需要花钱的地方也多，母亲就在完成生产队菜园子的活之后又到离家近十公里的煤矿去装车、卸车。装车、卸车那是重体力活，是有力气的男人才能干的活，但为了家庭生计，母亲选择了这份挑战，与男人们一起进行超强度的劳作，为家庭挣额外的收入，加快还饥荒的进程。后来，累得实在不行了，干不动了，母亲就用她在生产队菜园子劳动时学习的育苗技术，在家里建了一个小型育苗池，每年清明之前开始翻地、筛土、施肥，种下辣椒、茄子和西红柿种子，并扣上塑料薄膜，每天清晨和中午之前都要用喷水壶给种子和已经长出来的青苗洒水。由于父亲当时还在四棵树大队任教导主任，一周只能回家里一次，我们姊妹五个都在上学，爷爷在生产队劳动，奶奶行动不便还要干家务活，所以育苗这个技术加体力的活儿，基本上都是我母亲一个人利用生产之余完成的。五一节前后，育苗池里的青苗渐渐生长到能移栽的时候了，每天早晨母亲就领着我们一家人利用各自劳动、上学前的间隙来一起间苗，挑出已经能够移栽的粗壮的青苗，每十棵扎成一小把，然后利用周末或其他早晨方便的时间到集市上售卖。通过这个，母亲每年可卖得三百元钱，及时补贴我们的家用、交学杂费、还一点儿家里的饥荒。母亲还和父亲一起培育猪崽儿，来到集市上出售，来额外再增加一部分收入。我有一个内含一万个单词量、价格为八角钱的英语词典就是父亲、母亲用培育猪崽儿卖的钱买的，一直用到参加工作，有了新的电子词典才停止使用，这本词典也成为母亲辛苦操劳的一份见证、一份记忆。母亲就是这样以极其刚强的性格、不怕吃苦的精神，积极想办法、找出路，和父亲一道带着我们一家老小度了刚搬到旱沟大队时艰难的三年时光，换来了在旱沟大队后来的七年时间里自给自足、丰衣足食、幸福美满的生活。后来，父亲又帮助母亲在学校找了份后勤的工作，负责全校的食堂，这才稍许减轻了母亲辛苦劳作的时间和强度。在父亲和母亲的努力下，我们家逐渐还清了饥荒，粮食、副食都自给自足，前院后院整理得干干净净，种满了各种瓜果蔬菜，陆陆续续地，家里又添置了收音机、两辆自行车、电视机。一九八四年国家实施教育新政策，让在农村工作的公办教师的家庭都吃商品粮，这一政策的实施对广大在乡村工作的公办教师是极大的利好，老师热烈欢迎，一致拥护。这一政策的落实不但减轻了我们一家人的劳动强度还进一步提高了我们家的生活质量，过上了令村子里的人们十分羡慕的好生活。在旱沟住到一九八八年，为了孩子们的未来出路，我们家搬到市内，新的困难又出现了，但无论怎样困难，母亲总是从容面对，一直表现得十分坚强、刚毅和果敢,与父亲一道把我们家庭的每一个成员紧紧融合在一起,不断克服一个个困难、跨过一道道沟坎,为继续开启美好的生活而努力奋斗着!

母亲对我们兄弟姊妹五个要求很严格,希望我们都能够通过读书而有所成就,这是她心里的最大愿望,也是她为之奋斗的源泉和动力。由于没有机会学习和受到良好的教育,母亲在欣赏父亲的才华时,把她心底对学习的愿望寄托在我们身上,在学习上对我们严格要求,为我们持续学习尽可能创造条件。母亲经常说:"我嫁给你父亲,就是欣赏他的才华,别看他长得不怎么样,但是有水平,你们都要向你父亲那样,你们学到哪儿,我们就供到哪儿!"在石峪的时候,我们还小,都在读小学,家里还能够比较自如地应付,后来大姐到大河城上初中,离家远了,母亲总是尽可能做一些好吃、能够长期保持新鲜的咸菜等副食,补充一下大姐的营养。我们家搬到旱沟后,大姐转到瀫阳公社上高中,家里那时生活开始困难了,但母亲还是想方设法照顾大姐的生活。二姐在上初中时正值青春期,逐渐地与那些不愿意学习的女青年混在一起,不愿意上学,母亲就采取软硬兼施的办法让二姐到学校去。三姐高考当年没有考上大学,母亲就与父亲商量,让三姐复读,尽管面临很大的经济压力,但父亲母亲都克服了。后来我上了大学,来到大城市,各项花费也多了,母亲就在原来育苗的基础上继续扩大经济来源,支持我们兄弟姊妹五个的学习。每一次我们在学习上取得了进步,母亲总是高兴万分。我考大学时报的是高等师范院校,当时是提前考试、提前录取,我的考试时间是在那年的一月份。等我考完了,顶着大雪回到家里的时候，母亲已经准备好了丰盛的饭菜，进到家门，母亲没有说什么，只是简单地问了一句："考得怎么样？"我说："还行！"从这一问一答中、从母亲问我的语气和看我的目光中，能够感受出来她是多么希望我能够早日金榜题名啊！成绩出来后我以超过分数线二十三分的分数被录取，母亲非常高兴，按照她事先的许愿，祭了祖先，拜了宗庙，还专门杀了一只羊，来答谢村子里和父亲学校的老师。后来大姐考上了中等师范学校，二姐、三姐也到工厂参加了工作，弟弟从技校毕业后进入钢铁公司工作，我也在大学毕业后开始了自己的职业生涯，我们兄弟姊妹五个基本上是实现了父亲母亲的期望，没有辜负父亲母亲的辛勤培养，能够自食其力地生活。

　　母亲不仅能吃苦耐劳、性格刚强，她还是一位处事灵活、善于交际的大使。遇到不公平的对待，母亲肯定会据理力争，但母亲是一个讲道理的人，更是一位知人冷暖、能够设身处地为人考虑的人，正因为如此，母亲总是能够与人很好地相处，不管什么环境都能很快与邻居打成一片，并交下很多朋友。在石峪旱沟时是这样，我们家搬到市内也是这样。每次回家都能看到母亲与邻居的人妈人婶处得那个好劲儿，就是到我工作和生活的城市，尽管住的时间不长，母亲都能与她所见到的大娘们聊得特别投机，相处得十分愉快。我和我爱人经常对我母亲说："妈妈，你可真厉害，几天就能和大家处得这么好，我们连邻居的姓名都叫不出呢！"这时母亲就说："你们工作忙，我和你们不一样，有得是时间，生活中谁没有个头疼脑热的，谁不需要帮衬？远亲不如近邻，能走近一点儿就走近一点儿，别太生分！"后来母亲去世了，她过去认识的邻居、大妈大婶见到我就要念叨我母亲的好，讲到动情处，总要掉下几滴眼泪来。母亲患的是糖尿病并引发脑血栓，经多方医治也没有根本好转，在卧床不起半年多之后，也就是二〇〇〇年腊月二十七下午去世的，享年只有六十三岁。母亲去世那天，我还在万里之遥的异国他乡留学，父亲和我爱人当时没有告诉我，直到我回国后，他们才把这一消息告诉我。没有在母亲临终的时候伺候在床前，这成为我心底永久的痛，这也让我不禁回忆起母亲为我们含辛茹苦、日夜操劳的一幕幕，也更让我和我的姐姐、弟弟怀念母亲，怀念母亲的一生辛苦付出，也感受到母亲的伟大、无私，感受到母爱的弥足珍贵！

难舍记忆

在经过很长一段时间的思考酝酿、几次与爷爷奶奶商量、综合权衡利弊后,父亲母亲还是决定搬家:搬往凤城县晒马公社旱沟大队,就是当年日本守备队为"清剿"抗联、实行"三光"政策、强制并屯的那个集中居住区,这也是我们家第二次到旱沟居住。搬到旱沟大队主要从三方面考虑:一是旱沟大队的经济状况要比石峪大队好得多。石峪大队白堡子生产队当时一个劳日值是一角二分钱,全家人辛辛苦苦干一年,还挣不回九口人的口粮钱,倒要欠生产队一百五十元钱;而旱沟大队一个劳日值能达到一元两角钱,当时看报纸报道,全国范围内劳日值最高的是四川的一个地方,达到了十元钱。旱沟大队虽然没有达到十元钱,但是能到一元两角钱也是很了不起的,后来还曾经达到一元八角钱,是白堡子的十倍还多。当时旱沟大队旱沟生产队队长一年的工分能达到三千分,这意味着他一年能挣四千多元钱。二十世纪七十年代末八十年代初一个人一年能挣四千多元钱,那简直是不可想象的。后来我爷爷和我母亲在生产队菜园子劳动,两个人一年能挣八百分,将近一千元钱,扣除一部分口粮钱外,还能结余一些,因此，为了这份好的经济前景，我们家一定要搬过来。第二个原因是凤城县的教育质量要比本溪县好。当时我们姊妹五个都长大了，四个孩子在念书，大姐在大河城公社念初中八年级，我和两个姐姐念小学，只有弟弟还没有上学。这么多孩子，未来的出路怎么办？不能都窝在石峪的大山沟里呀！解决这些问题只有一条路，就是考学出去，而要提高考出去的成功率，就要到凤城县这个教育质量好的地方。与石峪相比旱沟大队不仅经济相对发达，而且比石峪那个地方更加开放，人们的思想很活跃，见的世面也多。旱沟大队位于青河口与晒马公社之间的公路线上，有公路，通汽车，外出省内和全国各地十分方便，而这些是石峪地区根本就不具备的。石峪地区没有公路，不通公共汽车，每次外出都十分困难，这就造成它与外面联系困难，因此十分封闭，并且旱沟离晒马公社只有一公里的路程，受晒马地区的影响比较大。晒马地区四通八达，还曾经设过县，无论地理位置还是历史人文都决定了它的优势，这是石峪不能比的。搬家的第三个原因是我大姑父家在旱沟大队，大姑父还是旱沟大队的党支部书记，可以在生活等方面帮助我们，综合这些考虑，父母决定一定要搬往旱沟大队。

搬家的时间是一九七八年春天。爷爷、母亲、二姐、三姐和我五个人先走，大姐当时在碨阳上高中，也算提前搬了家。在离开家乡的前一天晚上，我把我的小伙伴聚在一起，向他们说明了我们家要搬走了，今后不能在一起玩了，在一起玩耍了一阵子后，做了道别，说了些要保持联系的话，就回家了。第二天，我们家五位成员，肩扛手提，带着一些粮食和生活必需品，在爷爷和母亲的带领下，徒步离开家，走向我们村子通往外界的一个山岭——白岭子。上了山岭，一家人站住，一起回望身后我们世代居住的家乡和那熟悉的房舍，带着依依不舍的心情，怀着对未来几分忐忑的心绪，徒步八公里来到晒马公社的岭子大队，站在已有四百多年树龄的大榆树下面等候公共汽车，上了车再走十五公里，来到旱沟大队，住进事先租好的一间半房子里，开始了在新地方的新生活。

第二批搬家的是奶奶和父亲领着弟弟，乘着五棵树大队的拖拉机，满载着我们的全部家当和多年来积攒的粮食、副食等也来到旱沟大队，与先期到达的我们重新聚在一起，实现了家庭的新团聚。搬家之前，父亲和母亲把我们的老房子给处理了，卖给村里的近邻——就是那个在政治夜校学习中积极发言的生产队民兵连长刘景国，卖价是九百元钱。为了保证交易过程的顺利可靠，父亲请了中间人，做了纸、画了押①，进行了公证。房款不是一次性给的，刘景国先给了六百元，剩余的三百元钱后期再支付。那时家庭普遍都不富裕，九百元钱是大钱，难以一下子拿出来，所以就要分期付款。老刘家当时挺困难的，对余下的三百元钱，父亲要了有一段时间，去了好几次才完全要回来。搬了新家，就要盖房子，在旱沟盖新房子的预算是一千五百元钱，前期卖房子有九百元钱，还缺少六百元钱，这就要四处去借，因此拉下饥荒。为了还这六百元钱，我们家过了将近三年最困苦的日子。为盖上新房子，父亲提前就做了大量准备，在他工作的五棵树大

---

① 当时民间交易的保证程序，做了纸指签了合同，画了押指买卖双方和中间人在合同上按手印。

队要了房木，请人或自己利用业余时间一点儿一点儿砍下来、运出山，再用车拉到旱沟。新房子四个月后就完工了，旱沟大队当时有瓦匠、木匠和运输等副业队，为整个大队创收，这也是它经济条件好、劳日值高的原因。由于思想开放、步子迈得大、生产开展得好，旱沟大队的产业门类比较齐全，社员盖房子之类的事情基本上请大队的瓦匠队、木匠队就可以完成了，他们专业化施工作业，很快就把我们家的房子搭起了框架、建立了结构，经过后期砌墙、抹灰、做门、打炕，很快就达到了能居住的程度。我们家在旱沟盖的房子采取的还是石峪时的框架、结构，目的是为了稳定、抗震。旱沟地区有一些人家盖房子采取的是与我们家一样的结构，但更多的家庭采用的是更先进的方式，即采取在地基处和承托"人"字形房架处打钢筋混凝土圈梁的新设计，其好处一是节省木料，二是房屋结构更稳定、抗震性更好，从盖房子这一点就能看出旱沟地区的先进之处，我们家搬到这儿的决策是对的。

长期租住在别人家里的滋味是很不好受的，在房子基本立了框架、打了炕，把炕烧干后连窗户都没有，用锅盖、木板挡一下，母亲就决定搬到新房子里去。当时真是家徒四壁、四面透光，一家人晚上是伴着星星月亮睡觉的，但我们全家其乐融融，没有感到有什么不合适。俗话说"穷搬家、富挪坟"，这话一点儿都不假，更何况在那样一个还比较贫穷的年代，家更经不起折腾。由于这次搬家，我们开始了在旱沟大队艰难困苦的三年生活，没有了在石峪时相对不愁吃穿的日子。

故土难离，在石峪白堡子生活的时光在离开后变得那么难忘，童年经历的每一瞬间都那么令人记忆深刻。那一山一水、一草一木，儿时的小伙伴、嬉戏的小朋友，快乐的每分时光、愤怒的刹那时刻，留下来的所有故事、忘记的一些情节，都在我的脑海里清晰再现、难以忘怀。一方水土养一方人，既然出生在那片土地上，从此就与那方水土建立了剪不断、理还乱、难以割舍的联系，以至每次再踏上那片土地之前心底就开始颤动，心怀忐忑，遇到旧识的乡亲还显得有点儿羞涩，碰到不认识的、没有被认出来时还真有"少小离家老大回，乡音无改鬓毛衰。儿童相见不相识，笑问客从何处来"的尴尬与喜趣。每次离开都像当年离开时的样子，内心依依不舍，几步一回头、不忍登车，恨不能将家乡的样子都留下来、印在心底。那时，什么曾经打仗的对手、愤恨的对头，什么曾经受到的欺负、几次的交手，都统统忘到一边，就想与儿时的小伙伴见见面，与少时的老同学拉拉手，见到老亲问候问候、遇到旧邻叙叙旧，那份融于血液中的不是血亲的亲情时时在心底涌动。

  第一次回家乡是在我考上大学的那一年，也就是离开家乡的八年后。我是陪父亲一起回去的，为了祭祖扫墓。八年了，但家乡还是我当年离开的那个样子，变化不大，青山依旧在，绿水静静流，炊烟复袅袅，不再少年头。由于时间仓促，父亲和我在扫墓祭祖后来到村子里简单走了走，乡村依旧，亲邻还在，在问寒问暖之后，过去的话题还能够轻易地就接起来，只是没有看到童年的小伙伴。他们有的已经搬到他乡，有的在外地求学或工作，有的在自家的田地里劳动，因此都没有见到，就连以前联系最紧密的小伙伴也没有见到。由于时间紧也没有回到我们家的老房子去看看，只是问了一下，说还是原来的老样子，心里就放下了，第一次回家乡是激动的，但是由于时间匆匆并没有很深入、细致地寻访交流。

后来，我们的国家发展得越来越快、越来越好、生活越来越富裕了，各项基础设施也越来越便利了，参加工作十五年后，我基本上每年都要与家人回到我出生的故乡，从而时时感受到家乡的发展变化。第二次我们是兄弟姊妹几个一起回到家乡的，扫墓归来，从村口北面细细地看着家乡的一切，一眼就感觉到了变化，那就是山变绿了，不再像我们在此生活的那个时候，由于生产生活的需要，大片森林被砍伐，只留下很少的一部分，有的山甚至是光秃秃的。现在，山上的植被更茂密了，森林已经涵养起来了，山更绿了，小动物不时地出现，甚至以前很少见的大型动物如野猪、狍子都能够看到了，并且人们对待动物的态度也变了，不再追逐、捕捉它们，而是自觉地保护。河水虽然不如我们那个时候那样丰沛，但是能保持一年四季都在流淌，虽然不像过去那样干净清澈，但是随着时间的推移，河水的质量和流量也在向更好的方向发展。最大的变化是村庄，家家户户都盖起了新房子，买我们家房子的刘景国也将原来的老房子推倒重建了。想想原来的三间小房，一铺炕上睡着几代人，站在房间里，头都几乎碰到房梁的间量和高度，现在已经今非昔比了。走进去，女主人向我们一脸自豪地介绍，她家花了十万元钱盖了新房子，一共三大间，红瓦白墙、瓷砖镶面，灶台、居室功能分开，柴灶、煤炉共用，细粮不断流，副食多品种，粗粮喂牲畜，蔬菜时补充，生活是不愁吃不愁穿，幸福美满，其乐融融。所到之处，人们已经没有了过去愁苦的样子,而是想着健康的追求……看到家乡的变化、我们老房子的变化,真是特别高兴,感到十分欣慰。

后来再回家乡,家乡的建设力度越来越大,整个基础设施不断升级、优化:通公路了,一直延伸到我们白堡子村;通汽车了,一直来到我们白堡子村。人们远行见识外面的世界、出去工作更方便了,外面的人们进来,来探亲访友和旅游也十分方便。

无论走到哪里,行得多远,因为有着内在基因,那份血亲,就让你和故乡永远地联系在一起了。我的故乡在我出生时不管有多贫穷,文化有多落后,生活有多少矛盾,但一旦离开,这些就不重要了,就被忘掉了,心中想的就是那块泥土,那份真情,那点儿记忆,无时无刻,永远在心,这就是我对我出生故乡的心底的声音和真情。

第二章

意气少年

晒马山水

晒马这方山水是与石峪完全不同的，虽然也一样为群山环抱的盆地，但晒马这个盆地更大，四通八达，山水秀丽，充满灵气，就像爷爷经常对我说的那句话描述的："辽东，晒马这地方是真山真水、锦绣江山哪！"晒马的地形地势呈沙发座椅形状，坐北朝南：北面是向内环绕的高大山脉，左侧即东面为一条逶迤延伸的高山，北面与东面的山脉之间有一条通道，直通临近的硷阳地区，远走，向东北可达吉林省，向东南进入宽甸县、到丹东市界，紧邻朝鲜；右侧即西面也是一条逶迤绵长的小山，北面与西面之间也有一条通道，向西北可通本溪县、本溪市，远走可达沈阳，再经沈阳辗转各处。东侧的山名叫照山、东山，两山相连，一直向南延伸，直到在东南部形成一个出口，远走，可通宽甸、丹东市内，并且沿着东部照山、东山及其余脉山底建有窄轨铁路。这条铁路有很久的历史了，是当年日本帝国主义侵略者逼迫中国人民修建的，目的是为了掠夺晒马、硷阳和灌水地区的煤炭、木材以及其他矿产品。这不能不说是一个遗憾！

城区的西侧是一个高低起伏蜿蜒的山体，向南一直延伸，山尽头探进一片清潭之中,似蛟龙饮水一般。沿着西面山脉的底部一侧建有公路,这条公路的尽头连着草河口,向北可以到达本溪、沈阳直至更远的地方;向南经过凤城、丹东,远方可达大连,出海,则可到达山东、天津及全国各处。傍着东侧山脉有一条大河,这条大河发源于蒲石河的群山之中,是草河的上游,而草河则为叆河的上游,叆河则是鸭绿江在辽东境内最大的支流。虽然地处草河的上游,但这条河水量很大,一年四季都保持稳定的流量,从不断流。河里有着丰富的水产资源,鱼、虾、鳖、蛙都有,给当地的人们带来额外的馈赠。这条河的发源地蒲石河位于晒马北部约五公里的一处原始森林,植被极其茂密,森林资源非常丰富,动物的种类很多,风景优美,现已开发为森林公园。这样的自然条件也为当年东北抗联的活动创造了良好的隐蔽和生存条件。当时杨靖宇将军率部来到晒马蒲石河后,见这里原始森林密布,地势险要,易守难攻,是开展抗日游击战争的绝佳之地,他在牺牲之前召开过一次重要军事会议,说出"晒马存,则抗联活;晒马失,则抗联败!"的深刻看法,由此可以看出晒马在地理、资源方面对东北抗联队伍生存和发展的重要性。在蒲石河如今还能看到东北抗联当年留下的密营遗迹。晒马地理上的重要性在解放战争时期同样显示出来,著名的新开岭战役就是经过在晒马地区的交火、诱敌深入,然后在它以北不远处的新开岭山区展开,并最终取得大捷。当时战斗打得非常激烈,照明弹把黑夜照得像白天一样。我父亲那时候还小,与家人一起躲在家里的炕沿下面不敢出来,等战斗结束后,石峪村里有人到岭子村捡子弹壳,成麻袋往回扛,可见当时战斗之激烈、持续时间之长。

晒马的面积不大，只有四百一十三平方公里，人口不过三万左右，但它历史久远，在凤城县乃至丹东地区都很有影响。晒马地名的由来是源于初唐时唐太宗李世民到辽东路经此地，在过境内的旱沟河时，因水深打湿了马屉①，在此晾晒，"晒马"故而得名。明代万历年间在此建晒马吉堡，到清代称晒马吉城，至晚清取其谐音为晒马集，后因行政区划而设公社、镇，有了一段晒马公社、晒马镇的名称的演变。晒马这个地方到处流传着有关唐太宗李世民的传说，其中有一则故事说的就是我们家所在的旱沟大队。为什么叫旱沟？当地人都说过去旱沟大水漫漫、河深流急，后来李世民经过旱沟河时，怪旱沟河水深打湿了自己的坐骑，就挥鞭怒曰："此地日后将滴水不生！"于是旱沟河便由一年四季的丰水之河变为时断时续的季节之流。传说总归是传说，其可信度不言而喻，唐太宗李世民可以给旱沟起个旱沟的名字，但是他挥鞭一怒，河水就变得没有了的事情是不可能发生的。针对当年村子里的人们谈论晒马、旱沟名字的由来是因为唐太宗李世民挥鞭一怒、发誓一指而造成的故事，我专门做了考察。利用劳动之余，我去考察了旱沟河的河道，就想查明到底是什么原因让旱沟河在夏季之外的时节变得没有水了。在实地调查时我发现，旱沟河是发源于我们旱沟大队西部凉水大队群山之中的一条小河，流经我们旱沟地区的一段为河流的下游，在村庄东面不远就是它的河口处。在此向东南再流一段距离就汇入东面的草河。它每年夏天水量很大，特别是雨季河水汹涌澎湃，当时穿过村子

---

① 放置于马鞍下的屉垫。

里的公路与旱沟河交会的地点没有修建公路,一到雨季河水很深,车辆过去都很难。如果关于当年唐太宗李世民的传说都是真的,那唐太宗李世民可能就在那个地方涉水而过。旱沟河的源头凉水大队的群山深处是我父亲一家当年生活的地方,也是我们每年都要去砍柴的地方。那里高山环绕、植被茂密、人烟稀少,因而孕育了河流。可能是由于植被繁茂、水土保持得好,旱沟河从源头到我们旱沟大队以上的地方,那个河段河水流量并不大,总是不温不火的,夏季不暴涨,冬季也不断流,河道基本上是与山体连成一片的花岗岩底子,少数地方是细沙石的河底,河道中间水草、蒿草丛生。到下游河段,河床的地质情况发生陡然变化,两侧山体向两边迅速退去,河谷开阔,河道变宽,河底都是鹅卵石与沙子的混合物,河水在流到这个地方后水量急剧减少。我曾在春、秋、冬三个季节沿着河道考察过,这三个季节河水在这一段下渗得很厉害,基本形成断流,由此可见,旱沟河并不是由于唐太宗李世民的挥鞭一指给指没有了,而主要是由于河床的渗漏,加上这三个季节降雨量少造成的。还有一点可以证明我的判断,就是在旱沟河的河口处附近有大量泉眼,泉水一年四季不断汩汩而出,冰凉刺骨。当时我还不明白,很疑惑这水是从哪儿来的,为什么河水这么凉。现在来看,这应该是旱沟河下游河道渗漏的部分,从这儿又涌了出来。至于夏季时旱沟河水流汹涌,那是因为降水量巨大,河水补充的速度要远快于渗漏的速度,因而就水势大涨、汹涌澎湃了。

当然了,村子里的老人讲述关于旱沟河的种种典故大多来自口口相传,一是难解自然之谜,二可能是想增加家乡的人文分量,这种无伤大雅又丰富家乡文化历史的做法显示出家乡的人们对家乡的热爱和一份智慧。实际上晒马的历史、人文也是十分丰富的,晒马曾经作为县而存在过一段时间。那是一九三一年日本帝国主义发动九一八事变侵占东北后,扶持建立了伪满洲国政权。伪满洲国把东北四省划分为十四个省,增设安东省,管辖包括晒马在内的十二个县。由于曾经作为县城所在地,这不但丰富了晒马的人文历史,也增长了那一地区人们的见识。除了有这份相对深厚的人文历史,作为一个深山内的小地方,晒马的经济也十分发达,这里在经济上的很多做法不但影响周边乡镇,而且在省内外产生了较大影响。由于执行严格的计划经济,许多与人们生活密切相关的商品是不允许私下进行交易的,一些经济头脑活跃的人就不进入商场,在场镇两头的公路上偷偷摆摊设点、做自由买卖。每逢集市,晒马公社两头的公路就会形成长达两公里的自由市场,比街里的市场火爆得多。市场上有当时禁止买卖的布票粮票、红糖白糖、麻花面饼、黄豆绿豆、猪油腊肉等。不管怎样卡压,马路市场一直红红火火。由于有了这种相对自由和开放思想的影响,晒马的经济呈现出非常红火的状态,与其他公社形成鲜明对比。当时我们旱沟大队的劳日值是一元两角钱,高峰时达到一元八角钱,这样的经济状况在这个晒马公社的十九个大队中只能算作中等偏上,与当时有煤矿、石矿、森林资源的温洞、幸福、红石等大队相比差距还很大。二十世纪八十年代初期,晒马地区就有运输煤炭的重型卡车四百多辆,它们在晒马和青河口、晒马和通远堡之间的公路上往来运输,把晒马出产的煤炭等运往省内各地,把外地的物资、产品运到晒马地区。当时在煤矿上班的工人收入都很高,每月工资能达到七百多元。开车司机的收入更高,那时候能有个开卡车的驾驶证是很了不得的,司机人见人抢,成为香饽饽职业。在运输业的带动下,汽车修理行业也跟着发展起来了,街里两侧到处都有汽车修理店铺,修理车辆的水平也比其他公社要高很多,连日本产的车都会修、都敢修。在相关产业的带动下,晒马的饮食服务业也空前繁荣,国营、集体和个人的大小饭店林立、天天爆满,食客进进出出往来不绝。"仓廪实而知礼节。"由于经济比较发达,在富裕了之后,晒马地区的家庭对教育普遍重视,比本溪地区还重视,虽然作为父母的一代他们自己没念过多少书,也没有多少文化,但是他们对下一代的教育格外上心、一丝不苟,他们都希望孩子能念好书,跳出农门,有所出息,因此,从我上一届开始,考上凤城一中、通远堡高中,最后考上大学、中专的比例很高,孩子们通过努力实现目标达成父母的心愿,也反映出晒马这个地方地灵、人杰背后的深刻原因。

旱沟小学

我是一九七八年春天离开石峪小学的,到旱沟后继续小学三年级剩下学期的学习。由于环境发生了变化,从落后乡村来到相对先进的地区,我的眼界也随之大开。原来很难看到的汽车,现在每天穿行在村子的公路上,虽然车型种类不多,通常都是运煤运木材的卡车、载客的公共汽车。每当公路上跑过几辆北京二一二型吉普或罗马牌小轿车时,都会让我的眼睛一亮。身边的同学和小伙伴也发生了变化。来到新学校我被分在三年一班,走进教室,看到我这位新来者,班级里的同学并没有主动打招呼,只是保持一定距离在观察、审视,间或有一两个冲着我龇牙一笑,但也并不答话,有的做着鬼脸,一副调皮的样子,而有的则是一脸冷漠,直视着我默不作声,这让我感觉到他们与石峪同学的不同,不自觉地增加了几分防备的意识。好在班级里有我大姑家的四哥,他随后的介绍、引见消除了短暂的陌生感,我便开启了在新学校、新班级学习的日子。

旱沟小学与石峪小学一样也是五个年级,但由于旱沟大队的人口要多于石峪大队,因此,旱沟小学的在校人数也比石峪小学要多。生活、学习环境的变化,让我出现了某些不适应,我的学习态度发生了明显变化,我不再那么专注听讲了,自习时仅满足于完成规定的作业,回家也不学习、不复习,更愿意跟一些调皮的孩子玩闹在一起。一段时间后我的学习成绩明显下降,不要说考第一名,而且经常在班级排在十几名,但自己当时并没有考虑这么玩下去将对学习产生的不良后果。除了不愿意学习、与调皮小子们一起玩耍,我还在自习课上调皮逗趣、制造噪声,看到老师来了就装作学习,结果被班主任老师发现,说我"阳奉阴违",用教鞭狠狠抽了我一顿。这是我作为学生第一次挨老师打,还被打得那么狠、那么痛。那一瞬间我不仅在内心问自己:"朱红你这是怎么了?怎么还能被老师打?怎么堕落到这种程度了呢?你从前可是考试次次第一、德智体全面发展的好学生啊!"从经常被老师表扬到被老师狠狠抽打,对比太强烈了。作为学生这是第一次,我的心里不禁有些揪紧、感到难过,但这种情绪只是一瞬间,随后马上就忘了,连我都不知道是什么原因,也许是环境变化了但不能正确应对的应激反应和暂时的迷茫吧!除了调皮,我还不愿意与女同学坐在一起。五年级时有一次换座,我被安排与一个姓宋的女同学坐同桌,我很不高兴,因为嫌恶她鼻子上长了个瘊子。上自习课时,我就故意使劲挤她,不让她靠近我这边,并几乎将她挤倒在地上了。我的同桌气急了,哭着站起来去告诉班主任了。当时我的班主任是黄老师,一个打学生特别狠的老师!到晒马后我发现一个现象,就是老师打学生,经常打调皮捣蛋的学生,用教鞭打,打得特别狠,而且这些教鞭又都是学生主动给做的,真是有趣。由于经常打学生,打得又狠,所以教鞭经常打坏，一些调皮的学生就会主动给老师再做个新的。还有一个现象就是老师打了学生，家长也不来找老师，也不生老师的气，而且一旦知道了，反而鼓励老师狠狠打，请老师不要手下留情。家长可能知道老师打学生是为了他们好，所以家长就借着老师的狠力教训来实现望子成龙的愿望吧！

听了宋同学的哭诉，黄老师立即气冲冲地来到教室，到我面前劈头就问："你小子怎么回事？"我说："我不愿意跟她坐一桌儿！"黄老师又问："为什么？"我说："不为什么，她鼻子上有瘊子！"黄老师一听气急了，喊了一声："啊，你还敢嫌恶同学鼻子上有瘊子，还不愿意跟她坐一桌儿，什么臭毛病？"话音未落教鞭已经打了下来，正抽在我的后背上，疼得我龇牙咧嘴，从座位上站起来就跑，黄老师就在后面追，大喊："你给我站住，看我不收拾你！"我跑得快，早跑到操场上去了，黄老师年岁大了，腿脚跟不上，在教室门口喊了一阵，看看没有办法就回办公室去了。我等到黄老师回到办公室一段时间，看到同学们给我发信号了，才回到教室。来到座位上，狠狠地瞪了宋同学一眼，她吓得也不敢看我，蜷缩在座位边上，恨不得离我再远一点儿。我没打她，男生怎么能打女生，咱不干那事，这事就算了。后来我再也没有跟宋同学坐同桌，黄老师也没安排。现在想起来有些后悔，自己当时是有点儿过分了，不应该那样对待同学。

调皮、欺负女同桌，不学习、与调皮孩子一起玩，学习成绩自然一落千丈，这就是我刚到早沟小学时的状态。由于家刚刚搬过来，父亲还在五棵树小学工作，母亲忙着家里家外，他们都顾不上检查、监督我的学习，因为在以前从来都不需要这样。如今在旱沟我的学习成绩再也不是在石峪小学的第一名了，而是变成落后生了，并且是调皮捣蛋的落后生、欺负同桌女同学的落后生。虽然偶尔看到学习好的同学心里还不服气，但是也不通过努力学习来追赶了，当时心里很复杂，好像是自己和自己过不去似的，就想让这种破罐子破摔的样子维持下去。

当时晒马公社的经济发展得要比大河城公社好很多，要不我们家也不可能搬过来。经济发达有它积极的一面，但其消极的东西也时常出现。一段时间内晒马地区的社会风气不是很好，有关部门虽然尽了最大努力，但效果不太明显，社会上的小混子纷纷冒了出来。其中最有名的一个是"天老爷"，一个是"地老爷"。"天老爷"他们家还有"三天子""四天子"和"五天子"，这些"天老爷""地老爷"和"天子"一时间把我们那儿搅得是鸡飞狗跳。

"天老爷"在家排行老二，个头儿不高，以前与人冲突各方面并不占优势。上小学五年级时，一次一个个头儿力气都比他大的同学与他闹口角、进而动手，他吃了亏，这时他突然掏出随身携带的小刀将对方刺伤了。就这一次，凭着胆儿大的劲头他就出名了，大家给他起个外号叫"天老爷"，意思是说了算、天不怕地不怕。由于在他们家排行老二，所以大家又称他为"二天子"。"天老爷"比我高好几个年级，我们这些小孩子自然与他没有接触，但他的三弟弟号称"三天子"和我一个班级，好在"天老爷"的父亲与我大姑父是哥们儿，所以我们两家之间还沾点儿亲戚。我在旱沟时虽然不愿学习，挺淘气，但也不惹人家"三天子"，所以彼此相处还好。他的四弟弟，外号"四天子"，是一个爱挑事儿的主，他虽低我一个年级但也有见面的时候，每次碰面，我们只是互相看一眼,也不打招呼,他有时瞪着一双挑衅似的眼睛,但咱不吱声,也就过去了。"天老爷"的五弟弟比老四还捣蛋,早早就辍了学,纠集几个坏小子,在从青河口到晒马的公共汽车上扒窃旅客的东西。他们手法很不熟练,经常被人家发现,他们就恼羞成怒,吓唬人家。可怜那些人都是老实巴交的农民,一看到他们吹胡子瞪眼、咋咋呼呼的样子,又是一伙人,怕打不过,不得不忍气吞声吃哑巴亏。"五天子"虽然没上几天学,但上学的时候与我弟弟在一个班级。五年级的时候,有一次我正在教室里坐着,一个小同学跑过来跟我说:"哥哥,不好了,'五天子'正在打你弟弟!"我一听就急了,马上跑到我弟弟的班级,看到"五天子"正在推搡我弟弟,我立刻赶过去一把把"五天子"推到一边,说道:"'五天子',你怎么回事?你打我弟弟干什么?""五天子"站直了身体,说:"怎么的?你等着,看我不去告诉我哥去!"看到"五天子"要去向他哥哥告状,我心里有些担心,但事已至此也只能硬扛着,见机行事了。一会儿,"四天子"来了,气势汹汹,嘴里还冲着我骂骂咧咧。就"四天子"那个头儿,他们哥俩加一起也不是我的对手,我那时个头儿虽小,但是我天天劳动、推车,身体有肌肉,腿部特别壮实,很有些力气。"四天子"尽管嘴里骂骂咧咧,但没动手,我也没有动手,我当时心里想,如果是这哥俩咱是不怕的,但是他有三哥"三天子",特别是人见人怵、大名鼎鼎的二哥"天老爷",这不好办,也不敢轻易动手哇!我就不动声色地跟"四天子"说:"你弟弟打我弟弟,我没有打你弟弟,我只是把他们拉开了!"为怕把事情搞大了,我又补充说,"咱们两家还有亲戚,这么互相欺负，让人看了不好吧？""四天子"听了我的话，嘴里不说了，看了看我，又看了看他弟弟，说："他打没打你？""五天子"嘴里不服气地说："他把我推倒了！"我赶紧对"五天子"说："谁把你推倒了？你在打我弟弟，我能不拉开吗？你看你把我弟弟弄得身上都是土！""五天子"嘴里还嘟囔着，但没再大声说什么。看到他弟弟没有大碍，加上可能我刚才说的话起了作用，"四天子"的火气就有点儿下来了，说："这次先饶了你们，下次再发现，我叫我哥饶不了你们！"说完气哼哼地走了。我把弟弟拉到一边，给他拍了拍身上的土，小声告诉他："以后少跟'五天子'接触，咱惹不起躲得起！"

"地老爷"的成名倒没有"天老爷"那种冲冠一怒的一幕，他也没有"天老爷"那种带点儿爷们儿气的劲头，相反，他尽管体格粗壮，但并不是一个硬茬子。他喜欢站在村子里、公路旁咋咋呼呼、吵吵嚷嚷，之所以村子里的人们把他冠以"地老爷"的名号，是不稀得与他一般见识。

有了这些"天老爷""地老爷"的闹腾，一时间旱沟大队被弄得乌烟瘴气，其不良影响也传染到学校，在一定程度上影响了学校的教学秩序。后来我父亲来到旱沟小学任教导主任，父亲利用与"天老爷"家的亲戚关系，与"地老爷"父亲的同事关系，动之以情，晓以利害，使旱沟小学的教学秩序走上正轨，教学质量迅速提高，步入全公社的前列。

尽管有这些不良青年闹腾的事情，但不是主流，旱沟大队的党支部班子坚强有力，领导有方，在有序推动各项工作开展的同时，因为大队经济基础比较雄厚，就特别注重文化建设，经常组织社员开展丰富多彩的文化活动,其中最有影响力的是每年秋天的文艺会演和正月里的扭秧歌活动。为了搞好秋天的文艺会演,大队做了精心的准备,专门组建了戏班子,由功底深厚、经验丰富又富有热情的人来牵头,早早开始排练,演员甚至都不用参加队里的生产劳动,一群人整天在一起吹拉弹唱,叮叮当当、咿咿呀呀。为此,还引起大队里面一些思想保守的社员的议论:"不正经做事,一天到晚蹦蹦跶跶的,不像是一个庄稼人!"但是这些议论的声调很快就被一场像模像样、很有质量的汇报演出给淹没了。国庆节后,秋收完毕,颗粒归仓,社员迎来了一年中农闲时刻,此时,大戏出场了。在我们家后面用于晾晒烤烟叶的巨大空场地上,两台二十八马力拖拉机开过来,把它们的挂斗合并起来,四周立上柱子搭起帷幔、幕布,安好灯光、音响,汇报演出的舞台就成了。全大队社员急急地吃完晚饭,携家带口、拖凳推车迅速占领有利地形,然后就焦急地等待着演出开始。汇报演出的节目是以东北的地方戏为主,中间穿插一些独唱、表演等内容。对那些二人转、拉场戏等节目表演,我一点儿也不感兴趣,觉得他们一个个小腿飘轻,一点儿也不稳重,就不愿意看。我只是愿意凑热闹,觉得那么多人聚在一起,我和小伙伴在其间跑来跑去挺有意思的。我唯一想看的是,社员之前议论今年有一位咱们大队嗓子最好、人长得最美的女台柱子要给大家唱《十五的月亮》,我就想看看到底怎么样,于是和小伙伴在演出开始前早早就挤在舞台边上仰视着,静等女台柱子的出现。那位女台柱子既是当晚演出的演员又是报幕员,她一出场我就觉得长得挺一般的,等到女台柱子自己给自己报了幕,开始演唱社员期待已久的《十五的月亮》时,我一听:"这个《十五的月亮》怎么与董文华唱的《十五的月亮》不一样呢？"就问旁边的大人。他们说："这不是《十五的月亮》，是《敖包相会》，歌词里面有'十五的月亮'几个字！"我明白了，仔细听听，女台柱子开嗓就唱得与我的期望差了不少，后面的唱段我觉得也是一般，再加上长得也不是那么好看，我和小伙伴就在舞台边上一起大声喊着："怎么这么丑哇，唱得也不好听！"气得那位女台柱子脸色涨红，边唱边瞪我们，旁边的大人也呵斥我们，我们就钻进车斗底下迅速跑开了。与我们这些调皮的孩子不同，社员可是被深深吸引，看得如痴如醉。最有意思的是年岁大了以后很少出门看戏的奶奶，还跟着台上的演员一起哼唱着，可见节目的好看程度，社员对节目的喜爱程度。

至于正月里的扭秧歌活动就更热闹了，这也是我最喜欢看的节目。旱沟大队的秧歌队扭秧歌时是踩着高跷的，这是一项集技术、体力和表演于一身的活动，同时也伴随着一定的风险。可以想象，无论男女老少踩着将近一米高的高跷，在不是很平整的场地上、长时间地做着扭、踩、跨、跃的动作，还要展现出美的表情、协调的姿态、一致的步伐，这需要怎样的体力、技术和心思，有时一不小心碰到石头上、踩到泥坑里，摔倒下来，很容易就会弄伤身体。因此，我们大队的高跷秧歌队可不是那些不踩高跷的"地蹦子"所能比的，如果比起来，"地蹦子"秧歌的技术和艺术含金量会大打折扣，我们旱沟的社员不屑一顾。参加踩高跷扭秧歌的演员都是平时下地劳动的社员，别看他们没有受到艺术方面的专业训练，但凭着敢闯敢干的劲头和出生在东北黑土地上自带喜乐的性格，他们是拿起锄头能种田，放下锄头能扭秧歌。因此，只需不长时间的训练，社员的高跷就踩得轻松自如，秧歌扭得虎虎生风、风情万种。特别是秧歌队中扮演西天取经的唐僧、孙悟空、猪八戒和沙和尚四位组合，扭得更好，尤其是孙悟空的扮演者，表演惟妙惟肖、栩栩如生，我觉得一点儿都不比六小龄童差。只见他，单臂持着金箍棒，双臂随着欢快的乐曲，协调、到位、符合旋律和自身角色地舞耍着，踩着高跷的双腿则准确地配合着，精妙绝伦，看得我和大家目不转睛、如痴如醉，一曲舞罢不停叫好，又要求再舞一段、再舞一段，只把那个孙悟空的扮演者累得直举双手告饶，请求休息一会儿。秧歌队走街串巷，奔赴各生产队进行巡回慰问演出，同时还要到公社进行竞赛会演，把数九寒冬舞得热气腾腾，把吃饱了肚子、逐渐富裕的社员舞得兴高采烈！旱沟大队的社员丰富文化生活的另一个渠道来自当地的驻军。部队每个周末都要放映电影，战争片、反特片等轮流放映，随着改革开放进程的不断深入，又增加了港台地区和外国的片子，社员与部队的官兵坐在一起欣赏着不同的影片、观看着不同的节目，在丰富业余文化生活的同时，更加深了军民之间的鱼水情谊。

  由于经济基础比较好，凤城县的教学条件要比本溪县好很多，学生的学习劲头也足，老师用打的方式管理学生虽然有些粗暴，但是在实际工作中效果还是不错的。因此，各大队小学升上初中的比例特别高，初中考上高中的也非常多，高中考上大学的远远高于其他公社。我在石峪的时候还没有学英语，一到旱沟小学就开始学英语了，那可是一九七八年春天，党的十一届三中全会还没有召开，一个远离大城市的乡村能在小学三年级时就开展英语教学，可见凤城县教育部门的远见卓识，可见学校对培养更加全面能够适应未来发展的人才的重视，也可以看出晒马地区各级教育的实力和先进程度。由于英语课程开设的时间晚，因此当时还是作为副科，不是主科，加上我们刚刚接触，学起来有些困难。为了调动学生的学习积极性，任课老师想了很多办法，比如，为了完成当天的教学内容，老师就调动我们说："同学们，今天课堂就学三句话，What's this? It's a desk. What's that? That's a chair；Are these radios? Yes, they are. No, they aren't[①]，什么时候你们读熟练了、会背了，我就给你们讲故事，讲《鬼狐传》。"有了这个诱惑，大家的兴趣和情绪就被调动起来了，我们学得格外认真，不到半堂课就基本上读熟了、背会了，然后老师就给我们讲故事。就这样一个学期下来，英语我们也学会了，连载的《鬼狐传》也基本上听完了。后来考初中时，我们旱沟小学学生的英语都不错，这与灵活的、适时激发学生学习兴趣的教学方法有很大关系。实际上，晒马地区的英语教学也是刚刚开始，老师也是边培训学习边给我们讲授，有时甚至是昨天还在凤城县接受培训，第二天马上就回到课堂开展教学，付出了诸多的辛苦和心血，但正是在这些执着敬业的教职员工的推动下，才有了我们小学乃至整个晒马地区英语教学的逐步深入。

那时候学校和家长之间相互信任，关系良好，家长把孩子们交给学校就不管了，很放心，即使有时候孩子调皮被老师狠狠地打了一顿，家长也绝不会找老师无理取闹，因为家长知道老师、

---

① 这是什么？是桌子。那是什么？是椅子；这些是收音机吗？是的，它们是，不，它们不是。

学校都是为了他们的孩子好，为了他们今后有出息，所以没有一个家长因为孩子被打而去找学校和老师。就这样我很快完成了在旱沟小学三年的学习，并且在克服了一开始的不适后，逐渐改掉了调皮捣蛋、不愿学习的毛病，又恢复到刻苦学习、认真听讲的状态中，凭借天资还好、及时的转变和以前的底子，在后来小学升初中的考试中名列全校第二，顺利考上晒马初中，开始了另一阶段的学习。

除了学习，在旱沟小学还有一项充满乐趣的劳动，令我十分享受、难忘。到了旱沟小学，义务劳动开展得比较少，即使有也不是像石峪那样从事田间生产，而是参加学校组织的义务劳动，其中每年秋天入冬前上山捡木头是一项最重要的劳动任务。当时我们小学冬季取暖是烧木材的，一是离大山不远，木材相对丰富、拾取运输也比较便利；二是我们旱沟不是煤产区，买煤既远又要花钱，因此，学校每年都是以木材代替烧煤来取暖。这些木材就要靠我们高年级的同学在老师的带领下上山去捡拾。我们不但要完成本班级一个冬季的取暖需要，还要帮助三年级以下的班级完成他们的需要。这是我以前没有过的经历。在石峪白堡子时是给家里砍柴火、运柴火，那是硬任务、重指标，除了压力还显得有些单调。在旱沟这儿是与那么多老师同学在一起干活，多有意思，更主要的是中午还可以吃一顿自己带的饭，肯定有趣了。那一天，我们早早起床，六点钟就出发，七点半之前到达山顶，老师明确了任务，提出各项要求。任务一般是要完成多少根的木头，要求是注意安全，不能损坏正在生长的大树，只能捡拾自然枯萎、已经老化的木头等。任务要求一布置完毕，我们就四下里忙碌开了，纷纷寻找符合要求的木头。找到了，就用自己带的铁锥头，钉在木头的粗的一端，拉起锥头上系的绳子放在肩上，一路小跑向山下集中的堆场奔去，就这样下去上来，一趟趟、一回回把木头运下山去。我一边干活，一边想着什么时候才能到中午，好享受自己带的午饭。为了这次劳动，之前已经和奶奶、母亲说了，希望能给做点儿好的，一是吃点儿好的补充能量，二是为了好好享受，最关键的是得在同学面前拿得出手哇！刚搬到旱沟的时候，我们家正在盖房子的爬坡过坎时期，家里还拿不出好东西给我们带，后来就好了，基本上能保证是大米饭配上炒鸡蛋。因此，每当这个时候，中午打开饭盒，就特别自信展样，不像之前那会儿，在边上自己吃，瞅着人家不注意打开饭盒，还得用饭盒盖挡在边上，尽可能不让别人看到。这一小动作，不仅我这样做，其他的同学也是如此。所以，那时如果抬头看看同学的表情和小动作，就知道他们家这次给他们带了什么东西、他们家的生活状况怎么样了。吃完午饭休息的时候，我们都放下饭盒，走进大山深处，寻找我们喜欢的山梨、山里红和圆枣子。金秋十月过后，寒霜一日浓似一日，在浓霜的浸染下，山里的各种果实变得甜软多汁，是人们十分喜爱的美味。我和小伙伴们三三两两寻找着自己喜爱的山果，有时还要爬到树上，享受着在自然中玩耍的乐趣。下午再劳动两个小时，我们就完成了捡拾木材的任务，来到集中堆栈的场地，看到师生一起汇集的像小山一样高的木头堆垛，我和同学都感到十分自豪。过几天，当学校统一组织的运输车辆把它们运到学校后，各个班级再把木头锯短，统一在教室里堆好码齐，进入十一月份就可以用来取暖了。

我的初中

　　一九八三年秋天小学毕业后我来到晒马初中。晒马初中是晒马地区唯一重点初中，集中了晒马小学毕业生中的绝大部分优秀分子。就在我上晒马初中的那一年，为进一步扩大小学毕业生上初中的比例，让孩子们继续接受教育不辍学，晒马公社的八个大队集中资源创办了晒马联办中学。联办中学尽管做了很多努力，但由于学苗原因，总体上还是竞争不过晒马中学。

　　开学后我被分在六年一班，另一个班是六年二班。当时我们班五十多人，吴一民、戚力全、郑晓义等都是我的同学。这几个同学，除了吴一民后来考入凤城一中，戚力全、郑晓义和我一起都考进了通远堡高中，并且在一个班。到了初中，不知怎的我又有点儿回复到学习不努力的状态了，整天浑浑噩噩，与一些皮小子混在一起。当时我们班里学习最好的是吴一民和代晓丹。吴一民是和我关系最好的同学，我们之间友谊很深厚，现在也是如此。他是从北庙大队来的，成绩是全校第一名，到了初中人家还是心无旁骛一心扑在学习上。由于家距离学校较远，吴一民住在学校附近的亲戚家，这样除了白天，晚上也可以在学校学习，学习时间比我们这些走读生要多很多。吴一民不仅学习刻苦，还十分聪明，加上持之以恒长期坚持，他的学习成绩非常好，考试在我们班不是第一名就是第二名。当时我们班能跟他竞争的只有代晓丹和都业兰两位同学。代晓丹是我们学校教导主任代丙洋的女儿，由于出生在教师之家，受父母的熏陶，加上天资聪颖、学习用功，虽然不住宿但学习成绩也特别好，每次考试不是吴一民第一就是她第一，两个人较着劲、比着学，不相上下。代晓丹不仅学习好，长得也好看，尤其是她的英语特别好，每次老师提问都能回答上来，英语单科考试成绩老是第一，连吴一民都不得不服。后来，代晓丹家搬到本溪市离开我们班，之后的情况我就不了解了。另一个能对吴一民形成挑战的是都业兰。这个女同学也非常聪明，她不像吴一民和代晓丹那样用功，也不住宿，但凭着聪明和悟性考试成绩常常名列前茅。

对这些学习好的同学我的内心是羡慕的，因为自己在石峪时就是优秀的一员，特别是每当看着张榜公布的成绩，对比人家的名次，我的内心也有所波动，但随后就消失了，又若无其事地去玩了，没有产生持续的影响。在石峪时次次考试第一的光荣和骄傲不再延续了，在学习上也不再那么刻苦用功不断追求了。表面上好像一切都无所谓的样子，但心底却很不是滋味，当时心里就是那么矛盾，至于原因也说不清楚，我觉得可能是由于搬家来到新环境有些不适应造成的。除了不学习、不用功，我那个时候又开始调皮了，上课时愿意接老师的话头。当时教我们代数的是陶老师。陶老师是我们旱沟驻扎部队的家属，她的代数课讲得特别好，每次上课，她都要把讲过的部分、难点重点部分问我们懂了没有,理解了没有。陶老师有个口头语:"是不是,是不是?"每当这时,没等陶老师话音落下,我就说:"是的,对,对呀!"我在接话的时候,有的问题是懂了,有的似懂非懂,而有的则根本没懂,但我也不仔细考虑,觉得好玩,就回答:"是的,对,对呀!"有一次,我正回答,陶老师不高兴了,批评我道:"对什么对,我还没讲明白呢,你就对对的,不准瞎接话!"其实我的天资也是不错的,要不不可能在石峪的时候回回考第一,只是那个时候年少不懂事,加上搬家来到新环境好像有些不适应,因此,常常做出有点儿叛逆的举动,愿意在课堂上接话。课堂上不注意听讲、课下与调皮的小子们一起胡混,自习课不认真上、回家了从不复习,我的学习成绩自然就又下来了,把父亲之前与我的谈话早当耳旁风了,把小学升初中时考第二名的成绩早忘一边了,也不当回事了。当时我在班级里的成绩基本就在中游,一般是三十名左右,每次考试看着成绩排名,心里痛了一下,但回头就忘记了,并且调皮得更厉害了。有一次在上自习课的时候不安分,影响别人学习,还被班主任马老师叫到办公室给狠剋了一顿,让我好好反省,并警告如果反省不好就要让我父亲来。当时我听了有点儿害怕,觉得如果让父亲来那事情就有点儿搞大了。后来马老师没有请我父亲来,只批评了一顿就让我回教室了。我呢,还是外甥打灯笼,照舅(旧),依然是不愿学习的老样子。在马老师批评我的时候,我就看着她的皮鞋:马老师的皮鞋在当时是很时髦的,那是敞口的高跟皮鞋,帮很矮,皮面很亮,仿佛能照出人影;鞋跟挺高,细细的。她每天就穿着这样的皮鞋走在办公室砖铺的地面上、走在从办公室到教室的土路上、走在教室的土台上，发出咯噔咯噔的响声，给我和我的同学留下了很深的印象。马老师不但皮鞋特别，穿着打扮也很时髦。她肯定是我们学校教师中穿衣打扮最时髦的人。平常就对马老师的穿衣打扮感到新奇和迷惑，因此，当她批评我的时候我就近距离地看着她的皮鞋、衣着，心里想："这个老师怎么这么打扮，能教好我们吗？"事实上，别看马老师打扮时髦，她对我们是很负责任的，对我们的学习抓得很紧很严。后来她们家搬到凤城县城内，我也到通远堡高中念书，就没有联系了。

时间如白驹过隙，初中一年级就这样过去了，我在没有奋起、稍微有点儿沉沦的状态中开始了初中二年级的学习。初二我们班基本上是原班上去，只是增加了几个上一届来复读的同学，老同学还在一起。对于已经到来的初中二年级我没有思考很多，只是按部就班地跟随着，学习上既不用功，但也不像在初一时那样调皮胡混了，但放学后不学习、不复习的毛病还没有改变，周围特别是住校同学夜以继日的学习没有对我产生更大的影响和冲击，还是我行我素按着老习惯往前走着，生活着。这一切因为一件事情而发生了改变。初二时给我们上代数和几何课的是于占祥老师。同时，他还是我们的班主任。一次于占祥老师给我们上代数课，讲的是韦达定理的有关内容。韦达定理阐述的是一元二次方程中根和系数之间的关系，它是由法国数学家弗朗索瓦·韦达于一六一五年在其著作《论方程的识别与订正》中建立的方程根与系数的关系时，提出了这条定理。由于韦达是最早发现代数方程的根与系数之间有这种关系，人们就把这个关系称为韦达定理。讲完课后，于占祥老师对我们说："同学们课后把今天讲的韦达定理的有关内容和留的作业复习一下,明天讲课前要考这个。"对于占祥老师的要求我就像耳旁风一样,左耳进右耳出根本没有往心里去,当天下午上自习和放学回家后根本没学习,也没复习。第二天上代数课,于占祥老师一上来就把卷子发下来了,先考一下昨天他布置的内容。我一拿起卷子就傻眼了,上课时好像听懂了,但是由于没有及时复习巩固现在已经忘了。而且,课后留的题我也没有做,考试时自然就不会了。当时我和吴一民坐同桌,看着他唰唰地做着题,再看看教室里同学们低头认真做题的样子,我的心里难受极了,心想:"怎么就不听老师的话,不在课后复习一下,这个时候一点儿也不会,这也太难看、太丢人了吧!"因为是小测验,时间过得很快,一会儿同学们就答完了,我被逼得没有办法,就在卷子上胡乱地写了点儿公式,然后低着头,慢腾腾地把卷子给交了上去。卷子很快就批了出来,在下一堂代数课上,于占祥老师把卷子发了下来,我看了一眼我的卷子,上面被用红色的钢笔水画了一个大大的零分,那一刻我的心被刺得很痛。我又瞄了一眼吴一民的卷子,他得了一百分,同学们也在小声与同桌和前后桌交流各自的分数。这时于占祥老师说话了,他说:"同学们,这次代数小测验大家考得不错,反映大家对所讲的韦达定理基本上掌握了,但是,"说到这儿,于占祥老师有意停顿下来,然后格外加重了语气,继续说道,"但是,这次测验有两个同学得了零分,一个是程文,一个是朱洪!"说到这儿,于占祥老师又转过头来,专门对着我说,"朱洪,如果你要继续这样下去,你就完了!"当我听到于占祥老师说这句话时,我的心猛地一沉,头上立即沁出了汗珠,脸变得煞白煞白的，头低着，不敢去看任何一个人，就感觉到老师和全班同学的目光都像箭一样射在我的身上，刺得我生疼，那一刻我整个人像病了一样，神情一片恍惚，已经听不到外面的声音，感受不到外面的世界了，就在座位上坐着，一动不动。

于占祥老师提到的另一个考零分的同学程文，他平时学习成绩不是太好，这次考零分也不奇怪，而我朱洪天资聪明，并且在小学三年级之前考试每次都是第一，现在来到新环境、新学校，就像变了一个人似的，也不学习了，还调皮胡混，并且竟然堕落到考试得零分的地步，这是以前从没有过的，是不可想象、难以置信的，如果我真的就这样堕落下去，我的人生可就真是要毁掉了。我在座位上胡思乱想着，脑海里不断闪现那个鲜红的大大的零分。卷子已经被我放进书桌里，根本不敢再看，也不想看，就那么呆呆地坐着。后来上什么课、怎么上的自习我都不知道了，模模糊糊地记得有的同学找我出去玩，我也不回应，没有泪水，没有表情，就那么坐着。直到晚上放学同学们都走了，我才慢慢收拾起书包，一个人回到家里。到了家之后，我把书包里的饭盒拿出来，就到东边的屋子里一个人待着。这时奶奶追了过来，说："孩子，你怎么中午饭都没吃？"我也不回答奶奶的问话，就一个人在那儿坐着，奶奶问了我几次"饭怎么没吃？"看我也不回答就去忙了。那天奶奶给我带的是大米饭炒鸡蛋，是我最愿意吃的东西，也是当时我们家里能够拿出来的最好的东西之一了，但是我不想吃，我也不能吃。我觉得，我如果那时还吃饭，我就不配做人，就没有人格，就不知羞耻。因此，午饭就剩了下来，带回家里了。晚上家里人都回来了，我什么也没说，父母也没有看出我的异样,但是就在那天晚上睡觉之前,我下定了决心:"从明天开始,我一定要发奋学习,重新恢复到在石峪的样子,成为一名学习成绩优秀的好学生。"从此,我就像变了一个人一样,发疯似的学习。上课认真听讲,下午自习时认真复习,回家后一定要做完作业再去劳动或出去玩。在这样的坚持下,我的学习成绩迅速提升,在初中二年级第一学期期中考试的时候,我名列第五名。班主任于占祥老师在公布考试成绩之后,说了一段话,他说:"这个学期,我们班进步最大的就是朱洪同学,他这次考试得了第五名,希望朱洪同学能够继续保持,不断取得进步。"伴随着于占祥老师鼓励的话语,我的学习生活步入了正轨,又步入了刻苦学习的循环中,向着不是很清晰但却十分坚定的奋斗目标努力着。

当时我们班里面学习好、考试在前十名的同学有吴一民、戚力全、郭迎春、都业兰、郑晓义、康元新和我等。吴一民成绩非常稳定,基本上都在第一、第二名;戚力全非常聪明,特别是数学学得好,所以成绩也很突出,有一两次得了第一名,后来他得了阑尾炎,耽误了一段时间,成绩受到一点儿影响,但从未掉出前十名;郭迎春是从上一届过来复读的,本来学习就好,加上再学一遍,成绩就更突出了;都业兰是女生,有一股男孩子的爽朗和虎头虎脑的劲头,理科尤其强,有一次考试还得了第一名,对吴一民形成了很大竞争压力,她的学习成绩一直不错;康元新和郑晓义学习成绩稳定,既没有第一第二那么拔尖,又不大起大落,始终稳定在前十名里面。我是后起之秀,加上小学形成的基础和对学习成绩、荣誉感的追求,现在是回归正途、学习时间得到保证，成绩自然就上来了，并稳定地保持在第一集团。就这样我们相互之间比学赶帮超，完成了初中二年级的学习，升到初中三年级，准备参加升高中的考试了。

升入初三，公社对整个晒马地区初三年级的班级进行了优化调整。原来我们初二只有两个班级，到了初三后，增加了四个班级，增加的学生主要是来自我父亲他们的联办中学和一部分原初三的复读生。晒马中学原来的两个班基本保持不变，来自联中的同学单独编了四个班，这样，整个初中三年级就有六个班，学生人数近四百人。由于每个班都有复读生加入，这对我所在的八年一班的成绩排名产生很大影响。这些复读生本来成绩不错，都是为考上凤城一中或者小中专、小师范而来的，所以他们的到来改变了我们成绩排名的格局，形成了更加激烈的竞争。当时来到我们班的复读生都是复读生中学习成绩最好的，他们当中有贺明书、马月红、王喜成等。贺明书的父亲是我们学校教初三几何的贺贵老师。贺贵老师为人谦虚谨慎，教学水平很高，是我们学校几大知名教师之一。在他的严谨辅导下，他儿子的学习成绩可想而知。马月红是一位性格安静、不多言语、学习极其用功的女生，她每天只有一个任务就是学习，其他的从不关注。后来我们上了同一所大学，在一起聊天的时候，谈到初中的日子，她说也不是不关注，只是不好意思，藏在心里了。我在那时也挺愿意看马月红的，因为好看，但是由于不好意思，个头儿瘦小，学习成绩还没到能跟他们前几名并驾齐驱的程度，因此也不太敢跟人家说话。王喜成是一个有心机、会管理，与我们这群小孩子比显得特别成熟的"大人"。他以前就是班长，来到我们班级，自然还当班长。他不是那么聪明,但是学习上很有节奏,不快不慢、不温不火,很扎实,加上已经学了一遍,所以成绩自然不错。初三第一学期期中考试,第一名是贺明书,第二名王喜成,第三名吴一民,第四名马月红,第五名戚力全,第六名郭迎春,我只考了个第十五名,期末考试我考了个第十三名,前面的同学排名基本上没有太大的变化。我一看感觉不好,我已经很努力了,但还比不过我的同学们。不行,我也得住宿,增加学习时间。

我们家距离中学只有一公里,之前中午放学时基本上是回家吃饭,但为了增加学习时间,我决定住宿。人家别的同学已经住宿学习两年多了,比我每天多学了很多时间,我要是再不住宿、加劲学习,肯定没有办法与他们竞争。因此,在征得母亲的同意后,我就住宿了,更加刻苦地学习,甚至连端午节都不回家。那天晚上我学了很晚才回宿舍,回去时宿舍灯还坏了,我喊了一下:"有人吗?"没听到回答。宿舍里伸手不见五指,我就摸着黑脱了衣服睡下了,但怎么睡也睡不着,心里还感到一阵阵害怕。我睁开眼睛一看,偌大的房子里就我一个人,吓得我赶紧爬起来,跑到另外一个宿舍,看看有两个人,就在他们宿舍里睡了一宿。当时,我姥姥从内蒙古布特哈旗的偏远乡下来我们家探亲,母亲让三姐通知我回家看看姥姥,我为了学习什么都不管了,也不回家看看姥姥。为了这件事,母亲对我还有些埋怨,以为我不愿意见姥姥呢!实际上那个时候,为了提高学习成绩,把失去的学习时间补回来,我什么都不寻思,就一门心思地学习,才造成了误会。

当时我的各科成绩情况是,语文、历史、地理、政治、化学、数学都很均衡，语文、化学、地理、历史、政治要更突出一些，数学太难的题不行，但简单的、中等的和一般难的题都会做，虽然成绩不拔尖，但不会被甩得很远。我最差的科目是物理，特别是到了初三开始接触电学内容，我只会做套用公式类型的题，对稍微综合类型的题根本不会做。英语虽然在进步，但由于小学四、五年级和初中一年级的基础没打好，现在感觉很吃力，成绩也不理想。初中三年，英语考试我第一次只得了八分，第二次十六分，第三次三十二分，第四次四十八分，虽然在进步，但是这个进步速度根本赶不上考高中的成绩要求。因此，我就狠下功夫补这几门成绩不好的科目，等到了后来快要考试的时候，就基本上是在学英语、生物、政治和历史了，对其他科目就靠平时的积累，把公式复习复习就基本不看了，对物理的电学和难题部分就基本放弃了。

　　考试前的那天晚上，天下着小雨，我和吴一民等几个同学还在教室里凭借着一个电灯泡的昏暗灯光在认真复习，完全没有大考之前的紧张气氛，内心一点儿也不紧张，也不担心考不上，就按照自己的作息时间和科目安排来正常进行复习。大约八点半左右，教室里来了一位面目慈祥的老头儿，他进门后看了看我们，轻声说："你们还在学习啊？明天就要考试了，现在就不要学得太晚了，早点儿回去休息，养足精神好参加明天的考试。"看到我们都在用询问的目光看着他，老头儿接着又说道："我是通远堡高中的老师，这次负责到你们学校来巡考，通远堡高中是一所新办的高中，教学设施很好，老师很敬业，教得也很好，希望你们能考上通远堡高中，考上大学，大展宏图！"说完这些，老头儿就与我们再见，走出教室了。我们几个人又学了一会儿，就回去休息了，以养足精神迎接第二天的考试。后来上了通远堡高中后，经常看到那个老头儿，一打听才了解到，老人是负责我们学校教务管理的，每天早晨不到五点钟就骑着自行车，载着他的老伴来到学校，检查学生的早操和早自习情况，风雨无阻，冬夏不歇，十分敬业。之所以每天早上用自行车载着老伴，是因为老人身体不好，老伴怕他骑车期间或在工作中身体出现状况，所以每天早上起来陪着他，没有一分钱的报酬。学生对这老两口都很尊敬，从心里感激他们为我们所做的一切！

第二天的考试进展得很顺利，我们一共考了九门，总分是八百分，其中地理和历史在一张卷。我都正常答卷，在物理考试上还超水平发挥，把一道求液体比重的综合题给答出来了，结果物理得了八十一分，成绩是很不错的，我的总分是五百五十五分，考上了通远堡高中。吴一民、马月红和肖福奎三个人考上了凤城一中。当时我们晒马是划分在北片的学区，主要是对着通远堡高中，只有顶尖的百分之一的学生能够被凤城一中录取，贺明书的成绩也够凤城一中，但由于他选择去凤城师范读书，就没读高中。我们班其他同学，特别是学习好的同学基本上都去了通远堡高中，戚力全、郑晓义和我一起到了通远堡高中；郭迎春由于家搬到黑龙江七台河市，就没有参加初中升高中的考试；康元新凭借百米短跑的特长，后来选择走体育路线也没有参加升高中的考试；都业兰听从了我们初三班主任的意见选择了复读，准备第二年冲击凤城一中，因此没有参加当年的考试。这中间变化的还是少数，除了吴一民、马月红到了凤城一中，贺明书念小师范外，我们大多数的同学都在通远堡高中就读，在一个学校及至一个班开始了新的学习和友谊的生涯。不管怎样，晒马中学是我人生特别是学习生涯的一个重要阶段，虽然中间经历了调皮不学习的状态，但最终浪子回头，回归到本性要强的正轨上来了，为后来高中的学习打下了还不算太迟的基础。尤其要感谢的是初二班主任于占祥老师振聋发聩、让我猛醒的警示，使我重新唤起发奋苦读的劲头，否则，一切都不好说了。就初中三年来说，总体上我还是一个淘气、不太懂事的孩子，对学校开展的各项活动都抱着好玩、逗趣的态度。初三时我们班有个女同学姓王，他父亲是我们学校的教导主任，有一次早操后全校师生集中，王主任给我们学生训话，主要是就最近一段时间以来学生的表现、出现的问题进行提醒、训示。他说："最近一段时间我们学校出现了不正常的风气，行为很恶劣，影响很不好，有的同学在看了一个叫作《神秘的大铁盒》的电影后，就学里面的东西，拿着小刀攘人。必须要纠正，抓到一个处理一个。"王主任所说的《神秘的大铁盒》指的是当时非常流行的一个电影，其准确名字叫《神秘的大佛》，是由刘晓庆和葛存壮主演的，里面有坏人在黑夜里来无影去无踪的情节。我们学校当时也组织去看了，王主任可能没记住电影的名字，就说出《神秘的大铁盒》的名字来，引得全校师生一阵大笑。回到教室后，我就学着王主任的样子和声音模仿道："自从看了《神秘的大铁盒》之后，有的同学就拿着小刀到处攘人！"不知王主任籍贯是哪里的，他说话的声音是上扬的，我也用向上扬的声音学出来，就显得特别滑稽。我和我们几个小个子同学相互逗趣的时候，引得大家一阵大笑，这让他的女儿很不高兴，表示如果我要再学，她就去告诉他父亲。后来她也没去，我在教室里也不学了，现在想起来，就是小时候的淘气，没有恶意，是纯粹的少年不知愁滋味的恶作剧。

当时我们中学的校长是于金甲。于校长个头儿不高，总是满面笑容，哪怕是在批评那些调皮捣蛋的学生时，你在他严肃的外表下都能发现他那颗善良的心，发现他对学生的喜爱，发现他对那些让他恨铁不成钢的学生的焦急。他善于管理，抓教学也有一套，最主要的是他总是千方百计地克服一切困难，努力做着能让学生走出大山、成长成才的工作。那时，学校各方面的条件还不能与现在比，但是学校总是在可能的情况下提高教学质量、改善办学条件，创造有利于学生德智体美全面发展的各种条件。那时除了学习这个主业不丢之外，学校经常组织我们看电影、举办校园流行歌曲大家唱文艺活动、举办作文竞赛、开展体育运动大会、组建校篮球队，等等，尽学校之能调动一切资源来满足学生德智体美全面发展的需要。当时晒马中学在参加县里的各项活动中都能够取得好成绩，这一切的背后都靠着精打细算、统筹安排来实现的。为了确保重点教学任务的花费，其他的学校是能省的就省。比如说办食堂的烧柴，都是让学生从家里义务拿来的，每人每年四十五捆柴火任务，必须交到学校，就是为了能省点儿钱好办教育。为着这四十五捆柴火我可没少吃苦头，家里是拿不出来的，得自己上山割，为此，我和三姐两个人一起上山割，两个人九十捆，那是个大数字、重任务，当我们用了整整两天的时间，一起交上每捆还不到小孩腰粗的柴火时，点数的后勤老师看着我们姊弟俩小小的个头儿、满脸的汗水，也就睁一只眼闭一只眼地过了,我们俩内心一阵狂喜,直到现在都还感谢那个老师。不是我们不想为学校全力做贡献,实在是我们已经尽力了,我们那时只有那个力量,已经全部使出来了。于金甲校长对学生付出全部的关心和爱护,对教学使出浑身解数,对破坏学校教学秩序的行为则坚决斗争。当时社会刚从"文革"的混乱状态中走出来,人们的思想有些迷茫,社会上的坏小子不时闹出点儿恶作剧来。他们穿着喇叭裤,梳着大背头,手提录音机,到处乱窜,有时还到学校闹一闹。有一次,我们正在做课间操,有几个小青年来到我们学校,不容分说打开录音机放到最大音量,要求学生们跟他们一起跳迪斯科,师生都无所适从。这时于金甲校长冲到那个为首的小青年面前,要求他们赶紧离开学校,不要干扰学校的教学秩序,那个青年胡搅蛮缠,也不关录音机,伸手就把于校长给推了个趔趄,直到派出所的人来了才把他们带走。于校长的英雄气概我们全校师生都看在眼里、记在心上。总体来看,晒马中学各方面的建设是很过硬的,高中升学率、上大学比例和走出我们那个地区进入城市工作生活的比例是很高的,我所在的八年一班近六十名同学毕业后都有了自己的事业,这也从客观上反映了晒马中学的教学质量,反映了晒马地区对教育的重视程度。

山乡巨变

因为有着一定的历史积淀和文化熏陶，晒马地区的人们与外界交往多，见识比较广，普遍很有经济脑瓜。特别是党的十一届三中全会召开后，党和国家的工作重心转到经济建设上来，实行改革开放政策，这就像一夜春风霎时吹开千树万树梨花，让富有见识、敢闯敢干、有经济头脑的人如鱼得水、焕发了无限生机。距离晒马只有九十公里的凤城大梨树村翻天覆地发展变化就是其中优秀的代表。凤城大梨树村的成功经验就是大梨树人乘着国家改革开放政策的东风，在党支部书记毛丰美的带领下，以苦干、实干加巧干换来的。凭着敢于争先的勇气、超前的经济意识和撸起袖子加油干的劲头，愣是把在改革开放前一个自然资源贫乏、人均收入不足百元、在当地有名的贫困村，建设成为全国"美丽乡村"的优秀代表。二〇一七年全村集体固定资产超五亿元，社会总产值十五点五亿元，村可支配财力两千八百万元，人均收入达到了二点二万元，从而摆脱了贫困，实现了共同富裕的目标，走出了一条在中国特色社会主义道路上建设发展新农村的成功之路。我们旱沟大队是在一九八三年冬末时实行农村联产承包责任制的，三个生产队同步推进。召开实行农村联产承包责任制的会议是我代表我们家去开的，当时我还是一名初中三年级的学生，家里让我代表全家去参加这个会议可能是觉得我已经长大了，应该多了解一下社会、经受一下锻炼吧！会议是在晚上召开的，会上，生产队长于德仁首先讲了一下召开这次会议的主题、目的和有关内容，然后由小队会计公布一下生产队的财产情况，最后宣布生产队各项财产的分配决定。通过参加这次会议，我第一次比较细致地了解了党的十一届三中全会的精神，了解到党的十一届三中全会将给我们的生活、社会带来的变化，我第一次感受到党和国家的方针、政策与我们百姓生活的近距离联系，这是平时在学校学习课本时从没有过的感觉，有些新奇，但是那么实在、有分量，是一堂生动的学习实践课。

按照生产队的分配方案，我们家分到了九垄口粮田、两块杂粮田，加上搬家来时分得的一块蔬菜地，这样大小就有四块责任田，土地面积共计六亩左右，同时我们家还与远房亲戚共同分得一头牝牛。其他人家财产分的情况大同小异，具体的我记不清了。

自从实行农村联产承包责任制之后，整个面貌就焕然一新了。旱沟大队当时有四个生产队，除了旱沟生产队，还有南石堆、黄家堡子和藤大坎子三个，分产到户之前，除了旱沟生产队相对富裕之外，其他三个都比较穷。四个生产队面临的一个共同难题是土地面积不足，每年交完公粮后，来年开春还要吃国家给予的返销粮，大约每人每年五百斤左右。当时我们家分到的粮食只能装满多半个苞米仓子，土豆、杂粮等更是严重不足，所有这些粮食及其作物只能吃到开春前,开春之后土豆等经济作物还没下来之前,家家生活都很困难,吃饭成了难题。那个时节经常吃的是苞米面糊糊混合一点儿酸菜叶,生产队周边的槐树花刚刚绽放,就被人们撸得差不多了,各家各户都把它与苞米面糊糊或玉米面饼子掺和在一起,说是因为香甜、好吃,实际上是为了解决粮食不足的燃眉之急。那会儿如果谁家来了客人就更窘迫了,没有能拿得出手的东西。有一年春天,天刚暖和了一阵子,奶奶在一次早饭的时候通知我们全家人:"从现在开始中午都不能带饭了,家里粮食没有多少了,不能做干的,你们中午都回家吃饭吧!"从那天起,我们家顿顿吃苞米面糊糊就咸菜。每次中午从学校回家吃饭的时候,我都要查看一下我们家装加工好的粮食的小三缸,只见里面装的只是把玉米粒简单磨了一下的粗面粮,粗糙的玉米皮清晰可见,但即使是这样粗糙的玉米面和玉米皮混合在一起的粗面粮也马上就要见底了,我的心不禁有些着急起来,心想:"如果再不弄点儿粮食,再有一两顿不就没有了吗?我们家不就吃不上饭了吗?"父亲一看情况不好,就向他工作的五棵树大队要了一百斤玉米,用自行车后面的货架子,一次驮三十斤,分三次运回家里。奶奶、母亲赶紧把这些粮食送到生产队磨坊简单粉碎了一下,就这样混合着酸菜、野菜叶子,挨到了土豆、新鲜玉米和芸豆下来的时候,用杂粮和副食接济下来,度过了春夏之交青黄不接的最困难的日子。

包括我们家在内,各家青黄不接的困难和窘境在联产承包责任制实行的当年秋天就彻底转变过来了。之前,各家各户沤足了粪、施足了肥,春耕、夏锄、追肥、除草、间苗、松土、蹚二遍地、治虫防旱涝，精心侍弄、小心看管，随之迎来秋天的大丰收。实际上丰收从夏天就开始了，盛夏时节土豆大丰收，金秋十月玉米、大豆、地瓜、绿豆、白菜、萝卜都大丰收，原来只装一半多一点儿的苞米仓子现在都装满了，还装满其他的粮囤。土豆、杂粮等装满大缸、坛罐，仓房下面的下屋也是满满当当的，院子里还晒着辣椒、芹菜根等腌制咸菜的原料。等把秋收的东西都上了仓，我笑呵呵地对奶奶说："奶奶，这下咱家的粮食是够吃了，再也不用担心了！"奶奶边干手里的活边说："傻孩子，再够吃也不能糟蹋，丰年还得想着歉年呢！"各家各户的猪也都养起来了，我们家养了四口，两个准备当年用，另外两个留作来年，并在这之后还要续进来两个。鸡鸭鹅狗也养起来了，粮食不但够人的吃用，也够养家畜，用以增加营养和丰富品种。这个时候，我们家已经度过了搬家初期的困难，把前院后院都收拾出来，房前屋后种的蔬菜就能够满足我们的日常消费了。同时还种上了瓜果梨桃，水果也不用买了，完全自给自足。自此，我们再也不用担心春天青黄不接的日子了，再也不用过着眼巴巴看着晒马街里马老太太油锅里的麻花口水直流的日子了，因为如果馋了，自己家就可以炸或者买一些，麻花等好吃的东西不再像以前那样是可望而不可即的奢侈品了。

关于马老太太，这里面还有一段让我们馋得口水直流的故事。由于晒马地区人们商品经济意识超前，加上改革开放的持续影响，当地的市场经济发展很快，在我还上初中的时候，街里马路两侧就形成了很有规模的市场，那里面百业繁荣，五行八作经营什么的都有，其中就有炸麻花的。当时炸麻花的地点离我们晒马中学不远,经营那个摊子的是一位姓马的老太太,每天她开门和面、热油炸制,炸出的油亮、泛着深红色的一根根麻花吸引着食客络绎不绝,馋得我们这群孩子口水直流。每当到街里的时候,我都要到那个摊点去看一会儿,过过眼瘾、鼻子瘾和味觉瘾,看着那一根根深红色油亮的麻花,心里想着什么时候自己也能吃上一根就心满意足了,当然了,如果能吃上两根就更好了。当时,马老太太的麻花是一角八分钱一根,对富裕起来的人们可能不算什么,但对还没富裕起来的人们,尤其是还不能挣钱的穷学生来说,吃一根一角八分钱的麻花那完全是不可能完成的任务。因此,每次只能望着马老太太在案板与油锅之间递送麻花的举动,听着她嘴甜如蜜气死人不偿命的吆喝,然后狠命地咽下不断涌上来的口水,在实在不能再耽搁后,一咬牙一跺脚,努力克服内心的馋欲转身走了。中间还要回过头来,闻闻味道,听听马老太太的吆喝声,以满足自己嗅觉的需求。所以说,我们对马老太太是既爱又恨。爱是爱她的麻花,虽然吃不到,但起码能够看看、闻闻,过过眼瘾,与进不去的饭店相比,我们可以围在她的油锅周围感受这些,享受一下精神胜利法;恨是恨她不懂得我们的心理:难道我们整天围在你的油锅周围是因为麻花好看吗?绝不是的,我们的真正目的是为了能吃上一根,哪怕一点儿!你就不能发发善心,给我们一点儿,满足我们的小需求?现在想一想,马老太太未必不知道我们的想法,凭着她那么早就知道做买卖的经济头脑、那么聪明的人,肯定什么都知道,但她确实不能做,如果天天白送给我们麻花,那买卖还不亏死了。从这一点,咱不能恨怨人马老太太,相反还应该感激她,感激她创造了一个让我们每天像朝圣一样自发聚集在她周围、通过看嗅闻而不断进行精神享受的一个麻花摊点，进而为了实现物质上的满足而不断提升奋斗动力的客观激励作用。尽管去了很多次，做了无数次空想梦，马老太太的麻花我还是没吃到，我后来吃到的是一根油条。

上初中时，有一次大姐跟我说："弟弟，我明天要到凤城参加师范考试，你替我到苗圃干一天活吧！"我说："行！"大姐高中毕业后没有考上大学，就在苗圃从事劳动，她一边劳动一边复习，为考师范做着准备。第二天我来到苗圃劳动了一上午，快到吃中午饭时，我正犯愁："早上没带饭，怎么办呢？回家吧太远，不吃吧，又饿！"正愁着呢，这时一起在苗圃干活的陈家大哥对我说："小洪，中午我请你吃饭吧！"我说："行啊！"陈家大哥家住在岭子村，是我母亲的远房亲戚。我跟着他来到饭店，进到以前只能远观不能近前的大饭店里面。进去后，陈家哥哥给我买了一根油条、一碗豆浆，一共花了一角五分钱，跟马老太太卖的一根麻花价钱差不多。这顿午饭吃得我心满意足，终于知道了油条原来是这个味道，这豆浆跟豆腐不是一回事，太好喝了。晚上干完活回家后，我一进门就跟母亲说："妈妈，我今天下饭店了！"我母亲说："净瞎扯，你哪来的钱下饭店？"我说："是陈哥请的！"母亲问："吃的什么？"我说："吃的油条、豆浆，可好吃了！"我母亲叹了口气，说："哎呀，傻孩子，这就叫下饭店？"

别小瞧我吃的一根油条和一碗豆浆，毕竟也是一角五分钱，不比马老太太的麻花少多少，最关键的是我的愿望基本上得到了实现,比我的同学、八年二班的王孝和,每天只能围着马老太太的麻花油锅看着,一点儿都没吃到好得多。王孝和家住小孤子大队,离晒马中学有五六公里远。他们家里穷,没有干的东西供带中午饭,因此,每天中午吃饭的时候,他都离开教室到街里去。当时我以为他每天都是到街里买个麻花或什么东西吃,很是羡慕人家可以天天买着吃,后来我们同学聚会时,才了解到,他那时不带饭又没有钱,中午肚子饿得咕咕叫,如果坐在教室里肯定受不了,就一个人跑到街里围着马老太太的麻花锅看一看,或者瞎溜达一气,等到快上课时才回到学校,就这样挺一下午,等到晚上走回家里时,人已经饿得不行了。这么看,我能吃上一次油条豆浆已经是不错了。

改革开放后,不但我们家,村子里人们的生活也都逐渐好转起来,温饱不成问题了。有的人家开始想着挣钱的门路,开饭店的、跑运输的、倒腾蔬菜瓜果的。更大的、更超前的开始开煤矿、水泥厂、石灰厂、瓦厂、采石场,挣着更多的财富。街上的自行车、摩托车开始迅速增多起来。一九八四年我们家的情况又发生了变化,当时国家为进一步支持教育,减轻农村公办教师家庭的负担,实行农转非政策,让农村的公办教师家都吃商品粮,这在当时的农村是一个巨大利好。这样一来,我们家不但减轻了农业生产的负担,还吃上了商品细粮。虽然要把主要口粮田交回村里,但是副食蔬菜田还保留,这样我们家不但粗粮细粮都有、蔬菜杂粮不减,从此还减少了繁重的农业劳动,父亲能够安心教育事业,爷爷奶奶母亲可以减轻劳动强度,我们兄弟姊妹几个也可以安心读书了。当得知我们家吃上商品粮的消息时,我非常激动,从小就梦寐以求的愿望没想到真实现了,真是得感谢党的好政策,感谢国家对教育的重视。激动之余我还专门写了日记,我在日记中写道:"愉快的心情伴随着飞速旋转的车轮,我的心情显得格外激动,是啊!怎能不激动?人逢喜事精神爽!我家吃上商品粮了,祖祖辈辈种大田的生活从此结束了!我倒不是厌恶土地,相反我对土地是非常热爱的,在我的脑海里时常出现这样的画面:'黑黝黝一望无际的土地,天边外排列着绿色的群山,空旷的田野里,一个孩子牵着牛、大人扶着犁,在慢慢地耕种着,啊!多么惬意啊!多么甜美的农村生活!'可是我家不同啊,人口多、劳力少,我们几个孩子还在念书,哪有工夫种田,这就是我高兴的原因。"

以农村联产承包责任制为发端,按照国家的统一部署实行改革开放政策后,我的家乡就进入快速发展阶段,农林牧副渔矿同步发展,经济水平迅速提高,人们快速致富,从而推动思想观念和行为方式的变革,在凤城甚至丹东地区都显得很先进,对周边地区产生了示范性的影响。

绿水叉鱼

身处辽东大山深处的晒马地区是典型的温带季风气候，每年六月末开始进入集中强降雨的季节，来自太平洋的东南暖湿气流形成巨大的锋面，带来大量丰沛的降水。七月份是这里每年降雨的高峰，大雨常常能持续三四天，造成河水猛涨；八月份降雨量和频率有所减退，但不时会下一些对流雨和地形雨；冬季来自西伯利亚的寒流与南部暖湿气流交汇，又形成大量降雪，因此，晒马地区的年降水量都在八百到一千毫米左右，从而培育了茂密的森林植被，成为众多河流的源头，涵养了大量水源，其中就以瑗河的上游草河最大、最有名。这条河两岸植被茂密、流量稳定，一年四季都不会断流。春季河水清澈，夏季河水丰溢，秋季水流清冽，冬季冰封下水流潺潺。河水里鱼类丰富，有家胖头、山胖头、船钉、沙胡鲁、泥鳅、鲇鱼、柳根、鳖、小龙虾、扁担钩等等，成为我们玩耍、抓鱼、捕鱼、叉鱼的极好地方。

当时在这条河里叉鱼的活动，父亲和他的同事是开先河的一代，并且从我们家在石峪大队时就开始了。那时候由于"文革"和"四人帮"的影响，教育事业受到严重冲击，教学任务量下降、教学内容萎缩、教法简单，在业余空闲之际，父亲和同事就骑上自行车到晒马这边的草河里面叉鱼。叉鱼得有一套行头，具体包括雨裤，就是那种防水的胶皮靴子和胶皮裤连成一体的衣裤，穿在身上防水的高度能达到胸部以上，大大提高了在水里作业的自由和安全度，而不用担心水深；叉鱼得有鱼叉，这要请人帮忙来做。鱼叉所用的材料必须是坚韧的钢条，钢条经过处理，弯成大小能一层层排在一起的 U 字形鱼叉头，一般是四到五排，然后把一小段一小段的钢条在 U 形叉头之间直线摆好、焊接，既连接 U 形叉头又形成对它们的固定支撑。再将事先准备好的稍粗一点儿、长短适合的钢筋一端与已经焊接好的 U 形叉头的弧顶处焊接上，将钢筋的另一端打磨削尖，取来已经加工好的椴木棒钉进已经削尖的钢筋一端，因为事先已经考虑了自己手持鱼叉的适宜长度，因此，在加工时就把鱼叉的各段长度也考虑好了，等到把它们组合起来后，用起来是不长不短，正好。选择钢筋是因为它既有硬度又有韧度，因而，既能叉到鱼又不至于磨损得太厉害；用椴木棒是因为椴木是软木、轻木，不磨手，鱼叉掉到水里能增加它的浮力，一端不至于沉底，方便在水里捡起。叉鱼的第三件重要工具是嘎斯灯。嘎斯灯也叫电石灯，它是用具有一定厚度的复合金属材料加工成两个一端开口的罐子，开口处绞出丝扣，再用一个带有丝扣的铜环连接。两个罐子，对着开口的那一面制成呈圆弧形，并在开口一端加一块上面带有一些洞孔的金属板，这是用作嘎斯与水混合从而产生嘎斯气（乙炔气）的发生室，在圆弧的凸面处还要钻出两个孔，大的是加水孔，用以和嘎斯混合生气，小的带有螺丝，用于调整气压，同时在罐子的靠近连接处还要接上一个耐燃烧的灯嘴。这个小灯嘴也是要精细加工的，以确保灯嘴透气、耐用。灯嘴处还要留有能放置反光灯罩的卡位。反光灯罩极其重要，它会聚拢、反射灯光，增加灯光的集中度。有了这些材料部件之后，一个嘎斯灯就组合起来了，只要在上面的罐子外面再焊上两个带孔的灯耳，以方便拴绳提灯就可以了。从上面的描述中，大家可以看出嘎斯灯的组成物件和结构还挺复杂的。是不简单，但这个不简单的小物件在照明上更是不简单，是当时晚间在水里叉鱼、作业等不可缺少、不可替代的照明源。因为水吸光，手电筒等一般的光束在水面上根本体现不出来，照不清楚水里的东西，并且手电筒光源的持续时间也不行。嘎斯灯就不同了，本身光源强大，加上反光灯罩的聚合增效作用，灯光明亮，直射水底。另外，它的持续时间也长，一小块嘎斯石加上水就能明亮地燃烧照射两个多小时，用完了，再续上嘎斯石、添上水就可以了，可以持续不断地工作。现在是万事俱备只欠东风了，再准备好一个鱼篓子就行了。

在石峪时，父亲一般是在春秋两季的周末时间，吃完晚饭、带上工具行头，与几个约好的同事骑上自行车从家里出发，一路骑行十五到二十公里，来到他们经常去、鱼比较集中的地方开始夜间叉鱼活动。之所以选择春秋两季是因为那个时候水量相对较小，便于在水里活动。如果水太深，鱼不好叉又危险。选择晚上叉鱼是因为鱼一般都是晚上出来觅食、交配的，只有这个时候叉鱼才是最好的时机，特别是每逢十五有月亮或者气压比较低的时候，鱼以及水里的生物都特别活跃，那时候，收获量就更大了。我们家在石峪的时候，父亲出去叉鱼都是与他的同事一起去，我当时年纪还小，还不能从事这项集技术、耐力于一身同时伴随着一定风险的活动。我只记得，当父亲骑着自行车、满载着叉鱼的工具和同事们骑行离开，我会一直送到大门口，又远望着他们一行人登上白岭子山岭，直到身影消失不见后我才回到家里。凌晨时迷迷糊糊听到奶奶和父亲、母亲的声音，等再醒来时，已被一阵阵香味给吸引住了，那是父亲花大半宿的辛苦劳累换来的丰富渔获、经过奶奶烹饪后散发出来的香味。只要不是风天或鱼的活动规律发生异常，父亲每次叉鱼基本上都能带回来十多斤渔获，都是近二十厘米长的水底鱼。要知道这十多斤的渔获是父亲一条一条叉上来的，虽然劳累辛苦甚至危险，但能看出当时一条不算大的河流里鱼的资源是多么丰富！那时的自然生态是多么好！当吃着多汁、营养又美味的酱焖河鱼时，内心情不自禁地就要生出一份感激来，感激大自然对我们的馈赠，感激有那美丽山水的陪伴，因而对那自然环境心生无限感慨和留恋。

　　叉鱼绝对是一个技术活，没有一段时间的训练、摸索和实践是不行的。要叉鱼，得知道鱼在哪儿，春天、秋天在哪儿，在河的哪一段。这需要学习，向有经验的叉鱼人学；向实践学，慢慢地观察、探索、总结，经过一段时间就会发现鱼的活动规律，从而知道它们春秋季节愿意在哪儿、会在河的哪一段活动。一般来说，鱼和其他河里的动物一样都愿意待在食物丰富、流速不快、具有一定深度的河段里活动，我们一般把这一河段叫作漫子或汀，这里能满足它们觅食、交配、安全的基本需求。即使知道鱼在哪样的河段活动，但是作为新手却不一定能看到它们，哪怕已经走到它的眼前。在长期的自然进化和选择中，鱼也和其他物种一样为了自身生存和发展练就了自我保护的本领,其中一个很重要的技能就是保护色。鱼有多种,活动方式也多种多样,但它们即使夜间出来觅食、交配,也都是着与周围环境一样的伪装色,生手、经验不丰富的人还真看不到,在生手的眼里就是河底,哪来的鱼呀?有时即使告诉他,顺着手指的方向看也看不到,会说:"在哪儿啊?我怎么没看见?"鱼就在河里、河底、满河底,得根据轮廓、外形、突起、细微的颜色来辨别,得在它们应该待的地点来寻找,就看到了,这时你就会发现,啊,鱼在这儿了、在那儿了,怎么这么多呀!就像我们看立体图画,一开始也不会用眼睛,找到双眼一聚、折射的窍门,立体出现了,在你的面前呈现了多姿多彩的世界。都是同样道理:在实践中磨炼才能熟能生巧、每日精进。但是还不要着急,看到鱼了,不一定能叉上来,甚至胡搅一气,把水搅浑了,把鱼都赶跑了,怎么叉呀?这需要轻移脚、慢伸叉、稳波纹、凝神、定气、盯准、考虑折射,迅疾一刺,才能十拿九稳,同时还要考虑鱼在水底趴得实不实,旁边有没有石头会挡住鱼叉,从而确定出叉的力度和角度,才能做到万无一失。以上每一项、每一环、每一招都是技术,都需要实践练习、琢磨领悟。轻慢稳是别惊到鱼、别搅浑河水,否则鱼就跑了或者看不到鱼了;凝神定气是心情要稳定,否则手就会抖;考虑折射,是因为光线投射到水里不会是直线而会折射,因此你看到的鱼并不是鱼实际待的位置,它比你看到的要靠后一点儿,所以出叉时鱼叉得对准鱼的头部下面一点儿,这样鱼叉才会准准叉在鱼的头部与身体之间的位置上,并最终把鱼稳稳地拿上来。

除了技术还要有耐力,鱼再多也要一条一条地叉上来,这需要时间，同时水的阻力大，又穿着雨裤，在水中被水沉沉地压着移动很不便，很消耗体力。秋天的时候河水凉，水中作业热量会大量消耗，此时浑身都是工具行头，也不便于补充能量，因此就需要耐力来抵抗了。有了经验、技术和耐力也并不是每次都能叉到鱼，必须考虑季节、节气和天气的变化，春秋两季水情好，但如果天气晴好、没有月亮，鱼也不愿意出来；有了月亮，赶上大风天，水纹荡漾、水波连连也很难看到鱼，即使嘎斯灯再亮也不行，灯光能照透水深，但人的眼睛还是透不过水底，这时只能失望而归了。因此，每次叉鱼前父亲他们都要在经验的基础上了解天气，避免出师不利的情况发生，要做到有备而来、出手不凡、收获满满。

　　我们家搬到旱沟以后离草河近了，我也长大了，父亲就不用再每次叉鱼都要往返三四十公里那么辛苦了。还是春秋两季，晚上吃完晚饭，我们父子两人就赶往在我们家东面的草河进行夜间叉鱼。父亲选的河段离家不太远，也就四五里路的样子，基本上就在河东铁路旁边的一个叫猫石汀的漫子开始，有时这里不行，就再往下游一点儿到岔路南部右侧是陡峭崖壁的牛肚汀去。逆着河水，在牛肚汀下游下水。左侧是公路，公路旁是高耸陡峭的崖壁，俯视着绿澄澄的河水，河的右侧是半人高的蒿草，但地势较缓，连接着宽阔的河面。绿澄澄的河水、巨大的水势、高耸的崖壁，暗夜里在嘎斯灯的映照下，变得那么深邃，抬眼一望还真有些怕人，没有点儿胆量是不敢在夜晚到这里叉鱼的。父亲和我从右侧缓水处下了水，父亲穿着雨裤，右手提着鱼叉，左手提着嘎斯灯；我穿着凉鞋，背着鱼篓，紧跟在父亲的身边，一点儿一点儿地从下游往上漫溯。之所以我穿凉鞋是因为家里只有一件雨裤,那时候雨裤是大件,多了也置办不起,就这一件还是哪儿漏了补哪儿,修修补补将就着用,反正那时候河水还不是太凉,人小火力壮,也不把蹚水当回事儿。贴着父亲,必须是在河的岸边一侧,另一侧水深,要防止不测。从河的下游向上游漫溯是叉鱼的标准动作,不能违反,否则上游向下游作业,人阻挡河水形成了涟漪,加上一团团浑水搅上来,不但鱼会跑得没有了影子,即使有了鱼也看不见,这样是不行的。刚开始,我也是看不到鱼,父亲就指给我看,并指导我如何发现鱼、如何找到鱼群停留的地方、叉鱼时的技术动作,等等,渐渐地我也摸出门道了,加上我原来在石峪时长期与水打交道、震鱼的经历,很快就掌握了如何判断和技术要领,不久就能独立作战了。后来,我就一个人到河里叉鱼了,但不是在晚上而是白天,用鱼叉在漫子的沙子里漫溯,一条条山胖头就会出现,进而迅速叉上来,有时就用手在判断有鱼的石头四周摸进去,收获也很多。春秋两季经常出去,用我的劳动增加着我们家里的鱼类蛋白。刚到旱沟时每次出去收获都颇丰,但渐渐地村子里的人们了解了这一捕鱼方式,加入的越来越多了,收获就不如从前了。后来,人们采取用"过鱼机"①、炸药、毒药、撒白灰、筑坝、密网等更加粗暴野蛮的捕鱼方式来捕鱼,致使鱼的数量急剧减少,因为这,父亲和我就不在晚上出来叉鱼了。我和父亲叉鱼时遇到小龙虾最多的一次是在猫石汀。那是春天的一个晚上,天有些阴,要下雨了,气压很低,我和父

---

① 自制的能电击水里的鱼的工具。

亲下河不一会儿,刚叉了一些鱼,就见到满河底的小龙虾。父亲说:"叉鱼这么多年,从来没有看到这么多蜊蛄①。"我们随便捡了一些大个的,就继续叉鱼了,那又是一个丰收的夜晚。

晚上随同父亲叉鱼不仅仅有叉鱼的乐趣,当我的目光离开水面、抬起头来,看看近处黑黢黢的群山,望望夜空里眨着眼睛的繁星,偶尔瞥一下不远处山村的灯火,别有一番景致和韵味;当突然一群蝙蝠叽叽叫着掠过水面,又让人感到既恐惧又惊异,平添了很多人没有经历过的体验。后来由于经济快速发展、产业规模不断扩大,特别是矿山全面开发,河流受到影响,水量急剧减小,水质受到严重污染,河里的鱼大量减少。其间几次回家乡,我曾专门到东面的草河看看,到父亲和我叉鱼的猫石汀去感受一下,但已人是物非了。河流已基本干涸,河道被完全破坏,当年水深得怕人的猫石汀已经变成干河床了。

近几年来,随着中央在环保等各领域的有力措施和持续用力,家乡的森林植被得到了更严格、有效的保护,山变得绿了,森林变得厚了,水变得清了,水量变得多了、稳定了,鱼群也在逐渐恢复,虽然还小,但相信如果持续严格保护将来会一点点长大起来,就像我小时候经历的那样。如果保护得更好,就会恢复到原来的样子,在允许叉鱼、钓鱼的季节,人们一出手就会叉上、钓上很多很大的鱼。

---

① 一种小体型淡水虾,我们当地叫**蜊蛄**,也有的地区称之为小龙虾。

姊弟情深

我们家兄弟姊妹五个，三个姐姐、一个弟弟，我排行老四，是长子。大姐继承了母亲的基因，身材高挑，近一米七〇的个子，长得美丽端庄，处事内敛含蓄、不事张扬。因为是长女，在家里承担的责任就多，很小的年纪起，除了学习就要帮助做家务、参加集体劳动，养成了文静贤淑吃苦耐劳的性格。为实现理想、不辜负父母期望，大姐读书很用功，学习上生活上遇到困难都是自己默默承受。大姐是在石峪小学毕业后考到大河城公社读的初中，由于离家较远需要住校，她克服了当时极其艰苦的条件，小小年纪就一个人照顾自己的生活，每周只回家一次。我们家搬到旱沟大队后，大姐转学到暧阳公社读高中，同样艰苦的条件，加上家庭搬迁后遇到的新困难，父母对大姐无暇顾及，只能靠她自己来适应新环境、应对繁重的学习任务，但是大姐一点儿都没有抱怨，一直坚持完成了学业。高中毕业后，大姐没有考上大学。当时大学升学率很低，乡村高中就更低了，只有学习成绩特别优秀的极少数才能考上。高中毕业后，大姐来到公社苗圃从事农业育苗工作，工作条件相对其他行业还算不错，但劳动强度很大，十分消耗体力，对女孩子更是严峻的考验，大姐每天劳动回家后都显得筋疲力尽。即使这样，大姐每天还坚持学习，利用回家后的时间复习功课，为考取师范学校师资班做着刻苦的努力。大姐第一次参加考试考取了第二名，分数远远高于录取线，但最终没有被录取，大姐难过极了，也痛苦了一段时间。大姐没有气馁，没有放弃，第二年又参加考试，同样考取第二名，这次被师范学校师资班录取了，毕业后被分配在獐毛大队任数学教师。獐毛大队是远离公社中心区的全社最贫穷的大队之一。一个女孩子远离家庭独自一人在那儿教书、生活，很不容易，但大姐以自己坚忍不拔的意志和在农村生活中养成的吃苦耐劳的性格，克服了工作、生活的诸多困难，把教学工作开展得有声有色。由于教学成绩突出，大姐被调往晒马中学任教，继续教数学。从小学到中学，又是教数学，这对没有受到高等院校系统教育训练的大姐来说是一个很大的挑战。大姐不惧困难、迎难而上，在自学研究的基础上，又参加了高等师范院校的函授学习，进一步提高了数学教学水平和综合教学能力。虽然不是男孩子，但是作为兄弟姊妹中的老大，天生的保护和责任意识使得大姐无论在什么时候都特别关心、关爱妹妹弟弟，并在关键的时候毫不畏惧地保护我们。

二姐的性格不像大姐那么好，有时愿意耍点儿小脾气。二姐中等个子，身材与大姐相比略胖一些，但长得端庄大方，说话的语气干净爽快，与自己班级里要好的女同学处得很是亲密。二姐在学习上属于聪明的那一种，接受新东西很快，老师一讲就会了，但是她课后不太爱复习，这影响了她对知识的持续巩固，因此她的学习成绩不是很稳定，忽高忽低，老师、父亲母亲多次提醒，她也没有改掉这个毛病。二姐有些活泼好动，冲着这个性格，石峪小学成立体操队时，父亲母亲就把她送到校体操队了，就是为了在发挥她天性的同时，锻炼她的吃苦精神、扎实程度，以利于她今后的成长。二姐的性格不是很好，有些孤僻，为此被母亲多次批评。二姐在读初二的时候，由于青春期及受其他同学影响，对学习失去了兴趣，突然提出不念书了，父亲母亲做了大量工作，甚至威胁打骂也没有劝导住，二姐随后与村里和她一起辍学的同学在生产队瓦厂参加劳动，吃了不少苦。后来一个机会，二姐到市内参加了工作，成为城市里的一名大集体工人，也算命运对二姐的眷顾。

在我们兄弟姊妹五个当中，三姐的性格、脾气和人缘最好，继承和发扬了母亲善于与人相处、为人和善的品格。三姐个子不高，长得最像我母亲。她很少发脾气，与同学和朋友们处得特别融洽，无论到什么地方都能够广交朋友，朋友数量很多，友情还很长远，这一点比两个姐姐、我本人和弟弟都要厉害。三姐高我一届，当时学习很好，初中三年级的时候考试在班级还排名第六，而我那时排名仅为第十三。为此，于金甲校长到我们家与父亲谈事情时还指出要我向三姐学习，进一步提高成绩。平时出去采猪草、上山砍柴等家务劳动我都是与三姐在一起，别看她个头儿不高，但特别能吃苦，特别能劳动。家里采猪草的主要任务落在我们两个身上，每次三姐是不完成任务决不罢休。可能由于青春期的影响吧，后来三姐学习的时候有些分心，上课的时候还读小说，成绩逐渐落了下来，第一年没有考上高中，后复读一年考上了通远堡高中，高中复读了两年课，但最终没有考上大学。我们家搬到市内后，三姐参加了工作，成为纺织厂的一名女工，在纺织厂三姐的表现也非常优秀，年年被评为先进标兵。弟弟比我小四岁，作为兄弟姊妹几个中的老疙瘩，他受到了各种爱护和优待，因此，没像我们吃那么多的苦。小学毕业上初中，初中毕业我们家搬到市内，弟弟就念了钢铁公司的技校，成为钢铁公司下面一家钢厂的炉前工，是最典型的炼钢工人。我们兄弟之间感情很深，从小就在一起玩，一起应对坏小子们的挑战。我离开家里到通远堡高中念书，由于住校只有在寒暑假的时候才能与弟弟在一起，后来上了大学，毕业后在外地工作，小时候那样亲密无间、日夜在一起的日子就越来越少了，因此，过去的兄弟之间血肉相连的点点滴滴就显得特别珍贵。

我们兄弟姊妹五个由于生活在乡村，从小就在一起，血浓于水，感情真挚、深厚、长久，现在每次团聚，都愿意回忆过去的点点滴滴，在无限感慨的同时，也更增进了血脉之间的深挚而幸福的联系，任历久的时间也难以撼动。

同学少年

回忆过去，同学之间的友谊显得那么真挚和深厚，即使已步入知天命之年还始终保持着，每次见面、叙谈都是那么高兴，一起追昔往事、有趣的经历、调皮的情节，每一刻都令人难以忘怀，那一往情深的记忆也让友谊历久弥新。如果说在石峪小学的时候，同学之间的友谊还是懵懵懂懂，处于一种自发无意识的状态的话，那么到了初中以后，友谊的建立就有些进入自觉努力保持的年纪和阶段了。从小学到高中，同学的数量有几百人之多，能留下深刻印象的比例是有限的，而真正能够保持为一生的心灵相通、志趣相合的同窗之谊就更为难得了。我的同学当中最处得来的有那么几个，其中之一是初中三年同桌的吴一民。前面提到过，吴一民家境贫困，在我们家已经走出低谷、生活水平不断提高的时候，他们家还是老样子。原因并不是因为他们家的粮食不足、收入不够，而是没有把生活安排好，加上男孩子多正是吃饭的年龄，消耗也比较大，因此生活上总是显得捉襟见肘。吴一民的父亲是大队的党支部书记，为人正派，在当地的口碑很好，在老百姓中威望很高。这位有着一定权力、在当地说一不二的人物,却不太善治家,把家里的日子过得挺困难,饭菜经常是清汤寡水的,弄得吴一民和他的哥哥们肚子里总是咕咕叫,没有油水。尽管条件这样艰苦却从没有耽误吴一民的学习。初一时我就和吴一民同桌,只是那个时候他每天都在刻苦学习,而我却在迷迷糊糊中蹉跎岁月。吴一民不但学习刻苦,还坚持住在离学校不远的一位亲戚家,以减少往返耗时,增加学习时间。平常是我们都放学回家了,他却在吃完晚饭后继续学习,凭借这个,他的学习成绩既好又稳定。吴一民在学习上有一股别人难以企及的钻劲、一股打破砂锅"纹"到底的韧劲,课堂上只要有一点儿不明白,他就会课后找老师问:"我没听明白,这到底是怎么回事,老师你再给我讲一讲!"一遍不行,就讲两边,两遍不行就来三遍,直到把问题搞清楚。有时候,老师怎么讲他都没听懂,那不要紧,他还有一招,就是先给它背下来。吴一民经常说的一句话是:"在我没明白之前,我就给它背下来,先死记硬背,然后再慢慢理解。"靠着这股子劲头,吴一民在班级和全年级的学习成绩非常好、非常稳定,始终在班级、年级里保持前三名。吴一民学习这么好,但生活上却是大大咧咧、不拘小节。初中时我和吴一民、关玉山三个人中午一起吃饭,关玉山的家是部队的,通常吃的都是细粮,带的菜也很好,肉蛋搭配着来。我们家吃的虽然以粗粮为主,但后来生活条件越来越好,细粮逐渐增加,菜色也丰富了,时不时也会带一些鸡蛋或肉类。吴一民在学校附近住宿,饭是在学校吃,其品种质量可想而知。我们三个在一起吃饭,那时我和关玉山同学主动帮着他、带着他,好让他改善一下伙食,那就是我们那个时候真挚友谊的写照,不求任何回报,不带任何功利，彼此互助、互补、互让，毫无私心杂念。后来吴一民考上了凤城一中，我和关玉山上了通远堡高中，我们俩还在一个班级，每次寒暑假回家的时候，吴一民都要到我们家来，交流一下各自的学习情况，回忆一下过去的日子，他还可以在我们家改善一下伙食。这期间他们家的生活状况始终没有根本好转，后来上高中、大学都是克服了很大的困难才完成学业的。毕业后吴一民回到家乡所在的城市，凭着扎实的业务功底和踏实肯干，逐步走上领导岗位，他与高中时就彼此倾心的女同学建立了家庭，继续着青春那时结下的缘分和幸福。

　　我的另一个相处愉快、互相欣赏的同学是戚力全，我们也是从初一就在一个班，并且直到高中毕业前一直在一起。戚力全实际上比吴一民要聪明很多，但由于他学习不是太用功，有时学习时间多一点儿，有时候少一点儿，加上初二时患了阑尾炎，发现时间晚有些耽误了治疗，在医院住了很长一段时间，对学习有些耽误，结果没有考上凤城一中，与我一起上了通远堡高中同分在理科快班，后又都从理科快班转到文科班。戚力全人长得敦敦实实的，白白的皮肤，眼睛一转一转的，很是机灵。戚力全的聪明首先表现在数学上，基本上没有他做不出的难题，每次做数学题、参加各种考试，他的眼睛往卷子上扫一扫就会说："这套题简单，不难！"然后他再看看后面的大题、附加题，就会说道："后面的大题也不难，附加题只需画一个辅助线就解决了！"每次数学考试他的成绩都很好，如果碰到连他都不会做的题目，那我们班同学基本上就没有会做的。戚力全的地理学得也特别好，初中时就把课本看完了、学透了，等到高中时他从来不看课本，就拿着中国和世界地图、地形图、气候图来看，几乎没有不会的问题，每次地理考试他的成绩肯定是我们班最高的，我提前参加当年的高考，高考时我的地理成绩是八十六点五分，为丹东市第一名；戚力全在七月份参加高考时的地理成绩是九十点五分，也是丹东市第一名，成绩比我足足高了四分。两次高考，两人的地理成绩名列丹东市第一名，为我们通远堡这所普通高中赢得了声誉，让教我们地理的刘桂香老师感到十分骄傲和自豪。

由于初一时起就在一起，朝夕相处，而且由于个头儿相仿，我和戚力全等几个小个子同学总是在一起玩，六年的时光让我们彼此之间结下了深厚的友谊。戚力全家住的地方比我们旱沟要偏远很多，属于大队下面的生产队，是村屯一级的，只有几户人家，但由于土地多、森林资源丰富，加上他的哥哥姐姐早早就不上学了回家务农，因此，生活过得还是很不错的。手头的钱虽然不是那么充裕，但粮食、副食、蔬菜等还是能够比较充分地满足。戚力全是家里的老小，学习又好，所以在家里总是得到最多的爱护，他的学习和生活需求都基本上能够得到满足。比如，我们在上初中时向学校交的四十五捆柴火，他不用去割，家里就把四十五捆又粗又好的柴火拉到学校了，与我和三姐的又小又细的柴火捆形成鲜明对比。高中毕业、上大学之前的暑假，我到戚力全的家里住了两天，除了细粮不说，他们家能够比较容易地就端上来一盘鸡蛋炒黄瓜，给我的印象十分深刻。后来他以我们班最高的分数考上了大学，但由于第一志愿报得有些草率，结果虽然考了好的分数但没有进入重点大学，只上了省属大学，这不能不说是一个遗憾。参加工作后，戚力全凭借踏实肯干和出色的业务能力很快就被组织培养任用,走上了领导岗位。

郑晓义也是我在学习上比学赶帮超、平常相处很好的同学之一,与吴一民、戚力全一起,我们这些小个子互帮互学、玩耍打闹,每天形影不离。郑晓义也是比较聪明的,他们这三个同学都比我要聪明,初中时学习都比我要好,只是后来我迷途知返,不再蹉跎岁月,特别是到高中后学习上更加自律、更加刻苦才渐渐地赶上了他们。郑晓义家住在岔路大队,当地除了有一点儿土地外,没有其他资源,属于比较贫穷的一个大队。受此影响,加上郑晓义家里只有他父亲一个人在劳动,母亲身体还有点儿不太好,增加了额外花费,家里的日子过得相当紧巴。郑晓义家住的是草房,他们大队当时住草房的人家挺多的,与我们旱沟大队的比较富裕的局面形成鲜明对比。我们大队当时只有几户人家住的还是草房,那也是劳动力少、家里有人生病造成的。

我和郑晓义也是从初中开始一直到高中毕业都在一个班,并且也是从理科快班改为文科班的。在初中的时候郑晓义住宿,成绩比我好,但是他在学习上不像吴一民那么刻苦,住宿时也没有完全把精力放在学习上,所以成绩不如吴一民那么好,但基本上都保持在前十名。

我们这几个要好的同学,吴一民是精力就放在学习上,与同学在一起联系密切的时候,他的主要目的就是吃点儿同学带的好东西,补补油水,他吃完东西马上就离开了,赶紧学习,生怕浪费了时间。戚力全的特点是晃晃悠悠、不紧不慢,该上课上课、该玩的时候玩儿,不搞体育项目也不打闹逗趣,就在那儿乐呵呵地看着，或者晃晃脑袋想着自己的事。那时在一起时间最多、最能打闹逗趣的是我和郑晓义。初一的时候，我的主要精力还是和一些吊儿郎当的坏小子混，等到初二我"奋发图强"之后，除了学习就是与郑晓义他们一起玩，在操场上跑来跑去、嘻嘻哈哈、打打闹闹，调个皮、逗个趣、给人家起个外号，然后就喊着我们起的外号，在别的同学有些愠怒、进而追逐之中结束课间休息的时间，回到课堂上专心听讲、努力学习。初二之前我不住校，吴一民、戚力全和郑晓义家离学校较远，他们都住校，一个星期能回家一次，中间吃住在学校。那个时候一个农村中学即使公社再重视学校教育，毕竟财力有限，要干的事情也多，不可能有太多的资源投放在学校上面。学校除了满足教学需要外，就没有多少资金用于支持学校其他方面的建设了。因此，学校的伙食可想而知。每天，主食就是玉米大楂子饭，菜基本是水煮蔬菜、油星炒土豆片，一份一角二分钱，即使这样同学们还觉得贵吃不起，因此，绝大多数同学是从自己家里带着咸菜，带足够一个星期吃的咸菜，再买八分钱一份的大楂子饭，就着自己带的咸菜，一天三顿，顿顿如此，生活很是清苦。奇怪的是，即使吃得这么差、住得这么差，同学们没有一个是面黄肌瘦的，一个个小脸儿都是红扑扑的非常健康，每个人脸上都挂着微笑，活蹦乱跳，没有一点儿愁事，不增一点儿负担，壮壮实实、健健康康，总好像有使不完的力气、消耗不完的能量，对比现在，觉得我们的孩子有点儿负担重了，快乐少了，那种朝气蓬勃、严肃活泼的劲头不见了。除了这几个非常要好、走得近一点儿的同学，当然还有其他很多同学我们都结下了深厚的友谊，比如郭迎春、叶树林、李大鹏、崔景龙、王恩来、马月红、都业兰、贺明书，但由于那时在一起玩的时间较少，他们的个头儿又高，显得比我们成熟，自然就不如我们之间亲密。再后来，同学们有的复读，有的转学，有的上了其他高中，有的进入小师范学习，我们渐渐离得远了，联系得就少了。吴一民虽然到了凤城一中，但是我们在初中时结下的深厚友谊，没有受到这些变化的影响。至于戚力全和郑晓义，我们后来在通远堡高中开始新的一段刻骨铭心的学习和生活时光后，那种友谊就是终生的了。

淘气年龄

淘气的年龄里总是会做出一些淘气顽皮的事情来，这不应归类为品行问题，而应属于那时的天性。都说小孩子愿意幻想，但当时我们这些生活在乡村的小孩子的脑海里，实际上幻想并不多，我们整天想着的是怎么才能吃点儿好东西，尤其是那些诱人的甜瓜梨枣。虽然我们家房前屋后也栽了一些果树、种了一些瓜果，但是根本满足不了我们兄弟姊妹五个的持续消费，况且还有一些瓜果品种我们家没有，所以在家里的瓜果被我们吃得差不多之后，我就开始惦记周围邻居家唾手可得的瓜果来。俗话说"甜瓜梨枣，人见人咬"，我的第一个目标是前院我五太奶家那众多的果树。五太奶家是我们的本家，老伴也姓朱，住在我们前院，中间就隔了一条小道。五太奶和五太爷老两口带着一儿一女，儿子智力上有点儿问题，女儿则聪明伶俐，嫁给了本村老赵家。家里平时就三个人，房前屋后种了大量果树，什么南国梨、葫芦把梨、安梨、秋白梨、苹果梨等，种类繁多、品种丰富，更主要的是她家有我们家没有的李子、杏子和草莓等水果，这增加了我想要尝尝的兴趣，就琢磨着怎么才能弄两个吃吃。五太奶家的李子树在她家的房后西侧,房后的院墙是用木头杖子围着的,杖子外面有一条小道,小道北面就是我们家南面的院子,中间也是用木头杖子围着的。五太奶家的李子是那种大李子,在整个白堡子都很少,果实外表颜色是紫绿相间,上面有一层薄薄的泛着白色的霜,成熟后,咬一口酸甜适中,十分可口。那棵李子树已有些年头了,树干十分粗大,枝叶繁茂,每年都能结很多李子,一些枝条伸出杖子外面,结出的果实伸手就能摘到。因此,我在经过的时候,或者有意去的时候就摘几个,然后迅速跑到没人的僻静处,简单擦一擦就开始尽情享用自己的"胜利"果实。过了几天,看看没人发现,嘴也馋了,就专门再去一趟收获几个。当我再去的时候我发现伸出杖子外的李子被摘去了不少,我需要跷起脚来或者跳一跳才能摘到的那些在高处的李子上次不是这样的,我摘的时候伸出杖子外的李子还有很多,根本不用跳起脚来摘。如此看来,还有其他人光顾,他们同样喜爱五太奶家李子的味道。几经反复,结在树上的李子距离地面越来越高,距离我跷脚或跳起的距离越来越远,又不能借助梯子或凳子,那也太明目张胆了,因此,看着那紫红的李子只能望洋兴叹,频频吞咽不自觉涌上来的口水,一步三回头地走开。五太奶家的李子虽好,但还是比不上我们白堡子上面李家沟生产队的李子。李家沟在我们生产队的北面,虽然比我们生产队人口还少、经济还弱,但是他们有一片果园,里面种满了李子、桃子和茄子梨等水果,果品的质量、口感在整个石峪大队,甚至在整个大河城公社都数得着。每年水果成熟收获季节,李家沟生产队的社员一行几人分别挑着满满一担的李子、桃子,从我们生产队门前穿行而过,李子个大、圆润、绿中泛黄；桃子体型巨大，奶白色的果身上突出血红的尖嘴，我和我的小伙伴一边盯着看那筐中的大李子、大桃子，一边紧跟在他们的身边走着，嗅着味道，一直送出好远。虽然，这时节父亲总是要到李家沟生产队去买点儿李子和桃子，让我们能过过嘴瘾，但那时好像永远填不饱的肚子哪里是这一次、这几个李子就能满足的，于是我五太奶家的瓜果就遭了殃。

五太奶家还有一棵紧靠在我们家柴火垛边上的南国梨树，就在他们家房山头的东侧，也是一棵大树，树冠如华盖一般，每年都结着数不清的沉甸甸的果实。南国梨我们家房后院也有一棵，但那只是一棵中生树，大概不到十年的树龄，结的果子还不够我们兄弟姊妹几个吃的。每年七月中旬，果子刚刚能入口，树的底部和中部以下的果实基本上就被我们消灭得差不多了，只剩下树枝头和上部的果子，我们实在不好意思统统消灭光就留在树上，等到秋天的时候家里集中采摘、储存，但最终也没在苞米仓子里储存多长时间，就被我们这些馋嘴的孩子偷吃得差不多了。这里我肯定是主力之一，三位姐姐也消停不了，弟弟那时年纪还小，他还上不了苞米仓子，因此脱了这个干系，而爷爷奶奶和爸爸妈妈基本上是吃不到的。家里的南国梨没有了，葫芦把梨还没到能吃的时候，这个断档期怎么办？只能是在我五太奶家的南国梨树上打主意了。那棵树是紧靠在我们家柴火垛边上的，而且是靠在柴火垛的里侧，这就为我"作案"提供了绝佳的隐蔽条件。爬上柴火垛，一嘟噜一嘟噜的南国梨就在眼前、触手可及，由于在柴火垛里侧，即使有人从旁边的路上走过也看不见，而我五太奶家的人是很少到房山头东侧的，这样我就可以尽情享用美果了。虽然可以"自由采摘",但为了不让人发现,我一般是选择在下雨天出来"作案",美果享用之后,虽然浑身上下已经湿漉漉的,但我也不在乎,因为饱了肚子,内心也就满足了。经常被我和小伙伴袭击的还有我五太奶家的杏子和草莓。五太奶家的杏子是家杏子,果实又大又甜又软糯,但是树也是又直又高,果实离地面有很大的距离,伸手根本摘不到。树虽然在后院比较僻静,但是毕竟有一条小道经过,小道上还时不时地有人路过,因此,我和小伙伴就不能明目张胆地爬树摘果,只能站在杖子外的树下面守株待兔,期望果子落下来好捡几个;如果遇到我们站在树下又恰好有大风吹来,那就更好了,能捡到果实的概率会大大增加。可惜的是那棵杏树太过笔直、粗壮,它的果实的成熟期又在夏季,那时大风天少,我和小伙伴们几次来到树下都没有捡到几个果子,没有充分品尝果子的美味,留下了深深遗憾!好在杏子树下面有一小片草莓,弥补了我们的这份遗憾,在等待杏子落下的时候,我们就对草莓下手了,那是我人生中第一次吃草莓,味美多汁,觉得太好吃了。不仅红的甘美,就是绿中带白的也都是那么清甜,直到现在回味起来都觉得不可思议,那个时候那个果子怎么会那么甜美怡人呢?

实际上我和小伙伴因馋嘴而做的"恶行",我五太奶全都知道。只要到园子里一看,李子树伸在杖子外、南国梨树靠近我们家柴火垛一边光秃秃的枝条,草莓地里稍大一点儿就不见了的果实,她就明白淘气的孩子又进来"作案"了。但我五太奶慈祥、胸怀宽广,知道"甜瓜梨枣,谁见谁咬"的理儿,她在众人面前从来都不说这件事,从来不和人叨咕她家丢瓜果的事。虽然我和小伙伴经常"光顾"五太奶家的房前屋后，干些偷瓜摘果的事，但"吃人的嘴软、拿人的手短"，我们就尽可能帮助五太奶办一些好事，作为回报来补偿我们曾经做过的"坏事"。五太奶家的大儿子智力有些问题，还经常尿床，为了治好他儿子的这个毛病，五太奶用尽了偏方，但也一直不见效。当她听说知了能治这个毛病后，她就找到我和小伙伴，让我们给她捉知了，并悬赏每个知了一角五分钱。我们当然愿意了，一是觉得理亏，想做点儿好事补偿一下五太奶，再一个是觉得还可以挣到钱，何乐而不为呢？于是我们就结伴来到村子南头老赵家附近、每年夏天我们村子知了最多的地方捕捉知了。那时候也没有白纱网之类的高级材料，我们都是自己动手制作捕捉工具。捕捉工具是用整理好的"丫"字形的树杈，寻找到一个个蜘蛛网，把"丫"字形的树杈往上一伸，缠上几层又黏又密的蜘蛛网，工具就制作完成了。到了捕捉地点后，我们各自散开、单兵作战，分别举着捕捉工具，朝着我们各自发现的目标悄悄移动步伐，在既不让知了发现又伸手可及的适宜距离，迅速出手，用蜘蛛网粘住还在鸣叫或只是趴在树干上吸食露水的知了。其实那时捕捉知了并不容易，由于当时经济发展不充分、社会生活比较贫困，出于生产和生活的需要，人们对自然的破坏很大、很厉害，人与自然矛盾尖锐对立。不但自然植被破坏、树木被大量砍伐、动物栖息环境恶化，同时人们还无时无刻地追逐捕食动物，因此，各种动物在大量减少的同时对人类十分警惕，始终与人类保持十分警觉的距离，不像现在人与自然、人与动物友好相处，人们不伤害动植物，各种动物也不怕人，在家乡这儿又出现了"鹰击长空，鱼翔浅底，万类霜天竞自由"的和谐美好画面。那时候别说大型动物，就是麻雀、山鸟等小型动物也是见人就躲，知了也是如此，稍微察觉到人类的动静早早就飞走了，哪还让你看得见踪影。因此，我们虽然答应了五太奶的要求，接下了任务，但要保质保量地完成还真不容易，需要运用智慧，找到知了的活动规律，抓住机会才有可能成功。知了在吸食露水或招引同伴时，要进行有节奏、有韵律的鸣叫，一般是按照："命命命命咪啊、命命命命咪啊，命命命……命咪啊，命……"的节奏来进行，刚开始声音很低，试探着周围的环境有没有危险，一旦发现有危险，就停止鸣叫，然后就飞走了。当试探一会儿确定周围情况正常后，它就会一点点提高声调，等到发出"命命命命……"时，声调达到高潮，这个时候也是知了最忘我、最疏于警觉、最忘记风险的时候，这时必须马上出击，迅速用捕捉工具粘上知了，否则，一旦过了这段到了"命……"的时候，知了就要飞走了，那时就捕捉不到了。那个时候由于人们对动物的捕捉，知了特别警觉，会在头两个阶段反复试探，我们就得等，如果不耐烦贸然出击，基本上不会有任何收获。知了那个时候也十分警惕、精力集中、反应迅速，我们人类的动作是跟不上的。至于那些不叫的默默在树干上吸食、休息的知了，我们也很难发现，等走到它们跟前还没等我们发现，它们就飞走了。因此，虽然我和我们的小伙伴想回报我五太奶，我们长期练就的捕捉技术也非常娴熟，但无奈知了对人类的十分警惕的状态，让我们忙了一上午也没有捕捉到几只。当我们把几只知了交给我五太奶时，她老人家已经把零钱都拿在手里，还为我们准备了瓜果。我们交出战果，但并不接五太奶递过来的零钱，只是拿起瓜果就跑了，急得五太奶在我们身后大声地喊着我们的名字，但没有人会回头。

当然，干着"甜瓜梨枣，谁见谁咬"的事，不只是在我五太奶家做，对其他人家也做，只是别的人家人口多，看得紧，加上地理位置不太方便，能下手的机会也不多，成功率就更低了，后来渐渐地就不做了。来到旱沟大队后这些事情有所减少，因为正是在淘气的年龄，又是一口能吃下一条船的年纪，偷瓜摘果的事情也做了几次。在旱沟我们不去别人家偷摘瓜果梨桃，旱沟那个地方人更精，地形更开阔，人口更密集，没有机会。在彻底了解了情况后，我们的主要精力是放在生产队的菜园子上。旱沟大队旱沟生产队的菜园子要比白堡子生产队的菜园子大多了，菜园里的品种也十分丰富。春天有青葱、西葫芦，夏天有西红柿、黄瓜、香瓜、茄子和辣椒，秋天有大头菜、胡萝卜、萝卜和白菜等。别的蔬菜我不感兴趣，我只喜欢西红柿，小伙伴也是如此。为了能在每年一度的西红柿盛宴中分得一杯羹、吃得满意一些，我们从春天就开始研究今年各种、各茬菜的地块分布和种植时间，研究西红柿所在的地块及周边的种植情况。如果生产队考虑得周密、安排得当、风险控制妥善，我们就没有机会了。可是有一年不知什么原因，生产队把西红柿与玉米紧挨着种植。春天时我们就发现了生产队的这个疏漏，心中一阵窃喜，大家就在一起琢磨等待下手的机会。等啊等啊，终于熬到西红柿成熟，也就是我们放暑假的时节，我们大展拳脚的时候来到了。那年生产队的西红柿种在菜园子的南部，垄呈南北方向，它的南部是一大片玉米地，垄也呈南北方向，在玉米地的南端是一条东西走向的引水渠。西红柿地西侧也是一小片玉米地，紧挨着玉米地是通向外面的公路，公路两旁长着浓密高大的护道树。西红柿地的东侧种的是辣椒、茄子，北面地头是事先留出的便于人们进入田地劳作的田间土路。再远处东北角是菜园子的小房子，用于布置生产、召开临时会议和存放一些生产工具。西红柿地中间稍靠北面一点儿的位置上设了一个看护点，那是一个二层碉楼马架子，平时始终有一个人在里面负责看护。对西红柿周边地形、地貌、种植情况、看护人员和远处小房子的距离，我们早就烂熟于心，于是，我们五个小伙伴就在公路旁的玉米地里坐了下来，制订了计划、明确了分工：一个拿着红领巾爬上公路旁的杨树，作为信号树，观察周边特别是看护点的守卫情况，转圈徐徐摇动表示可以迅速出动、进地采柿子，摇动树枝并摇动红领巾表示有危险，要迅速撤离；一个人蹲守在紧挨着西红柿地的玉米地里，近距离观察看护点和周边情况，在信号树没发现情况而危险来临时，急速摇动玉米秆并发出口哨，警示同伴撤离。当一切准备无虞时，三个人进地，采摘西红柿，采摘时必须随时注意信号树的动静，听紧挨着西红柿地的玉米地里同伴的警示，同时进地采摘西红柿的三个人要互相望着点儿，一是提醒，二是要一起进出。一切准备停当，一个小伙伴上了信号树，发出可以行动的信号，我们四个小伙伴，从南侧玉米地的南端，涉过引水渠，顺着玉米垄迅速、悄无声息地来到玉米地和西红柿地的交界处，又抬头看了一下信号树，看到徐徐摇动的红领巾，让一个小伙伴留在玉米地和西红柿地交界处后，迅速低下身子、手足并用，一点儿声音也没有地溜进西红柿地里。那时我的心怦怦直跳，恐惧、害怕、紧张，要是被看护的人看见、抓到，那就了不得了，那就是天大的错误，将无法挽回！但一看到周围满眼的圆润、红心绿底的西红柿，不禁心里一阵阵激动，把恐惧、紧张和害怕暂时忘却了。我们丹东凤城包括石峪地区在内，那时种植的西红柿品种是油柿子，这种西红柿的外表圆润、红身、绿底，咬一口、汁水饱满、酸甜可口，如果遇到沙瓤的就更绵沙可口、百吃不厌。这个品种还有一个特点是，看到西红柿的心稍微红了一点儿，里面实际上就已经全红了，这个时候就很可口了。如果底部的绿底完全开裂，虽然按照现在的营销观念认为是卖相不好，但实际上这是这种西红柿口感、成熟度最好的时刻，吃一口沙面、酸甜，别提有多好了。所以平时我们家的西红柿我们兄弟姊妹几个没等全红只是红心，或者还是青的时候就摘下来吃掉了，到目前为止还没有发现比我们当地的油柿子更好吃的西红柿。我和我的小伙伴克服着内心的紧张恐惧、控制着心跳的速度，努力使自己平静下来，迅速摘取身边的又红又大又圆润的西红柿，边摘边看信号树的情况，听玉米地头的动静，并与只能隐隐约约看到的其他两个小伙伴互相看一眼，很快我们穿的跨栏背心的前胸就满了，事先就约定了，每个人采摘的量不但要够自己吃，还要给另外两个负责放哨的小伙伴带足他们够吃的量。这些都满足了之后，我们三个人互相一望，手一指，就像河里的游鱼一样悄无声息地溜出西红柿地，奔向南端的玉米地里。回头一望，看护的老头儿还在那儿没事地无精打采地坐着呢。一路回窜，涉过引水渠，又通过路边的玉米地回到信号树下的玉米地里，树上的小伙伴也下来了，五个人坐在一起，把采摘的西红柿都拿出来，平均分成五份，洗都不洗、擦都不擦，一阵狼吞虎咽，大快朵颐，充分满足了眼福、口福，然后心满意足、若无其事地回到家里。

乡风特色

晒马虽然不是我的出生地、只是我的第二故乡，但我对晒马的感情要比石峪深得多，心底更是把晒马当成了自己的故乡。这缘于晒马独特的地理人文对我产生的深刻影响。同样是乡下农村，晒马这个地方是与别处不同的，更是石峪所不能比的，不仅过去，现在也是如此。晒马地形地理上的鲜明特点所形成的优势前面已经详细描述过，相信读过的人都会有深刻的印象。由于历史上曾经作为行政县治的基础及其延续下来的影响，晒马比附近及周边同样是乡镇的行政层级更具有辐射力和影响力。对一些正在发生的事情、对未来的决定等，周边地区的人们都自觉不自觉地愿意看看、听听晒马地区的情形是什么样的，晒马的人们是怎么做的。晒马地区的所作所为、传出的信号就是其他地区人们行为的风向标，具有引领示范的作用。它的引领地位来自长期的学习、吸收、消化和积累，而这种注重交流、沟通，能够跟上时代的传统早就形成了，并自觉地融入思想和行动，从而让晒马这个小乡镇虽然深处群山包围却不封闭，反而眼观六路、耳听八方，时时与外部世界保持同步的信息交流、联系互通，人们的思想也如县城、城市那样敏锐、活跃。这种与外部世界保持时时互通、密切观察社会发展变化的意识，让晒马总是能够抢抓机遇，获得发展的先机，从而率先实现社会发展、生活富裕的目标。这种意识、这个动力即使是在极"左"路线占主导的时候也都没有被扼杀掉、阻碍住，前面提到的晒马的马路市场的盛况就是极好的例证。机遇总是垂青那些有准备的人。晒马人积极主动的思想观念、开放交流的行动自觉收到了回报。党的十一届三中全会胜利召开，确立了以经济建设为中心的目标，国家改革开放的政策陆续出台后，晒马就率先发展起来了。我前面提到的二十世纪八十年代初我们旱沟大队的劳日值就达到了一元两角以上，那些资源更丰富因而更富裕的大队劳日值就更高了，其时，晒马地区的重型运输卡车达到四百多辆的情况就是晒马人因为超前思考、主动作为，从而赢得经济发展好局的一个方面。

物质基础殷实，晒马人的精神层面就展现出来了。晒马人穿衣打扮的时髦、得体在整个丹东地区都很有名气，人们穿得甚至比丹东市内的都好、都得体，甚至都能与沈阳媲美了。不用说镇里的时髦小青年，就我们中学马老师的打扮，她的小巧、锃亮的高跟皮鞋就反映了晒马人穿衣打扮的时髦得体程度，所以晒马人外出时即使到城里也不显得土气，与城里人一样时髦，看不出有什么分别。穿衣打扮等体现精神层面的东西是以经济基础为后盾的，晒马人对吃的东西很讲究，很注重营养和健康，不仅平时在家里这样，外出吃饭时也是如此，人们把我们当地的饮食文化与外面先进的东西结合起来，创造出当地独有的饮食风格，吸引了众多的客人来品尝，从而也逐渐地内外一起改善人们的气质和形象。我们家搬到旱沟盖新房子时我就发现,晒马地区的住房条件起点高、功能全、注重分类。每家每户盖房子时基本上都是七十二平方米以上的大三间,然后分隔成两个起居室和一个厨房。厨房要与进门的大厅和两个房间隔开,这么做除了保持厨房的专属性,更重要的是让厨房的活动更私密、做饭菜的气味尽量不外溢,从而让起居室的环境更好。这在石峪和其他地区是很难看到的,也达不到这样的标准。同时结合当地气候寒冷的特点,在房子的北面铺建暖炕,阻止冬季的冷气直接侵入室内,从而最大化提高室内的温度,平衡室内南北的温差,让室内温暖如春。只要不是经济上太差的人家,每家每户的家具也都置办得很齐全,什么炕琴、立柜、皮箱子、梳妆台、茶几、折叠桌等一应俱全、布局合理,这是石峪远远达不到的,在丹东的很多地区都达不到。在行的方面晒马当时也远远走在其他地区的前面,家家户户都有自行车,有的还是两辆;摩托车也陆续进入家庭;收音机、电视机、录音机等几大件对晒马地区的人家不是很困难的事情,连我们九口之家都在一九八四年前办齐了除摩托车之外的所有大件。晒马当时经济发展的程度、地区的富裕程度由此可见一斑。仓廪实而知礼节,富裕起来的晒马人对教育更加重视了。除了加强硬件基础设施建设外,还在引导学生学习、改进教学方法方面做了大量工作。前面提到的我父亲在全公社小学教师大会上所做的关于创新教学方法的汇报,及其后来考试中引入的智力开发题目,都是晒马地区教育部门在教学上的积极探索,开了地区先河,对转变教学方法、开发学生智力、激发创造性学习方面产生了重大影响,取得了很好的效果。不仅教育部门,晒马党委、政府对教育也十分重视，公社、乡镇对期中、期末和重要时点的考试，都要通过广播通报考试名次、成绩，以此鼓励先进、激励后进。家长对孩子的学习就抓得更紧了，哪怕自己紧一点儿、困难一点儿也要支持孩子上学念书，能念到哪儿就供到哪儿，"头拱地也要供孩子们读书"，这也是家长的口头禅。通过这些积极举措和不断坚持，晒马地区升高中、初中考入小中专小师范的比例都很高，最后考上大学的人数也特别多，比如我所在的初中一个班将近六十人，最后都能够通过考上大学、考上小中专小师范、考上师资班、参军入伍、创办企业、从事商业等途径而拥有一份正式的工作或者获得一份不错的收入，在自食其力的同时也为社会做着各自的积极贡献。这既反映出晒马地区的教育质量，反映出晒马人对教育的重视，更反映出晒马地区人们积极向上的精神追求。这些教育硕果和精神文明的建设成就也为晒马赢得了骄傲，并为晒马的持续发展打下了坚实的人才基础。

第三章

上进青年

迈入高中

一九八三年秋天，我结束了晒马中学三年的初中学习生活，开始了在通远堡高中的学习生涯，这也是我人生最重要的阶段之一。我经常对家人说，在我的人生当中有三个重要时刻，其中之一是在通远堡高中学习生活的三年。通远堡高中三年的学习生活，我收获极多、磨炼极大，对我的人生影响长久，令人难以忘怀。上通远堡高中时我刚满十五周岁。清晨，坐在父亲事先联系的从晒马拉煤的卡车上面，背着书包、带着行李一路来到青河口，从那儿再坐十三分钟火车，就到了通远堡。通远堡当时是一个位于沈阳和丹东之间的小镇，是丹东凤城地区的一个重镇，既有沈丹铁路穿过也有十字交叉的公路连接，当地还出产硫化铁矿，附近还有铅锌矿，颇有些小镇版的"九省通衢"之地的感觉。因为资源丰富、交通便利，通远堡镇当时的经济很发达。现在由于通了高铁，为经济的进一步发展提供了更加便利的条件，来通远堡镇投资建厂的人更多了，城镇未来发展前景更加广阔了。通远堡高中位于镇子的西部，我们来的时候学校刚刚组建，从校领导到教师都带着一种使命、责任和极大的热情想把教学搞上去、把成绩提高上去,从而取得超过普通高中,甚至可以和凤城一中相媲美的教学质量、高考成绩。学校的主建筑物是呈"凸"字形的一栋二层楼房,"凸"字形的凸起部分为第三层,不设教室只放置一些教学仪器,两边的二层部分是从高中一年级到三年级的十二个班级。全校共计一千多名师生,来自凤城县的不同地区。

一开始我被分在一年四班,这是理科快班,是按照初中升高中的成绩分的,班主任是后来教我们政治的周瑞陆老师。周老师个子高大,讲话声音洪亮,极富鼓动性。开学第一周第一次班级集中,周老师来到教室给我们讲话,他首先用目光扫视了一圈,然后把头转向我,问道:"朱洪,你们晒马有楼房吗?"我一愣,没想到周老师会问这个问题,回答:"哦,有吧,可能我们晒马镇所在的办公楼就是楼房!"虽然平时经常到晒马街里去,但还真没太注意镇里的办公处到底是不是楼房,当周老师一问的时候我还真有点儿拿不准,就说了个"可能"。周老师也没有太注意和追问细节,在听了我的回答后紧接着就说道:"我想你们大多数同学都没有住过楼房。上了我们通远堡高中就解决了这个问题,我们的教学楼就是楼房,登上我们通远堡高中的三楼,登高远望,整个通远堡镇尽收眼底……"周老师在说这段话时声音洪亮、满含深情、富有激情、又有点儿煽情。在他这么说的时候,特别是说到"登高远望,整个通远堡镇尽收眼底"的时候,同学们就互相对望,紧接着发出一阵响亮的快乐的理解的但也有点儿揶揄的笑声。我听了周老师说的"登高远望,整个通远堡镇尽收眼底"的话也觉得挺可乐的,心想:"周老师挺有意思的,一位班主任老师怎么能这么说呢?显得有点儿不深沉、不够低调,甚至还有些扬扬得意、自吹自擂的感觉。"但转念一想，"可能周老师就是这个性格，心地坦荡、心中无私，把同学们都当作自己的孩子，心里怎么想的就怎么说吧！"从后来的观察看，周老师总体上还真就是那样的人，除了对自己班级更爱护、对自己班里的学生更护犊子之外，他是一位爱憎分明的人。

周老师教我们四个班的政治课，他上课时声音洪亮，课讲得富有激情。在讲到马克思主义政治经济学的内容时，他经常拿"一袋米换两只羊"来举例子、说原理，当说这句话时声音还特别高，震得我们的耳膜都有些颤动。开学的第一周主要是自学，我自己在预习着语文数学外语政治物理化学生物等课程，化学的第一章是关于摩尔的内容。课本在这一章上讲，科学上把含有六点零二乘以十的二十三次幂个微粒的集合体作为一个单位，称为摩尔，它表示物质的量的单位。就是这么个内容我看了一个星期也没看懂，我就寻思，初中时化学学得很好，是理科中学得最好的科目，学得这么好，看了一个星期都没有弄懂摩尔是怎么回事，并且那么厚的一本书，能学好吗？心里就有了打退堂鼓的念头。就在这时学校出台了政策，允许高一的学生再重新选择一下是学习文科或者理科。我认真仔细地进行了思考，回顾了自己的学习历程，综合研判自己在科目学习中的优势和劣势，觉得我还是文科好，学文科能发挥我的特长，因此就报了名，来到文科班，也就是一年一班。我在报名的同时，给父亲写了一封信，告诉父亲我的新选择，没想到父亲一听就着急了，他不愿意让我学文科，并放下手头工作专门来到学校让我重新回到理科班。要重新回到理科班必须征得现在文科班班主任的同意，于是，我在父亲的陪同下来到一年一班班主任高洪占老师的办公室，说明我还要改回理科班的要求。没想到高老师明确表示不同意，说既然已经来到了文科班就不能再改回去了，态度很坚决。我和父亲在高老师办公室待了一阵子，又说了一阵子话，高老师还是不同意，再僵持下去也不好，父亲和我就走出高老师的办公室。来到走廊里我对父亲说："爸爸，既然这样就学文科吧，我的特点也适合学文科，虽然文科的大学录取率比理科要低一些，学校也少一些，但只要刻苦、成绩好，考上大学我还是有信心的！"父亲看到我决心已定就没再说什么。我们下楼，我把父亲送到学校大门口，父亲买了票坐车回去了。

当时我们一年级共四个班，文科一个班、理科三个班。我们班有七十多人，偌大的教室里挤得满满当当，我们这些小个子几乎都坐到黑板面前了，后面的大个子则紧挨着墙。由于是文科班男生相对少些，女生比较多，虽然来自凤城县的不同地区，但大家彼此相处得都很好，一起学习、生活和运动，结下了一生的真挚友谊。当时教我们班的，历史是班主任高洪占老师，政治是周瑞路老师，数学是彭大志老师，地理是刘桂香老师，语文开始是赫崇石老师，后来由刚刚大学毕业入职的柴世杰老师教我们。教我们英语的是刘朝革老师，他来自凤城县教师进修学校，到我们班只是临时代课，高二时由刚从丹东师专英语系毕业的郭敏老师教授，到高三时改由凡万盛老师继续教。同学与这些老师相处得最亲切、感情最深的是教我们地理的刘桂香老师。刘老师个头儿不高，瘦瘦的，戴着一副近视眼镜，肤色也有些暗，但她特别慈祥，对同学特别好，就像对待她的孩子一样。刘老师在地理教学上富有经验，各个阶段的课程内容经她的讲授、剖析，同学们很快就理解消化了，并且记忆深刻，就连对地理这门课天生有恐惧感的女生都能学得很好，可见刘老师教学业务的精湛、教学方法的得当。

刘老师给我们上第一堂地理课时就教我们画地图，画中国地图。刘老师在黑板上面、在事先准备好的一张有黑板一半大小的绘图纸上打格子，然后对照中国地图的形状在格子中间连接，把中国行政区域的整体轮廓先勾勒出来，接着画各个省份。刘老师在前面画着的同时，指导我们在各自准备的厚实的A3纸上以同样的方式描连着，大约用了两堂课加上一些课余时间，刘老师的大地图和我们每名同学的小地图就都画好了。刘老师采取的这种教学方法我们以前没有碰到，因此感觉很新奇，我当时心想："这对学习有帮助吗？"后来的学习实践证明了这一点，我们在学习中一点点体会到这种教学方法确实很实用，自己亲手来画中国地图对强化记忆十分有效。通过这一次以及后来的复习，我们班上每名同学都能熟记中国各个省份的形状，随便给出一个没有标记名称的省、自治区和直辖市图，同学们就能迅速说出这个图是哪个省、自治区或直辖市，位于中国哪个区域、什么位置。按照这个思路并进行延伸扩展，同学们或画或记世界地图，对世界上近二百个国家和地区的形状位置了如指掌、烂熟于心，就像记忆中国各省、自治区和直辖市的形状一样，不用标记，看图就知道是世界上的哪个国家、在哪个地区、哪个大洲等，学得更好的同学，就会在此基础上不断扩展，将这个国家或地区的地形地貌、所处气候温度带、矿产资源等如数家珍、条分缕析地讲解出来。

在刘桂香老师新颖而实用的教学方式的引导下，我们班同学地理学得都特别好，之前提到的我和戚力全在高考中地理成绩名列丹东市第一名就是很好的例证。

与刘桂香老师富有针对性、效果明显的教学方法相比，我们班主任高洪占老师教的历史课要逊色一些。虽然是历史专业科班出身，但他的教学方法显得比较呆板，每次上课高老师的开头语肯定就是："作为……作为……"没有别的词儿。高老师的另一个撒手锏就是他分析世界各国、各民族矛盾冲突，导致战争的原因总是会归结到"资本主义经济和政治发展的不平衡"。讲完这些，剩下的时间高老师就是领着我们对着课本指指段落、画画重点，并在画的时候不断强调这一块很重要，要重点记忆，那一段也很重要，要熟记背牢，至于为什么他没说也不讲。因此，在听高老师讲课的时候，班里的同学也是懵懵懂懂的。同学时常调侃说："高老师讲课就知道对着书画画，也不告诉我们为什么！"为了学好历史这门课，我采取了最笨的但是管用的死记硬背的办法，我坚信："记忆会加强理解，现在不明白不要紧，先把它背下来，从头到尾背下来，将来自然就会理解了。"每次考试前我都要把历史书从头至尾背三遍，简单的问题难不倒我，各部分抽取、组合的大题复合题我也不怕，我会从记忆中抽取信息，然后组合在一起形成综合答案。我也有明显的短板和弱项，那就是在分析原因、深刻剖析方面存在不足，这可不是靠死记硬背就能解决的，因为没有从根本上理解、弄清，对有些考试题目就只能囫囵吞枣、随机应变了。

数学老师彭大志讲课的特点是特别慢，一道题他能分析半堂课，结果有时没把我们讲明白，自己却糊涂了，我们都昏昏欲睡的。但这只是彭老师的教学风格，其风格并不影响我们对他讲授课程的理解，相反，如果一旦适应了他的风格，循序渐进地会更好加深对课程的理解，把数学这个文科班普遍学不好、学不精的课程学得更好、更精，从而在高考中不至于拉分甚至会超水平发挥，改变不利局面。彭老师还有一个特点就是他总是笑眯眯地不厌其烦地讲解、解答同学提出的问题，哪怕那个问题在我们看来都是那么简单，他也会帮助提出问题的同学最终把问题弄明白、解决掉。教政治的周瑞陆老师是那种洪门大嗓、打气鼓劲、表现稍显夸张的教学风格，基本东西都能教出来，同学学得都可以。高一时教我们语文的是赫崇石老师，赫老师讲课中规中矩、不事张扬，正常开展着自己的教学活动，高二时语文改由柴世杰老师来教。柴老师是锦州师范学院中文系毕业的高才生，人长得风流偶傥，专业上才华横溢。教我们班那年他刚大学毕业，带着热忱、干劲和激情，对他的语文教学投入了无限的心力。当时学校安排柴老师只教我们班和理科的四班，而另外两个理科班是由一名丹东师专中文系毕业的老师来教。学校这么安排的目的可能是因为文科班的语文得有一位有教学能力、受过高等教育的老师来教；理科快班是重点班，还要指望他们出成绩，因此老师也要配强，就这样柴老师除了教我们一班还教理科快班四班。

　　柴老师的确没有辜负学校的器重，他的第一课讲得特别好。柴老师给我们上的第一课是我国现代著名作家碧野写的名篇《天山景物记》。在讲这一课时，柴老师先给我们朗诵了课文的几段。他一只手拿着书本，另一只手随着朗诵的情节而有节奏地挥动着,满含深情地朗诵:"朋友,你到过天山吗?天山是我们祖国西北边疆的一条大山脉,连绵几千里,横亘准噶尔盆地和塔里木盆地之间,把广阔的新疆分为南北两半。望远山,美丽多姿,那常年积雪高插云霄的群峰,像集体起舞时的维吾尔族少女的珠冠,银光闪闪;那富于色彩的连绵不断的山峦,像孔雀正在开屏,艳丽迷人……"在朗诵时柴老师的口齿不是那种很清晰型的,稍微有点儿吐舌头,但是他精神饱满、富有激情,所以朗诵的效果很好,我们被深深吸引住了。接着柴老师展开细致的全篇、段落和景物的分析,在我们面前呈现了天山从雪山、草地、森林、牧场、鲜花、牛羊点缀其间的美丽画面。他讲述生动、语气感人、层次清晰、分析透彻,让我们如痴如醉,享受了一堂难得的听得明白、记忆深刻、理解透彻的语文课。柴老师也由于这堂课而一炮打响,深得学校的器重。学校让他负责,组织开展全校师生的与语文教学有关的文学阅读创作活动,这就把全校师生热爱文学、积极创作的热情给充分调动起来了。与柴老师的新星耀眼相对比,同期从丹东师专中文系毕业的老师就没有这份待遇和荣耀了,他只是教另外两个理科慢班,教学开展得也是不温不火,不是那么一鸣惊人。但是路遥知马力,日久见人心!丹东师专毕业的老师不是没有能力和水平,他们很踏实、很有韧劲,能够谦虚谨慎地处理好与领导、老师和学生之间的关系,一心教学,工作做得扎实持久,教学成果也在后期不断展现出来。除了课堂教学,柴老师还在我们年级、全校组织了诗社,鼓励支持同学们写诗、练笔,我人生第一首被我称为诗的东西就是在柴老师的鼓励引导下创作完成的,那首诗的名字叫《一条小河从我家门前流过》。诗中写道:"一条小河,从我家门前流过。河水清清,河畔碧绿,蜿蜒远方,带走我的期冀;一条小河,从我家门前流过。水草蔓蔓,游鱼其间,上下跃动,牵着孩子们的思绪……"我的这首所谓的诗在文字和意境上肯定是稚嫩的,所谓的合辙押韵也是硬凑的,确实称不上什么诗,但是柴老师鼓励我们、支持我们写,他说这不但练笔,更是青年人抒发感情、培养情操、做一个有修养的人的有益途径。在柴老师的鼓励下,我利用高中学习时的业余时间写了四十二首诗,这些诗有的是歌颂四季、自然景物的,有的是描写校园生活、个人体验的,有的是赞美祖国、抒发理想的,有的则是感谢父母、讴歌劳动。比如我在赞美粉笔的诗中写道:"洁白的身躯,笔直地挺立。宁可粉身碎骨,也绝不会屈服。"我还歌颂橡皮,写道:"洁白的身躯,胖胖的身体。但不要以为,他是白痴,只要有了错误,他会立刻给你擦去。"对已经到来的十八岁成人的年纪,我写着:"哦,十八岁,昨天刚刚过去,今天即将开始。在这个长大的年龄,我在思索……树林、小鸟、贝壳,已经过去,林木、雄鹰、海蜇,在招呼我们去拼搏。我在思索……思索着人生的进步和生活。前进的道路不能都是幸福和快乐,要我去进取,去识别。"看到校门外、养鱼池边的柳树,我写下了《柳吟》这首诗,诗中写道:"有人说你柔弱,有人说你软缓。但我,却为你赞叹。迎来早春青苞,送走晚秋深绿。柳,我赞美你。冬青的生命可谓上矣,但却没有生机,没有活力。白杨呢?更不屑一提。太阳公公,已升起老高,她才寒酸地吐出一丝绿。太阳的光合也不敢爽快地取得,直到晚间临到家门,才迟迟吐出小小的嫩绿。而柳呢?迎来早春,送走晚秋,生命长于白杨,虽短于冬青,但你充满了绿的生机。有人说你柔弱,但我却认为,你是忍受躯体的折磨,换来人们菜肴一桌。若不大人怎用你做菜板,小孩拿你做陀螺。柳,我赞美你!"

这些诗,有些是刻意为了对仗因而在用词上不是那么准确,更多的是反映自己内心的声音;在意境上也不是那么深远,但它们确实是来自自己的观察、总结和提炼,都是源于生活和学习时的点点滴滴,记录了自己青春时的所思所想所获,留下的是青春的记忆。当时写的时候没有觉得怎么样,也不敢称其为诗,现在读起来还不错,至少那是青春自己的心声,因而,在反复吟诵的时候还真有些佩服自己当时的激情、细腻的感情和那份创作力了。也就从那时起,我不但写诗还写散文、记日记,到大学毕业时共写了七十二首诗,散文上百篇,坚持写日记的习惯一直保持到现在,并且在记了五大本之后,改为在电脑里记日记了。同时我还坚持摘抄、记卡片、剪裁报纸,在不断练笔的同时,扩大、汲取自己的知识信息储备,为工作打好文字基础,为生活增加文化素养。在我们上晚自习的时候,柴老师经常过来为我们朗读他在大学时写的诗、散文和杂记。他的那些诗、散文和杂记都是他在大学学习之余,并且都是在晚间创作的,记录和反映了他当时的心境、情感、追求、理想等,当时我们虽然听不太懂,也没有那种体验和深刻的理解,但十分佩服他的笔力和创作能力,我就想:"我什么时候能像柴老师那样信手拈来、洋洋洒洒,想写什么就写什么,也能有写一手好文章的能力呢?"我在小学的时候语文成绩一直很好,拼音、组词、造句、写记叙文都很拿手,但是后来到了初中开始写议论文的时候,作文这项就不行了，阅读理解也不行。我总结了一下原因，不是我的能力下降了，而是训练不够。初中时没有阅读理解和议论文的训练，上来就考、上来就写，怎么可能会呢？我清楚记得初三语文第一次作文课老师就让我们写议论文，我不知所云地写了一篇类似说明文的东西，第二天老师讲解时我羞愧难当，头都不敢抬起来，直到现在都不愿意提起这件事和当时的窘境。对写作很多人都感到头疼，在学校学习了十几年、将近二十年，写文章、写报告、写材料仍然是个难题，其根本原因就是教育的方法问题，没有长期在这方面进行训练。后来我到英国留学近两年，读工商管理硕士，昼夜不停地学习不说，写报告、做陈述的训练强度和频率更是高，与每名学生、每个人的学习和工作终身伴随。他们以案例教学为主，老师在课堂上把主要的知识点和理论给学生讲清楚后，就要在课堂或课后对与之相关的案例进行分析、总结，这十分考验知识、理论积累。在有限的时间里进行案例分析，那是知识、理论、智力、方法、思维的综合运用，是全方位的考验，不调动全部的智慧不足以应对，在那种状态下哪个学生会昏昏欲睡、无精打采呢？即使有也是由于前天晚上睡晚了，但是对不起，如果这样老师也绝不会视而不见，他会主动上前查明原因，当得知你不能坚持当堂学习，他会坚决地建议你回去休息，而不是在那儿昏昏欲睡，既对自己无功，也影响他人。等到课堂学习之后，老师会布置大量书目让学生阅读，因此，学生下课后，来不及休息或简单休息一下，就带着饮水和食品奔向图书馆查阅、借阅有关书籍。因此，在英国的大学很少看到学生在教室里学习，大家都是在图书馆里看书、借阅图书资料，或者在会议室里做小组作业。试想经过这样的训练,学生对知识的涉猎量、书的阅读程度、文章的练习程度和陈述表达汇报的程度会怎么样!

高二开始时教我们英语的是一位女老师,后来离开了,这期间大约一个月我们都没有英语老师。上不了英语课,对于准备考大学、时间又紧的高中学生来说,别说一个月就是一天没有老师也不行啊,但这个问题迟迟没有解决。这时候还是我们的班主任高洪占老师发挥了关键作用。在他的努力下,不久有关部门就给我们班级派了一位女英语老师,教了几个月,解了燃眉之急。新学期,从丹东师专英语系毕业的郭敏老师来到我们学校任教,学校就让她教我们班和四班的英语。郭敏老师身材小巧玲珑,个子只有一米五的样子,但是长得特别美丽,梳着一头黑色偏黄的披肩长发,更使她增加了轻盈、飘逸的气质,郭老师是我那时见到的最漂亮的一位女老师。郭老师一来到教室,同学们起立、坐下之后,她用英语自我介绍:

"My name is Guo Min, just graduated from Dandong Norming College, I am not tall, but I can teach you English very well…"① 因为之前的英语老师很少用英语来自我介绍或讲课,所以郭老师一用英语来介绍自己,大家就觉得这个老师肯定特别厉害,英语肯定特别好,这一下子就吸引住了我们。从此,包括我本人在内的我们班的男生学习英语的兴趣就更浓了。除了英语课堂教学认真听讲、积极发言、回答问题外,大

---

① 我叫郭敏,刚从丹东师专毕业,虽然我的个子不高,但我能把你们的英语教好。

家早晨起来还坚持晨读,我更是列了详细的时间表,以分钟来安排自己的时间,早晨吃完早饭后朗读英语是雷打不动的内容。下午自习也要比以前增加更多学习英语的时间,这有补上以前落下的内容的需要,更主要的原因是同学特别是男同学都想在郭老师的课堂上表现得好一点儿,别出洋相,别在美丽的郭老师面前丢了面子。

我当时个头儿不高,还是个秃小子,对异性之间的感情懵懵懂懂的,但郭老师的美丽大方,自然有效的课堂讲授吸引着我们,让我们在努力学习的同时,也更愿意接近她。每天下午自习看英语的时候,我就努力去找问题、找不会的问题、找同学们也答不上来的问题,以便有个借口去请教郭老师。好不容易找到了,就赶紧起身来到郭老师的办公室,在请教的时候,看着她写字的白皙还带有钢笔水污渍的手,觉得那么好看,郭老师头发上散发出的淡淡芳香也不断传入我的鼻孔、沁人心脾。此时,我已经听不清楚郭老师在讲什么了,头脑陷入模糊、混沌的状态,直到郭老师问道:"听明白了吗?"才清醒过来走出办公室,回到自己的座位上,思想和大脑还停留在之前问郭老师问题的那一幕。在郭老师的努力下,我们班英语成绩迅速提高,我的成绩也在原来的基础上更进一步。初中时自己的英语成绩不好,那是因为不用心学习,其实我们晒马地区学习英语的时间是很早的,小学三年级就开始了,本来基础很好,只是由于自己的荒废,成绩才没有上来,等到初中二年级之后经过刻苦努力,我就逐渐在追赶着,到了高中我学得更加刻苦、更加有计划和系统,成绩上升就更快了,在我们班级成绩是名列前茅,并且口语还很好,中间一次英语测试，我得了九十九分，全班第一，后来全校英语竞赛，我也进入了前十名，这都得益于郭老师。郭老师教我们一年，高三后就由凡万盛老师教我们了。其间郭老师喜结良缘，她结婚那天我们班的男同学都失眠了。高中毕业后尽管天各一方，我们班的同学与郭老师和其他教过我们的老师都保持密切的联系。

凡万盛老师中等个子，方脸盘，眉清目秀，人长得很精神，在我们学校的名气很大。之前就知道他的教学水平高，这次来教我们高三一、四两个班的英语，显示出学校准备集中优势资源来进一步提高高三年级的总体成绩，为即将到来的高考做最后冲刺的准备。对凡老师的到来我们很期待，希望通过他的教学来为总成绩加分数补短板。凡老师的课讲得确实好，干净利落，思路清晰，知识点准确，讲解彻底，难点能点透。他的英语发音更好听，这样的水平在当时一个镇里的普通高中不是很容易见到的。凡老师不但教学水平高、教学认真，还对我们特别负责任，总是在关键的时候说出关键的话、发出正确的声音，及时帮助我们纠正偏差，指出正确的方向。从我们上一届开始，国家为了进一步调动、提升青年学子报考师范院校的热情，将高等师范院校的考试提前进行，提前到当年年初。在填报志愿的时候，我们班学习好的同学中有几位第一志愿填报了东北师范大学，而辽宁师范大学和沈阳师范学院这样的省属重点院校，他们都作为第二志愿。考试分数出来后英语课正式开讲之前，作为科任老师凡老师很动情，也有些生气地对我们说了一些话。他说："我不知道你们班有的同学有什么感到骄傲的？我只知道，我们通远堡高中只是一所乡村的普通高中,可是有的同学连辽宁师范大学、沈阳师范学院都不稀得报,第一志愿还填报东北师范大学,你们以为你们是谁?你们能考上东北师大吗?实话告诉你们吧,这次你们考高师的分数,也就于佩刚和朱洪还有点儿希望,其他的根本考不上!同学们,我希望你们好好掂量一下自己,实事求是地填报好高考的志愿,别辜负父母的期望和这么多年的苦读!"当时,于佩刚考了四百五十八分,我考了四百四十三分,其他同学有的考了四百二十六分,有的考了四百二十一分不等。我和于佩刚第一志愿报的是辽宁师范大学,后来我俩都考上了,第一志愿报东北师范大学的都没有考上,也没有被辽宁师范大学录取,还有三位根据自己的成绩报考锦州师范学院和丹东师范专科学校的同学也顺利考取了。事情还真像凡老师说的那样,过高估计自己能力的同学在这次高师考试中没有达成所愿,凡老师对我们的提醒和估计都是很准确的。虽然不是班主任,但凡老师对很负责,希望我们能够尽早比较有把握地实现人生理想,他是真心关心他教的每一个学生,他懂得农村的孩子想要有所出息的那份艰难,他知道在我们这所普通高中除了少数天资聪明、学习成绩出类拔萃的同学有可能冲击全国重点大学外,对大多数学生来说能考上大学、考上中专就很不容易了,千万不能好高骛远,做出不切合这所学校和自身实际的选择来。事实上也是如此,我们通远堡高中的学生资质、教师的教学能力、学校的总体资源等决定了每一个人都不能做出超出自己能力、不切合实际的选择,绝不能跟选取了全县最好学苗的凤城一中比。凡老师讲的话我当时听得很清楚,至今记忆犹新,相信我们班的同学也都听进去了,因此,一直以来我和我的同学对凡老师都是很感激的,感激他在我们懵懂不清、在人生最关键的时候提醒了我们,帮助我们做出了恰当的选择。

当时填报志愿的时候,我报的第一志愿是辽宁师范大学英语系,第二是政治系,但遗憾的是我的英语小分差了一点五分。当时英语系的小分成绩是八十分,我考了七十八点五分,就这一点五分改变了我的命运。高考考完英语时,我对等在学校外面的凡老师说:"有个完形填空我填的是 speed at[①],不知道对不对?"凡老师说:"怎么能填 speed at 呢?应该填 speed up,是加速的意思!"可能就是这个填空没答对让我没能进入辽宁师范大学英语系学习,当时听了凡老师的话我后悔不迭,现在看来不应该感到遗憾,也不该后悔,因为这就是命运的安排。

除了教我们的任课老师,当时我们学校的校长是李继烈。李校长大气稳重声如洪钟,负责学校的全面工作,各项工作推动有力。教导主任刘霆霖戴着一副黑框眼镜一脸严肃,在教学和学生管理方面非常严格,执行力非常到位。他们两位领导优势互补、相互支持,红脸白脸分开唱,把学校的各个方面抓得井井有条、张弛有度、非常扎实。那时候我们学校不仅学习抓得紧,同时德智体美全面发展。每天晨起跑操,周一升国旗仪式,开展和参加各种课程竞赛、重要节日的歌咏活动,甚至还有流行歌曲演唱活动,还邀请对越自卫反击战的英雄、老山战役的英模做报告,选择看主旋律、对青年成长有益有启迪的电影,并且在观看之前还让学校的老师做辅导讲座。同时对学校的女生开展青春期情感处

---

① 以什么样的速度的意思。

理的辅导，一年举办两次运动会，举行中秋、元旦的班级晚会、包饺子等活动，让我们的学习、生活既紧张又充实，达到了一个乡村普通高中所能达到的新高度。连续多年的高考成绩也反映出学校全面建设的成果。我们上一届的高考成绩很好，升学率远远高于预期，达到了百分之三十几的比例，这在二十世纪八十年代初那样低的高考录取比率中是很不容易的，是很了不起的成就，有很多同学还考上了全国重点大学，甚至考上了本硕连读的大学。等到我们这一届成绩就更好了，我们文科班的录取率本来就低，但我们班的大学和中专录取率接近百分之四十，如果加上中师，全班有近五十人、超过百分之七十的同学实现了接受高等教育、继续学习的愿望。有的当年虽然没有考上，后来通过复读也考取了；有的同学后来参军、参加工作或者从事商业都取得了令人称赞的成绩。我们都因此而深深感谢每一位老师，感谢通远堡高中对我们的精心培养和教育。

苦读同窗

我们班七十多人当中来自晒马的最多,其余的同学来自凤城县的不同地区。晒马的学生最多是因为我们属于通远堡高中的学区,其他地区则属于凤城一中。由于学区的限制,晒马的学生只有极少数的优秀分子才能考上凤城一中,剩下的就只能到通远堡高中读书,哪怕他们的考试分数与凤城一中的录取线只差一分或半分,因此,就学苗的整体质量来看晒马的要好于其他地区。我们班入学成绩最高的是何维忠,他考了五百九十九分,第二名是李大鹏,五百八十八分,第三名是叶树林,五百七十八分,戚力全、郑晓义都进入了前十名,我当时考了五百五十五分,名列班级第十二名。高中学习的时间过得很快,转眼间就期中考试了,这次考试,何维忠依然是第一名。他来自凤城县青城子镇,距离通远堡镇不远,大约一个小时的车程,那里有铅锌矿,国营矿山职工多,经济发达,当地居民家庭的生活条件比较好。由于家庭原因,何维忠的生活是亲戚朋友来照顾的。何维忠很聪明,刚开始的时候我还没注意到他,虽然初升高他成绩全班第一,但是当时我不太了解,只是从同学的议论当中了解了他的情况,但是也没有太关注，期中考试他又考了第一名，我开始关注他了。那时我们对学习好的同学，特别是班级或全校考试成绩第一名的同学总是很佩服。谁不想得第一呀！当第一多荣耀、多骄傲哇！但第一名可不是随随便便就能得到的，那需要天资聪明、后天刻苦、深学悟透才能取得。因此，对得了第一名的何维忠我就格外关注起来，我要看看何维忠是怎么听课、怎么学习、怎么复习才考第一名的。为了观察他的学习状态，上课的时候我有时会回过头看看坐在我后面几排侧面位置的何维忠。我发现他上课时也不是很集中精力听讲，手里还拿着一个一头拴着小链子的圆珠笔，不时地摇动着小链子，一副漫不经心的样子。上自习的时候我观察到，他也不怎么写东西，还是一手拿着他的带链子的圆珠笔，边看书边摇着小链子，也没像有的同学那样摇头晃脑地背诵着。那么他是怎么学好课程的呢？当时我没有找到答案。何维忠数学很好，考试时能够做出比较难的题型，不比戚力全差；他的语文也很好，特别是作文写得很棒，语文老师几次在课堂上把他的议论文做范文，或者读他写的其中段落供大家学习借鉴。他的英语也很好，郭敏老师教我们英语时的第一次测试我考了第一名，他的成绩也是排在前列，后来他考了第一名，我反而被他给落下了。上课不怎么集中精力、自习时摇圆珠笔上的小链子，也不摇头晃脑地背诵，那就只能得出一个结论，他很聪明、很会学习、方法对头、消化理解得好，因此，考试才能得第一名。期中考试第二名是李大鹏。李大鹏是我们晒马的，本来他高我们一届，由于在初中复读一年，就与我们一起参加了初升高考试，成为一届的同学，后来我们俩又都在文科班一起学习三年。李大鹏天资不像戚力全、吴一民那样聪明，但他在学习上注重计划，很扎实，对问题的理解比较全面深入，这样持续用力、长期积累，学习成绩不断提升、十分稳定，整个高中三年都是如此。第三名是叶树林。叶树林也是晒马人，本来他与李大鹏一样都是上一届的学生，后来也是因为复课与我们一届，并一同考入通远堡高中分在一个班。叶树林在学习上不像李大鹏那么扎实、用功，期中考试的第三名是他凭借初中复读时的底子加上一点儿聪明劲儿考取的。叶树林没有将成绩保持下去，后来他的成绩逐渐下滑，最终没有考上大学。李大鹏人品很好，为人正直，做事情很稳重，叶树林在初中时就很活跃，担任过班干部，班主任高洪占老师就让他们两人担任我们班的团支部书记和班长，负责班级青年团的建设、开展各项管理。在他们两人的努力和相互配合下，我们班级的各项工作和活动都搞得有声有色，李大鹏本人在高中期间就入了党。

我在这次期中考试中考了第十名，比刚入学时前进了两名，虽然有所进步但是被来自晒马的学习好的同学给甩下了，李大鹏、叶树林、戚力全、郑晓义都在我的前面，戚力全第四名，郑晓义第八名，其他同学也占据了前十名的几个位置。从初中二年级开始我就改邪归正回归到小学三年级前的那股子心劲、心气和埋头苦读的状态了，虽然初三时在班级的排名没有进入前十名，但我的各门功课的基础逐渐建立，学习更加刻苦，制订了周密的计划并严格执行，学习时间全天候，已经进入物我两忘、一心攻读的痴迷状态了，因此，对只考了第十名，特别是被来自晒马的初中同学甩在后面，心里很不服气，便开始了更加刻苦、更加投入、时间更加精密计算的学习。我每周都要列出自己的学习时间

表：早晨五点钟起床，洗漱，五点三十分跑操；五点五十分至七点三十分早自习，复习前一天没有做完的课程，预习新课；七点三十五分早饭，七点四十分晨读，主要是读英语和语文的古文。大家可能觉得奇怪，吃饭怎么就用五分钟呢？我在这里回答，用五分钟吃饭对我来说是慢的，我从打饭到吃完一般就用三分钟，一是没有那么多饭菜，就一饭一菜很简单；二是为了节省时间好学习，每次吃饭都是狼吞虎咽几下子饭菜就下肚了，刷好饭盒，赶紧拿着提前就带到食堂的书本，迅速走到学校旁边的养鱼池或墙角处的小树林开始晨读了。晨读十五分钟，走回教室，八点钟开始上午四节课，除了两节课后的课间操，另两节课中间的时间要出来到单杠下面练引体向上，这既是考试需要也是为了换脑筋、锻炼好身体，以应对后面更大强度的学习。中午十一点半午饭，五分钟之后回到教室学习，一般是学习语文的古文、练练翻译，学到十二点钟，统一回到宿舍午睡。十二点五十分，听到起床铃声，尽管带着满脸困意但会立刻起床，迅速来到宿舍前的洋井旁打点儿水、洗把脸，清醒清醒头脑，然后来到教室，上下午的三节课。其间跑一次下午操，第四节自习课时复习数学，做做数学题。晚上五点钟吃饭，五点零五分到养鱼池旁边或墙角的小树林里背历史、政治或地理，五点四十五分与同学打一会儿排球或踢一会儿足球，洗把脸，六点钟回到教室上自习。一般是复习当天的课程、做各科老师印发的练习题、背诵或预习；临近期中期末考试，我还要加大复习力度，进一步温习各门课程，历史、政治和地理课本都要背诵三遍，以强化记忆。两节晚自习课之间的休息时间，到操场跑步十分钟，锻炼身体，清醒大脑。十点钟

下晚自习，回到宿舍洗漱，准备睡觉休息。这时候肚子已经饿得瘪瘪的，但是手里没有一分钱去买点儿什么吃的，只能眼看着少数家庭条件还比较好的同学到学校的小卖店里买根麻花、喝瓶汽水。为了减缓一下那种饥饿的感觉，就与同样没有钱的几位同学在走向宿舍的路上打着"如果这时你给我十根麻花，我一口就吃掉；如果你给我二十个包子，我一口就吃掉"的根本不可能兑现的赌，因为没有人能出得起一下子买十根麻花、二十个包子的一块八毛钱或两块四毛钱！因为每个同学此时都渴望也都能一口气吃下那十根麻花或二十个包子！于是大家就在嘴里喊着"包子、包子！麻花、麻花！"的渴望中，忍受着饥肠辘辘的痛苦中匆匆洗了睡了。这就是我每周每一天的日程安排，除了根据课程和中间班级、学校有什么活动来做出调整外，雷打不动、严格执行，三年都是如此。即使班级、学校有活动或其他安排，如果中间有时间我就会补上当天的内容，或者在做好当天的计划安排后再去活动，不会轻易落下当天的学习任务。

在这样严格的学习时间表下，加上极度的刻苦，我的成绩逐渐上来了，期末考了第八名。我在学习上的特点是不偏科，各门课程的成绩比较均衡，没有忽高忽低、大起大落或者一门课程特别好而另一门课程学得一塌糊涂的情形。这种相对比较均衡的成绩是老师非常期望的，平时老师也是这么要求我们的，目的就是在未来的高考中能够稳定发挥，不至于出现失常的情况。在高中的六门课程中，除了语文阅读理解和议论文差一点儿外，其他方面都不错。但阅读理解和议论文差是致命的，不但丢分而且短时间内难以提高，这反映出我在语文学习上总体是不行的。数学高难的题我做出来的可能性不大,但是对简单和中等难度的题,我只要做了肯定不会丢分。历史、地理、政治和英语都是我的强项,其中地理和英语更强,会在一定程度上弥补有的考试时数学题比较难、比较偏,语文作文没写好时丢失的分数。事实上,整个高中期间乃至后来考大学时,我的议论文都没写好也不会写,高考时语文满分为一百二十分,而我只得了五十一分,至于现在能够比较熟练地驾驭文字,那是后来参加工作不断学习、实践磨炼出来的。除了语文的作文极差外,其他科成绩还是比较稳定的,这使自己的总成绩能够保持一定的优势。不偏科、相对均衡,有计划、极度刻苦,心无旁骛、注重锻炼,这让我高中三年几乎没有浪费一分钟,每一分每一秒都用在学习上了,成绩因此而直线上升,迅速进入前几名,保持在班级的第一梯队里。我惜时如金、做事有计划、长久坚持的习惯在高中阶段就养成了,直到现在也是如此,从不愿意为无谓的事情浪费一点儿时间,而是把这些时间用在读书学习或者做一些有益身心健康的事情上面。在高中三年刻苦攻读、惜时如金的那份坚持,从我即将离开学校同学们送给我的临别赠言就可以看出来。我们班体育委员蒋德忠在他赠送给我的一本黑色的日记本的扉页上写道:"我目视你——朱红:执着高傲忍耐的榜样,还有忘我的学习与崇高志向……这些……绝不会那样陡然地消亡。不是吗?听:'师大的门已为你叩响!'是呀,此时的'自由',定在门口欢欣地扯着你的手掌。喂,朱红——笑纳我将薄本敬予你的手上。"我们班学习最刻苦的两位女生之一张金玉,在临别时赠送给我的一本红色的日记本的扉页上写着:"赠给朱红同学:"接着,她写道,"闪电,虽然停留的时间很短,却能顿时照亮人间,人生虽然那样短暂,却能做出非凡的贡献。愿你能像闪电那样分秒必用,准备将来在你那平凡的教育岗位上做出非凡的贡献!"与我平时走得很近、同样学习很好的男同学吴盛敏在临别日记赠言中写道:"赠给朱红学友——当一天的劳累给你一个倦慵的黄昏,当台灯的柔光变得朦胧的时候,再一次轻轻地打开吧,这里跳动着一颗真挚而热烈的心。读书使人灵秀、读史使人明智、数学使人周密、伦理学使人庄重,逻辑学、修辞学使人善辩,凡所学皆成性格。天涯若比邻,儿女志四海。"从这些同学的赠言当中可以看出我当时用功刻苦学习的状态,也能看出我在同学们眼里那种执着坚韧的特点,也正是由于这份刻苦和坚持,我的学习成绩迅速提高逐渐进入班级里的第一梯队。高一第二学期期中考试我得了第二名,期末第三名;高二第一学期的期中考试是我的滑铁卢,本来在已经公布的五科成绩中我还是排名第一,但是数学成绩实在是差得惨不忍睹,我只考了五十几分,之前我就知道这次数学没考好,不但大题难题不会做,中等难度的题也没有答好,也不知什么原因,当时就是不在状态,很多题都不会做了,因此影响了成绩。我知道数学不是我的强项,因此确定了简单题中等难度题要保证全对、大题难题尽可能努力突破的战略。因此,每次数学考试,在成绩上我基本上不会被落下太多,落下的部分通过其他科追一追也就上来了,但这次实在落下得太多了,无法通过其他科来弥补。我们班七十多人,平时考试分数相差不会很大,特别是前十名的分数相差更小,一分就决定名次,因此,考了五十多分的落差要通过其他科撑上来很难。就是数学这科没考好,让我的名次一下子掉了下来，一直落到全班第三十名。我当时痛苦极了，茶不思饭不想了好几天，但是光痛苦没有用处，必须针对问题、不足来找差距补短板。我确定了每次考试后要针对不会、没有答好的问题进行认真总结思考，把它们彻底弄懂弄会的策略，专门准备了一个错题本来收集、梳理这些错题，把错的原因搞清楚，把解题的路子和关键找出来，同时调整每周的计划，在数学和我认为还存在不足的科目上增加学习、做题时间。及时战略调整、对短板不足努力加以克服的多项举措收到了明显效果，期末考试我得了第一名，在随后的高二下半学期和高三全年，我的学习成绩一直稳定在班级前五名，直至提前考上大学。

除了何维忠、戚力全、李大鹏、郑晓义和我之外，其他几位名次在前十名的还有吴盛敏、王亚平、周亚非和张金玉。吴盛敏属于那种天资聪明不事张扬、对学习的内容用心琢磨的类型，总体上不是太用功，但学习效率比较高。因此，他的成绩比较稳定，很少大起大落，他后来考上了辽宁大学法律系。王亚平是从凤城大堡高中转到我们通远堡高中的，大堡属于凤城一中招生的学区，当时王亚平没能考上凤城一中，因而在大堡高中就读，后来感觉通远堡高中的教学质量比较好就转学过来了。王亚平的学习成绩一开始并不突出，后来渐入佳境，成绩越来越好，一直保持在十名左右。王亚平不像李大鹏、吴盛敏那么稳重、低调，总喜欢咋咋呼呼的，加上青春期荷尔蒙的刺激，他在学习的时候也会分出一部分心思关注他喜欢的女同学，还动不动就与人家套套近乎说说话。实际上，我们这些表面看起来思想端正、不以为然、努力学习的同学在心底也很羡慕王亚平能经常与女同学说话的举动,我们感觉到能与自己比较喜欢的女同学说几句话,那是很幸福的,我自己也很向往,但羞涩、刻苦学习的念头和考上大学心无旁骛的目标让自己把这一切都压在心底,只能看着像王亚平这样在青春荷尔蒙的催动下的种种积极之举,在心生向往的同时却还要控制自己在表面上不为所动。

我在我们班、我们年级甚至我们学校应该算学习很刻苦的人了,但与我们班的周亚非和张金玉两位女同学比还是有差距。我的刻苦是有规律的刻苦、保持运动的刻苦,她们两个人简直是不分昼夜、无休无止地学习。我很少看到她们两个在学习之外还做过什么其他活动或者运动,可能就是由于不运动、少运动,没有做到劳逸结合影响了她们成绩的持续保持。周亚非个子要高一些,身材颀长,很苗条,张金玉个子不高,比周亚非要稍胖一些,尽管外表、形体有所差别,但她们两个冬天时穿着同样的草绿色军大衣,这让她们两个人在外表上又有些同质化。实际上她们两个人的性格是截然不同的,周亚非快言快语,性格是羞涩中带着开朗,张金玉则很内向,语速比较慢,不太愿意说话,每天只是闷头学习。她们两个人坐在一桌,上课时认真听讲,自习课时刻苦学习,其他时间不是学习就走在学习的路上,手不释卷、身不离书,日夜不停地学习。在如此刻苦努力下,她们两个人的学习成绩在高一和高二的时候都很好,但后来却逐渐下降了,特别是到高三的时候,已经滑出班级的前十名。这让我感到很奇怪:为什么那么刻苦学习,成绩反而掉下去了呢?可能就是由于没有做到劳逸结合造成的吧。过度的、消耗性的学习伤害了她们两个人的身体,从而导致成绩一路下滑,后来张金玉没有考上大学，周亚非考上了凤城师范的师资班。这让我感觉有些遗憾，按照她们之前的成绩，她们俩完全能够上本科大学。后来在同学十年、二十年、三十年聚会时每当谈到这个话题，她们两个都很遗憾，我们也替她们两个感到惋惜。

除了我们这些学习好的、用功的，班级里也有一些同学不太愿意学习，在我看来这是多么不可想象，都高中了还在混日子，而那些同学并没有表现出有多担心的样子，甚至自得其乐，实在令人费解。学习上不太刻苦的主要是坐在后面的大个子同学，有男同学也有女同学，以男同学居多。上自习课的时候他们不学习，在后面闹闹哄哄的，相互之间打闹逗趣或借机与女同学搭搭话。一些对学习没有兴趣学不好又学不会的女同学，也愿意与男生们呼应，于是，班级上就形成了截然相反的情形：前面的小个子同学都在安静地学习，而后面的大个子们则声音嗡嗡的。其中，不愿学习是一个原因，另一个原因是青春期的躁动、荷尔蒙的内在刺激，让比较早熟的同学显得不是那么安静了。大个子中也有学习好的，比如李大鹏、戚力全，戚力全个子虽然不是那么高，但他被分到后面，他虽然也愿意加入讲话的队伍，但由于比较聪明又能把握自己，学习上还是影响不大。尽管如此，总体上我们班学习风气还是很好的，那种呼应闹腾只是青春期的偶尔表现，无伤大雅，同学们的学习目标是坚定的，考上大学的理想是明确的，在这些目标的支撑下，他们知道自己在什么时候应该安静下来努力学习，从而实现自己心中期望的目标，一步一个脚印地扎实前行。

课余记事

　　党的十一届三中全会召开后的五年来，我们党带领全国人民把工作重心转移到经济建设上来，实行改革开放，各项事业稳步推进，特别是农村联产承包责任制的落实，深得民心，取得了巨大成功，解决了人们的温饱问题。随后推行的城市经济体制改革，在搞活城市经济推动快速发展的同时，也促使人们思想观念发生转变。开放力度不断加大，外国商品、技术和服务大量涌入，在带给人们新鲜便利的同时，其生活方式、价值观念也随着国门的打开而流了进来，渗透到我们社会生活的各个角落。大背头、喇叭裤、尖皮鞋、邓丽君的歌曲、港台的电视剧等刺激着人们的视觉听觉，极大地提升着人们的新鲜感好奇心，进而跟随着这股潮流也积极仿效起来。尽管有这些新鲜事物的刺激，但毕竟是在乡村高中，还处于学习的关键时期，因此，我们班留大背头、穿喇叭裤的学生没有几个，整个学校也不多。我们班就谭峰留了大背头，王战辉和叶树林穿了一个不太大的喇叭裤，后来还被班主任高洪占老师勒令给剪了、脱了，所以班级里同学们的赶时髦苗头刚刚有所表现就被班主任老师打压了下去。听、唱邓丽君等港台歌曲的情况却以不可阻挡的势头迅猛传播开来。高中一年级上学期开学不久,上午两节课之后的课间操期间,同学们正从教室往操场上走的时候,我们突然听到学校的广播里传出一段以前从没有听到的歌曲。歌曲唱道:"小城故事多,充满喜和乐,若是你到小城来,收获特别多。看似一幅画,听像一首歌,人生境界真善美,这里已包括……"刚听了几句,我就被这优美的旋律和歌词表达的意境惊呆了,这是什么歌曲?怎么是这样的调子?歌词怎么这样表达?太美了!旋律美、歌词朴实亲切、节奏感强,完全不是我们以前听到的旋律的样子。同学们都在问、议论,感到惊异。伴随着优美的乐曲,我和同学们赶紧加快脚步,走出教学楼,来到操场,以便更好地听听下面的旋律和内容,心情随着优美的旋律而逐渐畅快起来,脚步随着富有弹性的节奏而变得轻快起来,直到后来歌曲停止了,做课间操的音乐响起来了,虽然动作上是做着课间操,但脑海里回想着的还是那优美的旋律。后来我们了解到那是台湾歌星邓丽君唱的歌曲,名字叫《小城故事》。有了这样一个开始,陆陆续续地,香港、台湾地区的张帝、刘文正等明星的歌曲大行其道,我们都深深痴迷。通远堡高中的校领导和老师对这些流行歌曲和旋律采取的是既不简单排斥,又坚持积极引导,与向上的主旋律兼收并蓄,很注意播放歌曲的选择、搭配。在播放《小城故事》这种曲调清新、歌词亲切、旋律优美感人的歌曲外,还不断增加积极健康高雅的曲目,比如荷兰人汉斯·鲍温斯作曲的《白兰鸽》,莫扎特的《土耳其进行曲》,香港著名歌星张明敏演唱的《我的中国心》,这些乐曲歌曲旋律优美、抒情强烈,充满了正能量和爱国情怀,唱出了中国人的心声,同学们都十分喜爱。等到港台电视剧播出时,对我们这些青年学生的影响就更大了。高二时电视台正播放香港电视剧《霍元甲》,我当时一心扑在学习上,对这些事不太了解。一天晚上班长叶树林找到我,对我说:"朱洪,今天晚上我带你去看电视剧《霍元甲》,怎么样?"听了叶树林的话我有些迷惑,就问道:"什么叫霍元甲?霍元甲是干什么的?我不去,我还得学习呢!"看我这么说,叶树林有些急,就说:"别,朱洪,你去看看,可好看了,武打的,特别有意思!"叶树林是我们班班长,他为人义气,愿意助人,经常为同学抱打不平。学习之余他喜欢练武、打拳,这除了因为兴趣,更重要的是可在需要的时候发挥关键作用。也许是太想让我了解《霍元甲》这部电视剧的好看之处、了解武打的魅力所在,叶树林在跟我说"武打"的时候还"哈、哈"两声,同时伸出左右拳头向前猛击两下。虽然叶树林很热切地动员我,我仍坚持说:"不去了,我得学习!"看我很坚决,叶树林又对我说:"你就去看看吧,如果你要去看,我就请你吃两个包子!中间你要不愿意看可以先走!"本来我还是不想去看,但一听他要请我吃两个包子就动心了。当时我正是长身体的年龄,整天就感觉饿,吃饭也吃不饱,恨不能一个人吃一大盆饭,但是条件不允许,没有能顿顿吃饱饭的经济条件,所以当时除了学习,我整天就想着怎么吃饱饭,因此,当叶树林提出请我吃两个包子时,对我就格外具有吸引力。我心想:"这还不错,先吃两个包子,包子吃完了,不愿看,回来学习也不耽误多少时间!"

叶树林为什么愿意拉着我去看电视剧,并且为了能让我去看还主动自己掏钱给我买两个包子，在别人看来这有些不合常理，会觉得叶树林太傻了，或者我朱洪太有威望、太有人格魅力了，实际上不是如此。主要是因为我们都是从晒马来的，叶树林比我年纪大，我年纪小个头儿也小，他那种大哥的责任感就表现出来了，加上平时学习之余我也挺淘气的，愿意说一些怪话、俏皮嗑、给人起个外号，他就觉得我特别有意思，所以愿意和我在一起。最关键的还是叶树林为人不错、仗义，并且作为班长有一份责任心，能够主动关心照顾同学。对叶树林的这些举动我的内心一直很感激，因而与叶树林一直保持长久的同学友谊。跟着叶树林来到学校附近的居民家中，这些居民是散落在学校西侧的一些当地住户，原来并没有与学校有什么联系，只是后来他们了解到学生经常吃不饱饭，晚上有的会买点儿吃的，学校小店里只有麻花、汽水，品种单一，为了换换口味，学生就会到附近居民家里买点儿吃的，于是居民就做起这门生意了。居民一般是做点儿包子、蒸点儿馒头或开个小卖部等以满足学生不同的需求。包子一般是素馅的，带肉的就要贵一些，能买得起的就少了，即使是素馅包子其个头儿也很小，大了价格也得上来，会影响销量，这种小的正好，也不太贵，每个一毛二分钱。跟着叶树林来到居民家中，叶树林首先就兑现了他的承诺，买了两个素馅包子给我吃。包子是韭菜馅的，个头很小，对正在快速长着身体、永远也吃不饱的我来说简直就像填牙缝一样，我两口就把两个包子吞下了肚，虽然意犹未尽，但只能如此不能再存有什么奢望了。紧接着我跟着叶树林进了里屋，天色已黑，屋子里有些暗，小小的十四英寸黑白电视正播放着电视剧，只见一个青年男子正与几个人在据理力争着什么，话不投机紧接着双方就动起手来。那位青年男子很能打，几个人被他拳打脚踢都倒在地上。接着剧情一停，中间出来一段音乐，一个男声铿锵有力地唱出："睁开眼吧，小心看吧，哪个愿臣虏自认，因为畏缩与忍让，人家骄气日盛……"看了这一段，我瞅了叶树林一眼，叶树林转过头对我说："这就是《霍元甲》，是不是可好看了？你看一会儿吧！"我又耐着性子看了一会儿。一是心思还在学习上，因此，对学习之外的事情不是很感兴趣；二是那时候对霍元甲、武打片等还没有感性认识，这次是刚接触，还没有发展为深入的理解，从而建立起兴趣，因此，又看了一会儿后我就想走，我就对叶树林说："我不看了，我要回去学习了！"叶树林知道我平时学习的刻苦劲儿，知道我惜时如金，就没再坚持什么，说："那你回去吧，我再看一会儿！"我离开居民家迅速跑回教室，立即埋头到学习中去了，把刚才看《霍元甲》的片段剧情也就忘到一边去了。

不管怎样我得感谢叶树林，感谢他一片真情，感谢他给我买的两个包子。在那每人的零花钱都很有限、大多数家庭还不富裕的情况下，他能拿出两角四分钱请我吃两个包子是很不容易的，这也看出他邀请我去看《霍元甲》的诚意、对我的那份同学真情，虽然他们家的生活条件不错，他父亲在晒马国营梨树沟煤矿上班，一个月最多的时候能挣到七百元工资；她母亲也有工作，但是他们家也是兄弟姊妹三个在同时上学，对这些花费家里也不是随随便便就能拿出来的，因此，给我买的两个包子就足以显示出叶树林的真情实意和那份大度。并不是每个同学都能像我这样浑然忘我、百毒不侵地投入到学习中去的。当时学校为了禁止同学利用晚自习时间去偷看《霍元甲》《上海滩》等电视剧，在教学楼传达室那儿加强了检查，并派出老师专门检查进出的同学，以防止有人去偷看电视剧。大门出不去了，有的同学就想出其他办法，我们班后面的大个男生们把不知在哪儿找到的绳子，一头绑在暖气管子上，另一端顺到一楼下面，然后一帮人一个接一个顺着绳子滑到一楼，再跑出校门偷着去看他们喜爱的香港电视连续剧，看完后再偷偷顺着绳子爬上来，而其间我们班主任和学校都没有发现这个秘密。当时，不仅学校的学生，社会上也掀起了看港台电视剧的热情，《霍元甲》播放时，电视机前人头涌动，等到《上海滩》播出时，整个大街小巷空无一人，可见当时港台电视剧的巨大魅力。

改革开放在带来新观念、新生活方式的同时，也让一些不良的东西随着开放的大门钻了进来，这在一定程度上影响了社会风气，当时学校和社会上打架斗殴的事情时常发生。我去凤城县里参加高等师范提前录取考试时，在结束三天的考试刚走出凤城一中大门的时候，看到一个流里流气的男青年走到正从校门口往外走的一个个头儿不高的男生面前，对他说："哎，那谁让你去见他一下！"那个个头儿不高的男生一听这话，面色立刻变得煞白显出很害怕的样子，但又不敢离开，就跟着那个流里流气的家伙来到一个个子挺高、身材很壮的家伙面前。刚一过来，那个身材很壮的家伙劈头就问："哎，你是不是背后说我什么了？"个头儿不高的男生说："我没呀！"话音未落，那个很壮的家伙出手一个通天炮，打在个头儿不高的男生的鼻子上，那男生的鼻子瞬间就流血了。他立即捂住鼻子、弯下腰，但那个身材很壮的家伙不依不饶,上来又是几脚踹到小个子男生的肚子上,那男生痛苦地倒在地上。可能觉得打这个小个子太容易了,身材很壮的家伙还有意像练手似的挥出拳头,左右开弓打小个子男生的头部,用脚踹他的膝盖。其间小个子男生毫无还手之力,任凭大个子出拳伸脚,把他当作练手的靶子。我看到这一幕,内心一阵紧似一阵,但咱也不是他的对手哇,我就忍着愤怒盯着那个身材很壮的家伙,记住他的面孔,忍着愤怒从他们身旁走过,但心里永远地记住了他们的面孔和野蛮的行为。

  不仅在校外有这些事情,在我们学校附近也时有类似的事情发生。于佩刚是上一届毕业生复读到我们班的,本来上一年他已经考上大学了,但是专科学校,他就没有去念,想复读一年考上本科。学习之余,于佩刚喜欢练习打拳,一是为了锻炼身体,二是为了防身。他这个练习打拳的爱好引起了周围小青年的注意,他们想与于佩刚会一会、练一练,看看谁更厉害。于佩刚到学校是来学习的,不是为了打架,所以对方想练拳打架的挑衅,于佩刚没有回应,遇到他们他是能躲就躲、能避就避,生怕动起手来惹了麻烦影响学习。但是小青年们不依不饶,终于有一天把于佩刚堵住了,几个人围着他打,把他打伤了。跑回教室后,班主任高洪占老师发现了这个情况,了解原因后,高老师立即让我们把笔停下来,他说:"同学们,于佩刚刚才被一群小子打了,他们没有理由地就打了于佩刚,如果这么下去,还会有同学会受伤害,他们会影响到我们整个学校的教学秩序、影响我们的学习,怎么办?是可忍孰不可忍!我提议全班男同学立即行动起来,把打伤于佩刚、破坏学校教学秩序的坏小子们教训一顿!"在高老师的率领下，我们全班男生三十多人群起响应，冲出教室，去找那几个坏小子。大家手里拿着棍子、砖头，沿着于佩刚指的地方，在学校周围分头去找，但没有找到。可能坏小子们打完于佩刚就跑了，如果他们被我们找到了，那后果不堪设想，三十多名热血沸腾、血气方刚的青年人在老师的鼓动和率领下，我们会奋不顾身、不计后果的，一旦短兵相接后果肯定不可想象。

在校园发生的打仗争执的情况，更多的是青春期荷尔蒙的分泌引起的外在情绪表现，并不是真正以伤人为目的，有时只是为了好胜、逞强，过了一段时间，时过境迁，高昂的情绪过去了也就好了，但是如果不知道自我克制，没有家长、学校和社会的及时监督、跟进教育，任其发展下去也是很危险的。一九八三年全国严打的时候，晒马、通远堡等我所了解的临近几所乡镇的违法犯罪分子在这波严打中受到了严厉惩处。前面提到的在中学闹事的家伙、戴着面具准备入室抢劫的家伙、抢人家卖冰柜的钱的家伙，以及其他地区的流氓犯罪团伙都受到了严厉的惩处，从那之后，不但学校，整个社会的治安状况都得到明显好转，人们的生活更加安全、更加安居乐业起来。

青春实录

　　高中三年,既是刻苦学习奋发向上追逐梦想的时刻,同时也是青春懵懂的美好时期。从十五六岁时不知不觉、异性之间自然的好感,到十七八岁时内心涌动渴望但却满脸羞涩语无伦次,本想充满热情却面若秋霜地故作镇静,就是那么矛盾,表面上做的总是与心里的想法相反,异性之间自然而美好的向往和感觉,若隐若现地在同学们的言谈举止中不时地表现出来。但没有人主动去打破,而是维持着这种平衡、保存着那个秘密,推动着彼此,向着共同的目标前行。但那毕竟是青春的情感,即使再严格地控制总有偶尔的表现,就像我主动去找英语方面的问题,这样做的目的不仅仅是为了问问题,而是为了去看看我们的郭敏老师,感受那自然亲近的感觉,顺应青春懵懂的召唤。青春萌动反应最强烈的还是班级后面的大个子男生们。一天晚饭后在去养鱼池边看书的路上,叶树林问我:"朱红,你没觉得咱们班刘华身材特别好吗?"我一愣,心想:"怎么问出这么一句话?什么意思啊?"我说:"不知道,我没有这种感觉!"叶树林紧接着说:"你怎么能不知道?你做操都在第一排!"我说:"我也没注意这些呀!"

我当时个头儿小,排队、做操都在班级男生的第一排,前面就是我们班个子比较高的女生。做操时我就认真做操,活动时我就认真活动,我的注意力都在我做的事情上面,根本没有注意前面女生的身材等情况,可见我和那些大个子男生注意力的差别,这也可能是因为我那时青春期还没萌动的原因吧!叶树林跟我说这话的时间是在高一下学期,我主动去问郭敏老师问题是在高二下学期,时间虽然只过去了一年,但那时就是我青春期的临界点。听了叶树林这番问话之后再做操的时候,我就注意观察了一下在我前面的女生刘华,叶树林说得还真对,刘华的身材确实很好,腰很细、腿很长、皮肤洁白细腻。看到这儿我又转念一想:"不对呀,叶树林你整天观察人家刘华干吗,你不把精力放在学习上老是把时间用在这方面,那还能学习好吗?"这时我有些明白了,怪不得到了高中特别是高二之后,叶树林的学习成绩直线下滑,从高中入学时的第三名一下子落到第十名、第二十名以后,就是没把精力用在正地方才影响了学习。人家刘华家住在凤城县街里,父母都有正式工作,父亲还在县里担任挺大的官,家里生活条件好,身材自然就好了,人就长得好了,但这与你叶树林有什么关系呢?我当时年纪太小、开窍太晚,不明白青春的事,因此对叶树林问的问题感觉很奇怪。让我感到奇怪的还有到了高中之后,上体育课时男生和女生是分开的这件事。但当时只是想了想这个问题,憋在心里也没问别人,我想可能是高中的体育教学方法不一样,现在只是暂时分开,下次或过一段时间就会在一起的。过了很长时间了,男生和女生的体育课还是分开的,不像小学和初中时那样都在一起,我就问生活委员王旭,我说:"王旭,咱们的体育课怎么不和女生在一起上啊？"王旭说："那怎么能在一起，不一样啊！"我说："怎么不一样啊？"他说："唉，没法解释，你小孩不懂，长大就知道了！"长大就知道了什么？这个疑问一直伴随着我到高中毕业。当时还小也不太懂事，除了学习就愿意玩、锻炼和运动，这些内容占据了我的头脑、挤占了我的时间，就把我的疑问抛到一边去了，我就忘记了，也不去想了。后来上了大学，体育课时男生和女生也是分开的，这时才想明白，原来是由于男女生身体条件、生理特点的不同，决定了各自不同的训练方式方法，不能再按照同样的标准来开展体育运动了，这时回想起以前傻乎乎的问题，自己也觉得好笑。

我们班平时最愿意和女生开玩笑、搭话的是王亚平。王亚平是从凤城大堡来的，大堡距离凤城县城很近，受县城的影响，他的思想观念、行为方式都比较县城化，比较超前，加上他们家的生活条件还不错，因此，在日常活动和穿衣打扮方面都很前卫。王亚平是我们班第一个穿西装、打领带的男生。当他在高二上半学期于五一节假期从家里回来后，穿着西装打着领带出现在我们面前时，我是感到很惊讶的："太时髦了吧？穿西装也就得了，还打着领带，这精力都用在什么地方了？能学习好吗？" 当时在我们同学的心里有一个原则底线，或者叫"心理魔咒"更准确些，就是不要穿得时髦、不能戴手表，那样学习会不好，考试不会取得好成绩。这个魔咒也不知是谁首先发明、流传下来的，但我们都信守。我们这些学习好的男同学肯定不穿时髦的衣服，新衣服也要在新年时不得不穿的时候再穿。如果平时妈妈给做了新衣服，我肯定不会马上穿，非要妈妈给洗几次或做做旧再穿，等到自己穿之前还要把衣服窝几下,弄点儿皱褶才肯穿上,否则就觉得同学会笑话、会影响学习。手表更不能戴,特别是考试的时候绝不能戴,因为那会影响发挥、影响考试成绩。当时,我们每次考试的时候,都是老师在黑板上画一个时钟,标出四个时间点,每十五分钟把指针往前移动一下,我们就根据老师画的时钟来规划答题时间、确定答题速度、留出检查空余,高考也是这样。如果哪位同学学习不好还戴着手表,会被我们笑掉大牙的,他第二天就得摘掉。这没有什么合理的解释,也没有什么确凿的原因,就是同学之间流传、我们彼此都相信的一个小魔咒,而且大家都不怀疑,也不会说破。王亚平穿着当时看起来很时髦的西装还打着领带,后来天热了他又增加了行头,穿了一双牛皮凉鞋,脚上穿着尼龙丝袜子,还把头型梳成三七分,整个一个学生中的风流倜傥公子。他这身打扮一出现,我们都哄笑他、开他的玩笑,他也不在乎。他肯定是青春期懵懂,他后来的表现就足以证明。王亚平和吴胜敏同桌,坐在教室中部南侧靠窗的位子,他在里侧,吴胜敏在外侧。他们俩的前面是方玲和另一位女同学。方玲家住在通远堡,她面相姣好,戴副眼镜,性格开朗,没说几句话就爱咯咯笑,有时笑得气都上不来,话音也随着气息而越来越低,甚至都听不见声音了,让听的人感到挺奇怪:"这有什么可笑的?你自己讲话把自己笑得都上不来气了!"但她这种开朗爱笑的样子确实很可爱,我们大家都很喜欢她,喜欢她的这个样子。其中,很喜欢又近水楼台的是坐在她后面的王亚平,并且往往就是王亚平逗得方玲咯咯直笑,笑得上不来气。每当这个时候,我是又羡慕又有一点儿嫉妒:"王亚平怎么就敢和方玲说话,还把她逗得咯咯直笑?我怎么不敢,我怎么就没有这种机会呢?"后来,同学聚会的时候我们经常拿这件事开王亚平和方玲的玩笑,说:"你们当时那么谈得来、那么有意思,怎么没有进一步往前发展呢?"王亚平反而说不出什么话来。方玲则说:"我当时根本就没有那个意思,我也忘了当时都说了什么了,可能就是前后座好玩吧!"懵懂的青春,自然的好感,可能方玲说的体验的就是那个意思吧!

  类似事情肯定还有,但大多数都是发生在后面的大个的同学中间,由于已经超出我的视线范围,加上我的精力主要放在学习上自然了解得就有限了。但是我知道像方玲、刘华、姜凡等女同学都是我们班男生特别是大个子男生们梦中经常出现的形象,至于我们这些连和女生说句话都面红耳赤、无所适从的小个子男生,哪敢有主动搭话的出格举动,自然这种故事就少了,甚至都没有。后来我提前考上大学离开学校,我们班的同学在七月高考前的几个月里,由于压力加上青春的懵懂,他们之间的这种表达、爱慕和互动就变得频繁起来,演绎了许多让我听起来感觉不可能甚至诧异的故事。由于没有身在其中,只是听了同学们七月份高考结束后到我们家的讲述,因而现在回忆起来记忆已经不深刻了,但感觉还是很美好的,为他们之间生出的彼此青春感觉。我们既没有生活在繁华的大城市也不身处发达地区,我们只是乡村地区的一所普通高中的学子,在青春的年代演绎出一段青春的刻苦学习奋斗的故事,而懵懂之中的暗暗情愫和倾慕,没有让我们过分沉迷,反而激起更大的学习动力,让我们能在困难的日子里不断坚持,最终达成彼此的目标,从而在更长久的后来都能体味青春的不逝、青春的美好。

艰苦日子

高中三年是在饥饿当中度过的，因为远离父母，因为条件有限。我们入学时是通远堡高中组建的第二年，百废待兴，基础条件十分有限。学校拥有的设施建筑除了主教学楼，就是后面的学生宿舍，而这也是学校拥有的全部建筑物。宿舍是三十六个人挤住在一起的不大的房间，上下两层木板通铺，每层九个人。晚上睡觉时大家是一个挨一个躺着，翻身都得一起翻，否则翻不过来，因为没有单独翻身的多余空间。在南面一侧的宿舍相对好一些，比较干爽，北面一侧的则光线不足，阴暗潮湿，冬季北侧的墙体更是不断泛出水来，需要经常用抹布抹一抹，否则，从墙里渗出的水就会流下来打湿被褥。板铺上铺的是臭谷草[①]垫子，而不是稻草垫子，臭谷草垫子又薄又软，不如稻草垫子隔潮保暖，但由于我们那儿不是水稻主产区，稻秸来源有限而臭谷草遍地都是，因此，当地商店卖臭谷草垫子的多而卖稻草垫子的要少，并

---

① 在我们那个地区的水塘边、泡子里常见的一种草。植株比较高，叶片似马莲状，茎秆为圆柱形，内有海绵状纤维。晒干后，用其编织床垫柔软有弹性，但吸水防潮性能不如稻草垫。

且臭谷草垫子要比稻草垫子的价格低。可能是考虑成本的原因，学校买的都是臭谷草垫子，这样就没能把北侧宿舍冬季潮湿寒冷的问题更好地加以解决。每年寒假时，学校没有持续供暖的能力，宿舍顶棚结着很厚的冰层，开学了，班主任高洪占老师领着我们男生，拿起铁锹铲下棚顶的冰层，简单清理一下，在各层板铺臭谷草床垫子上铺好被褥就睡下了，丝毫没有感觉到有什么不适。由于学校刚组建，时间紧迫，更主要是因为资金短缺，我们到校的时候学校没有食堂，就在学校西南侧靠近围墙边临时搭筑的水泥台上吃饭，遇上下雪雨天就在教室里用餐。对这么艰苦的条件我们倒没有什么感觉，也不是太在意，因为对吃苦已经习惯了，在家里也是这样，只要能吃上饱饭就可以，其他的不太挑。在通远堡高中我们采取的是集体伙食、集中就餐的方式。男生和男生在一起、女生与女生在一起，十个人一盆饭、一盆菜，每人每月交给学校十五元伙食费。每顿饭几个人吃提前上报，食堂给准备好。我们学生轮流值日，取饭分饭，并负责饭后公共餐具的清洗和交回食堂。

　　总体上我感觉我们通远堡高中吃得还是不错的，尽管我的观点在后来与同学交流时他们并不认可，但我感觉还行，这可能就是每个人的家庭条件不同所产生的差异吧！每周能吃两顿细粮，能吃到挂面、大米饭或馒头，菜有茄子、辣椒、芸豆、土豆、大白菜、萝卜等，特别是还有以前我没有见到的榨菜、豆腐乳等，让我感到很满足。只有一点，因为吃饭的人多，做的是大锅饭，食堂做的挂面实在是太难吃了，连我这个一口气能吃下二十个包子或十根麻花、一顿饭甚至能吃下一头小牛的饭量的人都吃不下，可见其难以下咽的程度。没有办法我就在早饭时将榨菜或豆腐乳留下来一点儿装在饭盒里，以帮助我能将中午的挂面吞下肚去。尽管这样，我对每天的三顿饭还是充满了渴望，每次都是愉快地走向吃饭的水泥台旁，等着当天值日的同学将饭菜分给我，而且当值日的同学分饭菜的时候，我都盯着他看，怕分得不均衡，或者期望他能将那最后的一小勺饭菜倒在我的饭盒里面。值日同学分饭菜的时候，我和其他同学的羹匙已经动起来了，等到饭菜分完我们已吃完饭了，从开始到结束前后不过三分钟。那期间正是我们长身体的时候，每个人都特别能吃，食堂那点儿饭菜根本就不够我们吃，即使当时觉得吃饱了，过一会儿就饿了。肚子里没有油水，学习消耗又大，因此，能吃饱饭、吃好饭、饿的时候有东西补充是同学们的共同目标。初三时我的个子是一米四九，到了高二仅仅长了两厘米，为一米五一，但从高二到高三我的个子一下子长了二十二厘米，身高达到一米七三，大学期间和参加工作后又长了五厘米，现在是一米七八。一年时间长二十二厘米，那得需要多少食物、营养来支持、补充，怪不得当时我总是饿、老感觉吃不饱，原来是身体需要加上学习上的消耗哇！

  有一天我们班同学王战辉——就是前面提到的穿喇叭裤的那位，他找到我，对我说："朱洪，我学习成绩不好，你能不能帮帮我？"我说："帮帮你倒行，那怎么帮你呢？"他说："你和我坐同桌呗，这样帮我学习也方便！"听他提了这个想法，我有些不愿意，心想："战辉学习基础不太好，坐同桌，肯定得天天帮助他学习，对我的时间占用太多，不合适！但我也不好意思断然拒绝,都是同学,又是来自晒马的,直接说不行有点儿伤感情。"我就说:"战辉,那恐怕不行吧,老师可能不会同意的!"王战辉想了一下又说道:"你要跟我同桌、帮我学习,我就请你吃一袋方便面加一个凤尾鱼罐头!"我一听有吃的,可以暂时解决我的饥饿问题就有点儿心动,问道:"什么是方便面?什么是凤尾鱼罐头?"他说:"方便面就是用热水一泡就能吃的面条,丝丝钩钩带咸淡的,可好吃了!凤尾鱼罐头就是凤尾鱼做的罐头,一条一条用油炸出来的,可香了,你一吃就知道了!"听王战辉说完,我寻思了一会儿,然后对他说道:"行吧,我可以和你同桌、帮你学习,但我有一个条件,就是只能同桌一个星期,然后我就搬回来!"王战辉说:"行,一星期就一星期!"我接着又说:"我还得请示一下高老师,看他同不同意!"说着,我就来到班主任高洪占老师的办公室,说明了来意。高老师一听,说了句:"不行,我不同意,王战辉学习基础差,你去帮他会浪费很多时间,会耽误你学习的!"因为学习成绩好,我是高洪占老师在班级里确定的高考战略中的重点培养人选之一,他不愿意让我浪费一点时间去做他认为会影响我学习的事情,因此,对我这个提议断然拒绝。我还不死心,一是为了兑现帮助王战辉学习的承诺,更主要的是那袋方便面和那瓶凤尾鱼罐头在强烈地吸引着我。我又对高洪占老师说:"老师没事,我就帮他一个星期,一个星期后我就搬回来!"高老师寻思了一下,看看我坚定的样子,就说:"行吧,但就一个星期,然后马上回到原座位去!"我说:"好!"就兴高采烈地回到教室。当天晚饭后我把座位搬到王战辉那儿,收拾停当,然后跟着他来到学校大门南侧的一个居民家的小卖店里，王战辉买了两袋华丰伊面，每袋一角二分钱，让店主分别给泡上；又花五角钱买了一瓶凤尾鱼罐头，两样东西一共花了七角四分钱。方便面一会儿就泡好了，我打开其中一个饭盒闻了闻味道，没有很特别，只感觉有一丝咸咸的、淡淡的海鲜气味。喝了口汤，嘴里咸咸的、淡淡的海鲜味道更浓了，一种以前从未体验到的新鲜、爽快的味道在口中弥漫开来，并且随着汤水的下肚，胃里、身体里的暖意也在润透、上升。我用筷子夹了一绺弯弯曲曲的方便面放到嘴里吃了几口，感觉面中同样带着咸味和海鲜味，还有说不出的特别新鲜的味道，与家里做的面条味道完全不同。我因此感觉十分新奇：这东西怎么这么好吃呢？以前怎么没见过呢？凤尾鱼罐头是我和王战辉共享的，我们俩吃一瓶，我也没挑他之前说的可是请我一个人吃一瓶罐头，就用筷子夹了一个扁扁的鱼块放到嘴里细细咀嚼。那是一种酥酥的、有点儿咸又带点儿甜的味道，牙齿轻轻一咬就碎了，一嚼就烂了，也是以前不曾体验过的味道，感觉十分不同、十分美味。

　　享用完一袋方便面和凤尾鱼罐头后，我和王战辉就回到教室自习。随后几天帮助王战辉学习的过程可不像吃方便面和凤尾鱼罐头那样顺畅和享受。王战辉的基础确实有些薄弱，很多东西都要从头讲起，从头讲他也听不太懂，让我费了半天口舌、付出了大量时间。这时我有点儿后悔了，后悔不该为了吃那一袋方便面和半瓶凤尾鱼罐头，为了满足自己一时的口腹之欲而付出时间的代价，此时，我明白了高老师为什么不同意我和王战辉同桌了。但是既然答应了我就得坚持，继续履行我的诺言。好不容易熬了一个星期实在不能继续了，我就回到原座位。虽然不再同桌了，王战辉还时不时地问我一些问题，我也及时提供积极的帮助。过了一段时间，王战辉又跑过来跟我说："朱洪，今天晚上我爸爸要过来看我，到时候他会给我带饺子来，你去不去？"我一听有吃的，就说："去！"吃完晚饭、上晚自习之前，我和王战辉离开学校来到他父亲住的旅馆。问候完毕，说了一会儿话，王战辉父亲对儿子交代了一些学习上的事，又对我表示了感谢，感谢我对他儿子学习上的帮助，随后就把他带的饺子拿给我们吃。我一看那个袋子是用来装尿素化肥的大塑料袋子，里面装了将近半袋子饺子，足有五六斤。王战辉把塑料袋子拿过来打开，里面的饺子还冒着热气。我们俩不容分说蹲下来，弯腰把头伸进大塑料袋子里面，直接用手抓起饺子就往嘴里送，也来不及细嚼，一阵狼吞虎咽、风卷残云，将半袋子的五六斤饺子全部给吃进肚子里了，连破碎的饺子皮都捡起来吃掉了，只剩下一点儿汤水在塑料袋里。当时我们俩的吃相把王战辉的父亲给吓坏了，他说："哎呀孩子，真是饿坏了！我怕你们能吃，不够吃，就多买了一些，没想到你们这么能吃，真是饿坏了！"接着，他说："没事，下次来给你们再多买点儿，保证吃个够！"我相信王战辉父亲的话，因为他那份真情和他们家的经济条件！当时王战辉的家里养了一辆载重卡车，主要运输煤炭，收入很可观，因此，家里的经济条件很好。那个时候谁家能买一辆载重卡车运煤跑运输就是财富的保证、富裕的基础，买点儿饺子对他们家来说还不算什么事，于是，我就期待着下次他父亲能早点儿来，我们俩就又能大快朵颐了。

除了靠同学偶尔打点尖、饱饱肚皮，再就是每次回家时带一些东西，补几顿老是有饥饿感的肚皮，但更多的时候是带回来的东西自己就吃了一次，第二天基本上就没有了，那些嗷嗷待哺的男生早就把剩下的东西瓜分了，于是又回到在学校吃饭的节奏，吃那老三样了。有几次放假时三姐回家给我带来很多吃的，为了避免东西被过早瓜分掉，我在拿到三姐带给我的东西时，跑到学校周围的养鱼池旁边坐下来先吃一顿，等过足了嘴瘾再带上剩下的东西回到宿舍，让同学们解解馋。如果自己不留着一手事先偷着吃一顿的话，等到饿得两眼冒绿光的同学们看到这些东西，我就什么也吃不到了。这种临时回家带回来的东西只能应一时之需，解一时之馋，解决根本问题还要靠学校的食堂。有一次五一节假期，为了能多点儿时间学习我没有回家，而是留在学校。我们的伙食计划都是在前一天报到学校的，第二天即使不吃饭学校食堂也要做。同学放假都走了，但他们第二天的伙食不能退，这就给我们这些留下的同学提供了能够饱餐一顿的机会。那天中午我吃了最大号饭盒装的、足足两饭盒半的玉米大楂子饭，还不包括菜，晚上我吃了那种圆锥形水桶装的、半桶子的面条，那个饭量现在回想起来，自己都感到惊人、感到不可思议！但当时正是自己快速长身体的时候，学习又累消耗极大，所以就特别能吃。在这种饭量的作用下，我的个子也急速生长，一年之内长了二十二厘米，对此，同学都感到很惊讶，说："朱洪，你这长得也太快了吧，我们感觉，晚上睡觉都能听到你骨节的咯吱咯吱的拔节的声音，就像雨后春笋似的！"同学是开玩笑，形容得也有些夸张了，但是一年内长二十二厘米还是很少见的，也确实是惊人的。在这种生长速度要求下的饭量自然是惊人的，因此，我们每天感到饿、要吃东西、饥不择食，是可以理解的。在这种急切的需求得不到满足时，就用虚幻的打赌来渡过难关，"一口气能吃二十个包子、十根麻花"的望梅止渴、精神胜利法似的赌经常打，就是为了能够过过嘴瘾，用不存在的，但能刺激希望的打赌来满足精神上的需要和享受。为此，我在当时给自己立下的目标是："等我将来工作了，能挣钱了，我要吃遍通远堡的大小饭店！"通远堡那么一个小镇能有几个饭店？吃遍大小饭店也不过十几个，目标现在看来还真就不大，但在当时那可是我的"宏愿"！

老师知道我们这群孩子正在长身体、学习又累，都是能吃的年龄，学校的饭菜肯定不如家里的，满足不了需要，他们就想方设法帮助我们改善一下伙食。有时候班主任高洪占老师就把我们男生——实际上是几个学习好的男生叫到他家，名义上是帮他家干点儿活，实际上就是找个理由来给我们改善伙食。活一会儿就干完了，到了中午，班主任高洪占老师和他爱人就忙碌起来，做几个小菜。高老师最拿手的菜是樱桃肉和糖裹花生米，他做的这两样菜我们都愿意吃，樱桃肉可以最大化地补充能量又解馋，糖裹花生米可以增加大脑的营养，有利于我们学习。主食一般是大米饭，有时还包饺子，这时我们就打打下手。中午吃饭的时候，高老师如果高兴了，还会让我们每人喝点儿白酒，此时，师生意趣相合、满含深情、其乐融融，让我至今难以忘怀。教我们地理的刘桂香老师也时常把我们几个学习好的男生，特别是地理学得好的男生叫到她家，改善一下伙食。刘老师把我们叫到她家里并不让我们干什么活，她就明确地告诉我们是为了给我们改善。刘老师的爱人在通远堡镇水泥厂工作，担任厂长，她家只有一个正在上初中的女儿，三口之家两个人工作，生活条件很好。那个时候她们家就用高压锅做饭了，而我之前根本就没见到过这种煮饭器具。每次菜都做很多、都很精细，我们刚上桌时开始还有些不好意思，小心夹着菜，等到刘老师反复劝我们多吃点儿的时候，我们就不客气了，风卷残云，基本上就是饭锅见底、菜碟溜干溜净了。

真要感谢高老师、刘老师以及通远堡高中的其他老师，高中三年，各位老师不仅教授我们知识，还在精神上启迪、激励我们，让我们树立各自的人生目标并为之奋斗。各位老师还尽己所能，在物质上帮助我们，像父母一样爱护我们，让我们内心感到十分温暖，更坚定了克服困难、刻苦学习的信心和勇气，在通往理想的路上奋勇前进。对这些老师我们永远不能忘记，也没有忘记，后来我们班每十年聚会一次，每次都要把老师们请过来，买点儿礼物，送上鲜花，真挚地表达我们的谢意，感谢老师们当年给予我们的培养教诲的恩情。

我的大学

一九八六年九月七日是我到大学报到的日子,从此,我又开始了人生学习的一段新旅程。依然是早晨坐着父亲联系的拉煤的卡车,只是这一次与上高中不同,上高中时是我一个人坐着拉煤的车,然后辗转来到通远堡高中,这次因为要远行,父亲就把我送到青河口。拉煤的卡车驾驶室加上司机只能坐三个人,因为车上已经有一个人了,只能再坐一个人,我让父亲坐驾驶室里面,父亲却坚持让我坐在里面,几次推让,父亲始终不肯,最后我坐进了驾驶室里,父亲就在后斗的煤堆上面坐着。虽是初秋,但家乡的气温要比念书的地方冷很多。此时,我们都已经穿上外衣外裤了,加上是清晨温度更低,车在行驶过程中风又大,父亲就紧紧地缩在驾驶室的后部尽可能避着风。我能感觉出父亲很冷,所以每过一会儿就回头看看车上面的父亲,看着他蜷曲的身体,被风吹得难受的样子,心里一阵阵不安和难过。不禁自责起来:"怎么就不能再坚持一下让父亲坐在驾驶室里面,那样父亲就可以避免遭这份罪!"从我们家到青河口只有四十五公里,但拉煤车是载重车,行驶的速度很慢,将近两个小时才赶到转车目的地。下了汽车,来到火车站,等车时父亲再三嘱咐我到大学后应该注意的事情,然后目送着我离开。

当时的交通远没有现在这么发达、便利,从青河口到大连没有直达的火车,我得先乘坐从丹东到沈阳的慢车,然后再从沈阳转车到大连。一路车行,无限思绪。下午我赶到沈阳,然后乘坐晚上的火车奔往大连,整整一夜,到大连时已是第二天清晨六点钟。当我穿着母亲为我上大学而专门让村里的裁缝店做的鸭蛋青色的西装走出出站口、往站前广场一望的时候,我感到很惊讶:"咦,这里的女士怎么还穿着裙子?男士还是穿着短袖衬衫?"我们那个地方早就下霜了,人们已经穿上厚衣服了,这里的人们穿得还这么单薄!因为对比强烈,到学校后我就注意观察大连的天气温度。学校绿色植物的叶子是在十月中旬之后才陆陆续续落下来的,最后一批脱离树枝的是学校道路两旁的梧桐树,直到十二月中旬它们的叶子才能完全掉落,这与我们家乡"十一"左右树叶就开始掉落,到十月底基本掉光的时间差了将近两个月,可见两地温差之悬殊。大连是冬无严寒,夏无酷暑,一年四季平均温度在十摄氏度左右,比我家乡的年平均气温要高很多,这就是海洋的功劳哇!

坐着学校事先安排接送学生的车辆我来到学校。辽宁师范大学当时是省属重点大学,成立于一九五一年,校园古朴,不事张扬,一进大门就能感觉到师范院校那种规范、清明、严谨、谦虚的氛围。报到完毕,来到宿舍,放下行李,简单收拾一下就好了。由于没带箱子和那么多随身的东西,加上初中时就开始住校,我已经习惯了集体生活,因此,收拾得很快,完事后就在床边坐着休息。此时宿舍里空无一人,床铺基本上都是空的,只有靠着南侧窗户边的上铺铺好了行李、挂着帐篷。我看了一眼走过去,伸手摸了一下,心想:"怎么还挂这东西,这么怕蚊子?"我们家那里可没有人挂蚊帐,蚊子也不咬我们,即使咬了一下也不当回事。我寻思着回到床边继续坐着。这时一个身影快速走了进来,我抬头一看是一位眉清目秀、长相美好、很有些演员样子的高高个子的青年。他看到我没主动打招呼,只是点了点头,见此,我主动说了话,问道:"你是这个宿舍的?"他说:"是呀!"接着反问:"你也是?"我点了点头,又问了他从哪里来、叫什么名字等,他回答:"我叫冯宇众,来自盘锦!"我也向他介绍了我的情况,我还想再和他说点儿什么,冯宇众却问我:"你会踢球吗?"我说:"不会!"冯宇众就不说话了,然后说了句"我去踢球了",就走出宿舍。在宿舍里又坐了会儿,没再见到新同学,我把床铺简单整理一下,就到在我们西北侧的外语系宿舍楼去看看我的高中同学于佩刚。在他那儿坐了一会儿之后,我们俩离开宿舍,沿着校园北院的小路走着,说着到大学后的感受,回忆着高中期间的难忘岁月。

再回到宿舍时已是晚上了,陆陆续续见到了宿舍的其他同学。我们宿舍共八位同学,分别来自省内各地。辽宁师范大学的招生对象主要是面对省内,虽然已采取了两年的提前考试录取的新招生模式,招录了一部分综合素质比较好的学生,但是由于那时人们对教育、对教师这份职业还不是很认可,学生报考高等师范院校的愿望还不是很强烈,因此,最终报考并被录取来到我们辽宁师范大学的还是以农村的学生居多,城市的相对少一些。我们宿舍的八个人中,除了我之外,还有五位来自农村,城市的只有两位。开学后的第一周主要是军训,随后进入正常课程。第一年我们开设的是中共党史、自然辩证法、国际共运史、外语等课程,第二年开设了马克思主义哲学原理、科学社会主义原理、毛泽东思想概论、马列原著、政治经济学原理等,第三年开设的是政治学、资本论、教学法和一些实践课程,大学最后一年主要是实习和写论文。大学四年,我还是按照高中的时间表来安排学习的,并且仍然是按照分钟来计算的,从没有轻易浪费一分钟。即使大学第四年与我爱人谈恋爱期间,我也规定了严格的不能因为恋爱而耽误学习的纪律,即不在一起吃饭、不在一起上自习、不能因为外出游玩而浪费学习时间的约法三章。在学习专业课的同时,我大量阅读专业学术期刊、中外历史和著名典籍,做了大量摘记卡片。同时为了进一步巩固、提高我的英语水平,课堂之外我每天坚持晨读,晚上熄灯后练习听力、背诵英语单词,还坚持阅读翻译美国小说家的作品。为了保持充沛的精力来坚持学习,除了每天的早操外,每天晚自习后我还要到操场跑步,每次跑一千五百米,风雨无阻。大学四年是我持续苦读的四年,有所收获,也有遗憾。收获是开阔了视野,丰富了知识,训练了思维,遗憾的地方是我在学习上还是采取苦读的方式,虽然上课时认真听讲、认真做课堂笔记,但是在考试的时候从不看老师讲的笔记,而是采取看书的形式、死记硬背的方法,考试前还要把厚得像砖头一样的专业课本至少背诵两遍。虽然熟记了相关内容,但是在方式方法上显得笨了一些,并且答题点与老师给出的要点在文字表达上可能有所不同,这影响了我的考试成绩。四年下来,我的各科成绩都在八十至八十九分之间，只有一门高等数学得了九十分。值得欣慰的是每次考试之后我从来不担心不及格，因为已经把课程内容熟记了，不存在答不上来的问题，只是答题的要点有所区别，因此，对比其他同学考试后一直担心能不能通过的时候，我始终很坦然。大学四年有很多老师教授我们，他们都很敬业，专业精湛又为人师表，既是我们的老师又是我们的朋友，在我们求学深造的时候、在即将迈向社会之时给予我们启迪、鼓励和引导，为我们迈好职业生涯的第一步打下了坚实基础。这些老师当中与我们班级、年级接触最多、感情最深的是曲颖和曲建武老师。曲颖老师是我们年级的辅导员，我们上大学时她刚毕业，年纪比我们大不了几岁，但是她以敬业负责、用心专注的态度和朴实有效的工作方法，把我们整个年级的同学紧紧地凝聚在一起，在团结紧张做好专业课学习的同时，还严肃活泼地开展各项活动，取得了优异成绩。她以大姐姐般的样子与同学们打成一片，细心交流、工作扎实深入，同学们对她很尊重也很支持，师生间建立并保持了永久的友谊。曲建武老师在我们上大学时任我们系的党总支副书记，主要是负责学生工作。他也是毕业不久，但是由于认真肯干、执着敬业、成绩突出，被提拔任命为我们系的党总支副书记。曲建武老师对我们是既严肃又亲切，他深入学习、研究学生思想政治工作理论，并把理论与学生思想政治工作相结合，持续开展实践，总结和创造出一整套有效管用的大学生思想政治工作教育引导方法。他当时率先开展了老生与新生同寝、城市学生与农村学生合住的互鉴、融合的思想政治工作模式，开展了辅导员深入宿舍与学生卧谈的思想政治工作方法，后来又针对学生当中存在的思想等矛盾突出的问题实行辅导员老师与学生结对子,面对面深入学生当中,深入谈心谈话的工作方法,都取得了很好效果,开创了大学生思想政治工作的新模式、新局面。曲建武老师不仅做学生思想政治工作,他还坚持给学生上课,也要求所有的辅导员都要给学生上思想政治理论课,要求必须完成规定的课时量,进一步提高了全系学生思想政治课程的质量和水平。由于这些扎实有效的工作开展,曲建武老师与我们学生结下了深厚的友谊,建立了永久的师生情谊,也由于曲建武老师做大学生思想政治工作成绩卓著,二〇一七年他被中共中央宣传部评为全国时代楷模,在他的曾经和现在的学生当中树立了崇高的形象。

大学四年我不但在学业上精进也收获了爱情。在这里我认识了生命中的爱人,我们因学习而结识、因缘分而结合、因命中注定而永远厮守在一起。为了我生命中的伴侣我还写了一首诗和一首词,诗的名字为《秋·琳》,诗中写道:"天生母性意韵真,脚步悦动伴秋春。最是人间恰觉悟,缘分作合成家人。"词的名字为《凤栖梧·咏琳》,词中写道:"明眸羞视暗生缘。咫尺之间,朝夕两相看。秋实四载耕耘笃,倩影穿梭以资赋。修身齐家入学苑。晓宿奔忙,从容若定闲。如今天命持思练,庭业圆满互敬传。"诗和词既是描写我的爱人,也反映了我们之间的命定之缘,由于这份缘分还有了我们的宝贝儿子,继承了我们两个人的优点,发扬了他自身应有的长处,从而让家庭美满和幸福。

实际上我先后读了三所大学,除了辽宁师范大学,我还远涉近万公里去英国读了朗塞学院和格拉斯哥卡利多尼亚大学。辽宁师范大学我两次就读,在一九九〇年完成本科学习毕业后不久,一九九六年我又回到学校读了政治经济学同等学力的研究生,获得经济学硕士学位。二〇〇〇年二月份我离开家乡来到英国格拉斯哥,先在朗塞学院读了半年语言和一些经济学课程,通过雅思考试后,接到格拉斯哥卡利多尼亚大学和桑德兰大学商学院的两份录取通知,后选择在格拉斯哥卡利多尼亚大学商学院攻读工商管理专业,一年后获得工商管理硕士学位。根据在英国留学近两年的学习经历、社会观察和所思所获,回国后我写了《我的西行漫记》这本书,从这本书中大家可以了解我的学习经历,了解我对英国和西方社会的观察和我在观察中的所思所想,更重要的是通过这本书,大家会读出我对英国和西方社会的洞察以及对我们自己不断发展的启示。

我在学习之路上是刻苦的、执着的,并不因为外界环境的变化而改变,一以贯之从不间断,即使到今天还始终保持着看书、学习、写些东西的习惯,虽然付出了辛苦但收获很多。我无疑是幸运的,因为有了个人的坚定目标,有着家庭的积极支持,赶上了国家改革开放的有利时机,遇到了政通人和百业奋进的良好局面。正是因为此,我这个愿意学习、坚持学习的人有了好的环境支持,进而才有了诸多的收获,对此,我心存感激、不会忘记,并将一如既往坚持学习下去,孜孜以求、惠己及人、贡献社会。

细察社会

一九九〇年大学毕业后我来到税务部门工作。正常情况下师范大学的毕业生应该从事教育行业，当时由于工作需要我被分配到税务部门。同期，我们班、年级也有一些同学按照组织的统一安排，被分配到党政机关、社会团体和大中专院校等，但更多的还是在教育岗位上尽职奉献，做出成绩。我所在的税务部门是负责中省直属企业的税收征管和纳税服务工作，我首先在一线担任专管员，后来由于工作中表现比较突出转到政工部门担任团委书记。在组织的培养下经过不断磨炼，先后担任税收征管、税源管理部门的副科长、科长，后来任副处长、主任，并到基层单位担任主要负责人。这期间，我感受到国家二步利改税带来的丰硕成果，经历了税收征管体制的变革前进，经历了分税制和国地税分设，并认真贯彻落实党中央国务院的重大决策部署，深度推进所在单位国税地税征管体制改革，努力实现人和事和心和力和的目标。每一次改变都是进步，每一项变革都在推动税务部门服务的持续优化，从而发挥着税收基础性、支撑性和保障性作用，有力地支持着经济的发展，保障着社会稳定健康的循环。这期间，我从学校来到机关，努力把所学理论运用到实践中去；为更好地总结实践又从机关回到学校，不断提高理论的系统性和实践性；还走出国门留学海外，进一步开阔眼界、提升视野、充实提高，为税收事业做出新贡献。关于我学习的经历，我在日记当中、在《我的西行漫记》当中都有充分的记录和观察；关于我的工作经历，我在每年的工作总结、报告和日记当中都有深入细致的总结和分析。在这从理论到实践、从实践再上升到理论，从国内到国外、从局部到整体，从感性认识到理性认识、从浅显看待到深入洞察的过程中，进一步加深了对事业、生活和社会的理解。

毫无疑问，经过四十年的改革开放，我们的党带领中国人民励精图治，让我们的国家发生了翻天覆地的变化，再也不是任人宰割、受尽屈辱的东亚病夫，而是强大统一、有着生机活力的强国，并且未来还会发展得更好、更强，令世界瞩目，而不会发生像我在英国学习期间遇到的那个名叫富顿的做过手术的只是个工人的家伙问出的"中国在哪儿？它是个城市还是个小镇？"的滑稽问题，世界上绝大多数受过教育的人、大多数角落都会知道中国，了解到中国的发展和强大。这是我的切身感受、真实想法！实际上我的成长历程就是伴随着我们国家、民族不断富裕、强大的过程：从劳日值仅为一角二分钱到一块两角钱，从粮食不够吃到能吃得饱穿得暖，从生产生活资料的短缺到物资的满足供应，从一般的小康到更加富裕，从日出而耕日入而息到精神生活的极大丰富，从国家民族在世界范围内的不具有话语权到中国智慧方案的伟大贡献，都在我们每日的见证中实现了！我们在艰苦奋斗中享受到了改革的红利、生活的甜美，无疑是最幸福的一代人！

成绩是伟大的，进步是巨大的，人民是幸福的！但也必须看到，我们的发展还不是高质量的、还存在不平衡、还需要精雕细琢，必须逐渐解决从北京上海这样的相对文明进步柔和的状态，到二线三线城市、县城、乡镇、村屯所显露出比较落后嘈杂不规范的渐落性情况的存在，使城乡之间、地区之间，南方与北方、东部与西部平衡发展、共同进步，到那时我们的生活不但有量的增加更会是质的享受，从而实现社会主义核心价值观所倡导的和期望的目标。发展之路不会是一帆风顺的，肯定会经历曲折甚至迂回，但只要我们坚定信心、持之以恒，我们终将达到胜利的彼岸。我们要善于利用人类的每一次发明和科技创新，来加快和提高我们的发展速度和发展质量，有时还要善于利用科技的外溢效应，比如手机微信的应用，最初目的是为了沟通联系和支付的方便，但由于人们在忘我的使用中，客观上却大大降低了人们在公共场所的说话声音、嘈杂程度，无意识当中让人们能够坐下来、安静地看着手机屏幕，享受购物和分享信息的快乐，我们的国家就这样在整体推进和科技创新的运用中实现国家发展和社会进步的目标。

后　记

　　二〇一一年，在完成出版记录我在英国留学近两年的经历、观察和理解的《我的西行漫记》一书之后，我就想写一本关于个人成长的回忆。这个回忆既要记录我个人成长中的点点滴滴，也要回顾自己眼中的人们、家庭和社会，更重要的是想通过这些回忆来反映我们国家的发展、社会的变迁、人们思想观念的变化和行为方式的进步。本来在二〇一二年就定了题目、列了提纲，计划要写四章、二十万字，并且已经动了笔写了近两万字，但后来由于岗位调整，公务繁忙，实在挤不出时间来，就将这个任务暂时放到了一边，一耽搁就是六年。六年里，这份心思、中断的任务我一直没有忘，一直在找机会去完成。其间我向父亲说了我的想法、目前任务的进展情况，父亲很支持我，并写了三个小本子的回忆录，提出在他有生之年能看到这本书的出版。父亲的要求就是我完成这项任务、做好这件事情的动力。我的爱人红琳也十分支持我的计划，她说："既然你有这份心思，那就一定要写出来，这对你自己、对你的家庭都很有意义！"在父亲的要求下、在爱人红琳的鼓励下，特别是爱人红琳在工作那么繁忙的情况下，还撰写、编辑、整理了五十余万字的大学生思想政治教育专著,她不但担任行政领导职务,还被评为研究员,这都激励着我要把我成长的记录以及国家发展、社会进步的逐渐变化写出来,通过我的眼睛的观察给还原出来,于是我就又动起笔来,利用业余时间,用了七个月的时间完成了本篇回忆录。

我以第一人称的方式,在记录自己的成长经历中同时观察人、家庭和社会,反映国家的发展、社会的进步和时代的变迁。记录主要是个人记忆,这既有已经存在头脑中的信息,还有我记的大量日记,所以文中的客观写实和对话基本上都是真实的,有些还是原汁原味的,没有任何夸大和虚假的成分,也没有掺杂任何个人偏见,如果说有,可能是一些记忆和记录还不够准确,那就请读者原谅,对因此而造成的误解或伤害,我表示万分歉意,但也请大家不要对号入座,这只是我的回忆记录。在写作的时候,我与父亲进行了大量交流,共同回顾当时的情况,对一些人物的把握、对他们的评价等,父亲还帮助我进一步丰富史料,以准确完成记录。我也与姐姐和弟弟进行了交流,问问他们对当年那些事情的看法,收集他们记忆中的故事,然后都充实到这篇回忆之中。这期间,我的爱人红琳始终支持我,同时还要求我劳逸结合,不能因此累坏了身体,因为工作本来就忙、任务就重,还担任着领导职务,事无巨细,一定要兼顾好,保证身体健康。我的儿子也支持我,希望我完成记录,在不急不忙的心情中做好事情。正是在家人的支持鼓励下,虽然总体战线长了些,但具体动起笔来后推进的速度还是比较快的,一稿只用了三个月的时间,二稿是利用学习之余修改的,时间比较长,用了三个月。三稿改得比较快,只用了半个多月的时间,送到出版社又花了一些时间,终于在二〇一九年下半年,本篇回忆录与大家见面了。在此,我要感谢我的家庭和亲人,同时我也代表我的家人、亲人向所有关心、关爱、支持我成长进步的领导、同事和朋友致以深深的谢意,祝愿你们工作顺利、生活愉快、身体康健、家庭美满!

2018年9月19日一稿
2018年12月29日二稿
2019年1月16日三稿
2019年1月26日四稿(爱人修改)
2019年2月6日五稿